▲**王安石的伯樂：**宋神宗趙頊二十歲即位時，即遭逢財用不足與西夏進犯等各種內政、外交的問題，立志推動改革，以求富國強兵，因此起用王安石為相，推行新法。（圖片提供／國立故宮博物院）

▶**拗相公：**王安石，字介甫，號半山，封荊國公，世稱「王荊公」。從宋神宗熙寧三年起，王安石兩度任同中書門下平章事，積極推行農田水利、青苗、均輸、方田均稅、免役、市易、保甲、保馬等新法，史稱「熙寧變法」。

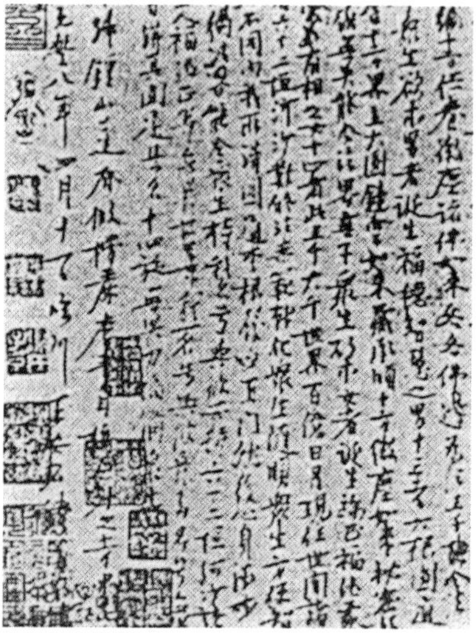

▲王安石墨跡

▲紀念館中的王安石塑像（圖片提供／李宗慬）

◀江西省臨川市王安石紀念館大門（圖片提供／李宗慬）

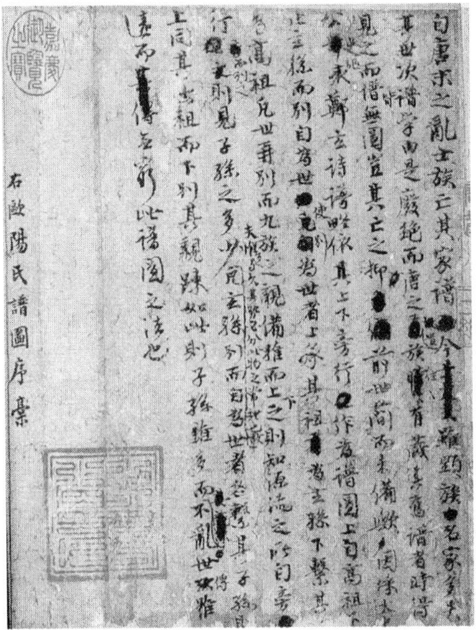

▲《歐陽修譜圖序》原稿

▲**王安石與蘇軾的恩師：**歐陽修，字永叔，號醉翁，又號六一居士，北宋江西廬陵人。工詩、詞、散文；著有《新五代史》、《文忠集》、《六一詞》等，並與宋祁合修《新唐書》。王安石與蘇軾皆在歐陽修主持科舉考試時錄為進士。

▼**司馬光：**字君實。歷仕仁、英、神、哲宗四朝，宋哲宗初年，入朝為相後，將王安石推動的新法全部廢止，恢復舊制。世稱「涑水先生」，著有《資治通鑑》、《稽古錄》、《涑水紀聞》等。（攝影／林京）

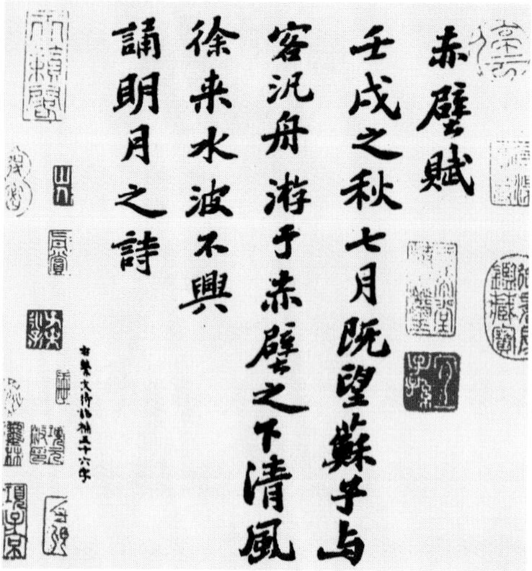

▲**赤壁賦（局部）**：宋神宗元豐五年，蘇軾與友人乘舟遊赤壁時，藉三國典故，作〈赤壁賦〉，抒發胸懷。隔年，蘇東坡為友人傅欽之書寫此詩。（圖片提供／國立故宮博物院）

▲**王安石的政敵與朋友**：蘇軾，字子瞻，號東坡居士，四川眉州人。神宗時監判尚書祠部，因與王安石不合，外放杭州。其後又因論事與同僚不和，自請補外。幾進幾出朝廷，徽宗建中靖國元年卒於返京途中。蘇軾在詩詞、書法、繪畫上均有極高的成就，為唐宋八大家之一。

▼**後赤壁賦（局部）**：霜露既降，木葉盡脫，人影在地，仰見明月，顧而樂之，行歌相答。已而歎曰：「有客無酒，有酒無肴，月白風清，如此良夜何！」客曰：「今者薄暮，舉網得魚，巨口細鱗，狀如松江之鱸。顧安所得酒乎？」歸而謀諸婦。婦曰：「我有斗酒，藏之久矣，以待子不時之需。」於是攜酒與魚，復遊於赤壁之下。

▲**東坡博古圖：**蘇東坡高冕冠帶，與友人一同鑑賞字畫、骨董。

▼**黃州寒食詩（局部）：**「自我來黃州，已過三寒食。」蘇軾自神宗元豐三年因「烏臺詩案」被貶黃州，在元豐五年寫下此詩時，已四十六歲。卷後有黃庭堅書跋：「此書兼顏魯公（顏真卿）、楊少師（楊凝式）、李西臺（李建中）筆意，試使蘇東坡復為之，未必及此。」（圖片提供／國立故宮博物院）

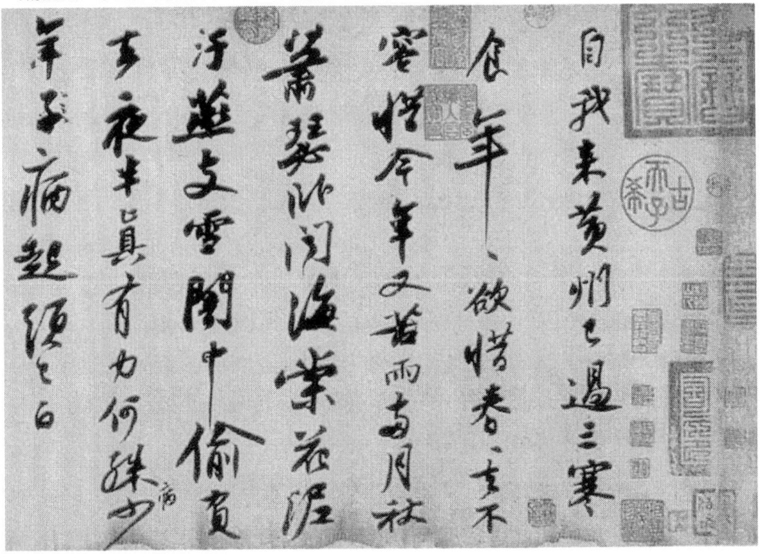

▶**金明池爭標圖：**金明池位於北宋京師開封城，目的是為了訓練水軍。後經多次擴建，金明池的功能逐漸以水上娛樂表演為主。金明池每年三月一日至四月八日，對庶民開放，「雖風雨亦有遊人，略無虛白矣」。皇帝親臨觀看龍舟爭標比賽，則是整個遊池活動的高潮。

▼**開封外城圖：**《事林廣記》：「京都外城，方圓四十餘里，城壕曰護龍河，闊十餘丈，壕之內皆植楊柳。」

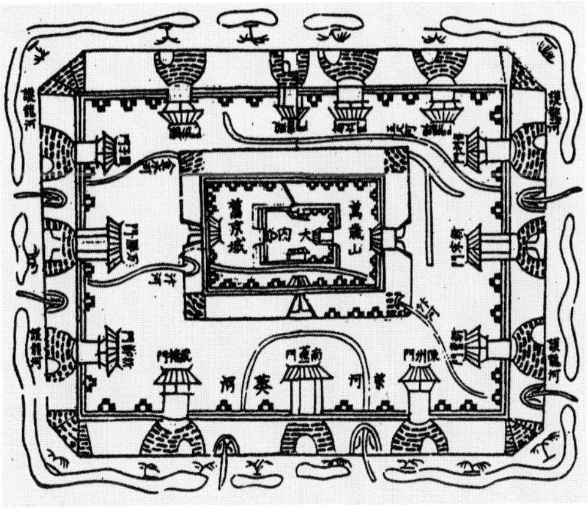

◀**文臣立像：**這座高度三百〇六公分的文臣立像，位在河南鞏縣回郭鎮宋神宗永裕陵中。立像的上半身微向右側，右足在前，左足在後，姿勢自然；神情生動，莊重與智慧並存，適當展現出文臣深謀遠慮的特質。（圖片提供／《中國美術全集·雕塑篇·五代宋雕塑》，北京人民美術出版社）

▲**擔物磚俑：**挑擔人頭戴幘巾，身著翻領右衽長衣，扁擔置肩後，叉腿站立；擔子的兩端各以四股繩索繫住箱籠，微彎的扁擔傳神地說明箱籠的重量與挑擔人的辛苦。此磚雕為北宋墓的出土文物，挑擔人可能是小販。（圖片提供／《中國美術全集·雕塑篇·五代宋雕塑》，北京人民美術出版社）

小說人物叢書

實學社

小說人物【大宰相系列6】
164 拗相公：王安石

作　　者／商　陸
主　　編／黃　驗
責任編輯／翁淑靜
發 行 人／王榮文
出 版 者／實學社出版股份有限公司
台北市 100 中正區南昌路二段 81 號 7 樓
讀者服務專線：(02) 2392-6899（遠流出版公司）

製作印刷／鴻柏印刷事業股份有限公司
電話：(02) 2247-0989　傳眞：(02) 2248-1021

總 經 銷／遠流出版事業股份有限公司
台北市 100 中正區南昌路二段 81 號 6 樓
郵撥帳號：0189456-1
電話：(02) 2392-6899　傳眞：(02) 2392-6658
YLib 遠流博識網
http : //www.ylib.com
E-mail : ylib@ylib.com

法律顧問／蕭雄淋律師
電話：(02) 2367-7575　傳眞：(02) 2369-2525

初版一刷／2004 年 1 月 15 日
I S B N／957-2072-72-2（平裝）
定　　價／280 元

行政院新聞局局版臺業字第 6433 號

【小說人物164】

拗相公：王安石

商陸◎著

歷史小說的新讀法

〈小說人物〉叢書出版緣起

王榮文

中國古書，一向以實用歷史爲主流。不論經籍、史傳、諸子，內容多數爲政治而寫，爲政治而用，爲政治而辯。從《周禮》、《左傳》、《商君書》、《鹽鐵論》一路下來，隨手列舉皆是，至宋朝司馬光編著的《資治通鑑》，更是實用到底。實用歷史一直是知識界與官方的主流書，其地位從未動搖過。

市井小民離政治雖遠，對史事卻津津樂道，但他們偏愛的是趣味的、人性化的、民間觀點的歷史故事。於是，唐宋以後，實用歷史在民間發展出「另類」，那就是「說書」。說書演變成後來的歷史小說，最具代表性的便是《三國演義》，透過作者的巧妙創意與春秋之筆，把古人寫死寫活。曹操之奸、諸葛亮之智，便是歷史小說家的傑作。

在日本也有相似之例：山岡莊八未寫《德川家康全傳》之前，這位十六世紀的軍閥披上不少惡評：吝嗇、精明、狡猾，形象不明。山岡莊八爲他立傳後，日本人透過小說重新認識德川家康，重新肯定這位開創後世兩百年安定政局的偉大人物，而《德川家康全傳》普及的程度，幾乎就像我們的《三國演義》。

一流的歷史小說家，是小說人物的檢察官兼審判長。他掌握史料線索，明察秋毫，剖揭眞相；他鋪陳故事，決斷價值，讀者的認知隨他起舞。現在，隨著時代推移，意識型態解放，價值觀與立場調整，使小說家的眼界更寬了，對史事人物關注的焦點更多了，於是有了截然不同的發現：曹操豈只是一個奸字了得？他的誠信、人才經營、治績都甚可取；同樣的，諸葛亮又豈只是智與忠而已……。在作家以現代的、實用的觀點探照之下，千古英雄人物，紛紛產生了豐富多元的新貌。

不止此也。一部成功的歷史小說要寫出傳主的人格特質、經世眼光、組織管理、領導與決斷等能力，它的內涵不再只是文學或歷史，還包括心理學、人際學、管理學、策略學等各種現代知識。歷史小說的格局與視野不斷開闊延伸，已使它作爲現代人、企業人共同讀本的條件更爲成熟。

實學社推出〈小說人物〉系列叢書，就是基於上述理念；以百萬元獎金所舉辦的【羅貫中歷史小說創作獎】更是這一理念的具體實踐，雖然薄有一點成績，文化出版界也不吝給予鼓舞，但我們不敢稍懈。歷史小說的舞台無限寬廣，我們誠摯地邀請作家們一起來經營這個新局——歷史小說的新世代；我們敬邀讀友們一起進入作家所模擬的歷史現場，去觀賞、參與每一個時代盛事。

編輯筆記

拗相公，硬骨頭

——王安石變法的機會與宿命

一個做事很拗的人，在與人意見相左的時候，很難溝通，很難搞定，會把所有人都得罪光光。一個很拗的人擔任決策者或領導者，很快會造成組織分裂，因爲持異議者都拗不過他，會被他調職、撵走；聽話者與馬屁精出頭天，聚集在他麾下，這樣一來，黨同伐異的局面便告形成。

怎樣才叫做拗?倔強，頑固，驢子脾氣，不講情面。這些特質都不利於人際關係，都與「人和」相悖反。人不和，政不通，再好的決策或變革都會窒礙難行，前功盡棄，拗相公王安石的變法就是如此。

財經內閣拼經濟

在中國歷史上大張旗鼓的改革中，秦朝商鞅著重在社會階級的改革；明朝張居正著重於行政改革；宋代王安石的改革，則是「拚經濟」。

以攸關民生的「青苗法」、「市易法」爲例，青苗法是在農民青黃不接之際，由政府低利放款：正月放款，夏季償還；五月放款，秋季償還。利息二分。這是活絡生產，活絡經濟的法門，更是杜絕土地兼併、弱肉強食的絕招。以臺灣實施「耕者有其田」之前的社會狀況爲例：許多農民在青黃不接之際，向大戶、大地主借錢，以地契爲抵押，月息三分，採循環利息。只要你向地主借十萬元，半年內都繳不起利息，你的借款就因爲循環利率而暴增爲三十五萬，其結果是把土地奉送給大戶仍不夠償還，還要欠下一筆債款，這與放高利貸何異？

王安石所見農民無力耕種、豪強兼併土地的現象，與上述臺灣土地兼併的情況相差無幾。根本解決之道，由政府在農民艱困時提供低利貸款，農民有錢應急、購買種籽播種，等到收成時，再償還貸款，或償還價值相等的糧食，如此，農民重獲生機，豪強無利可圖。近代學者梁啓超說，青苗法之創設，「有類於官辦之勸業銀行」。更精確地說，青苗法是農民銀行。

市易法則類似專賣制度，脫胎於漢朝的「平準法」，許多民生物資由官辦的市易司專賣，以收調節、平抑之功，穩定物價。

新政遊說不足

既然是拚經濟，又有具體政策，爲什麼王安石成不了氣候？

眾所周知，改革必須大刀闊斧，大破大立，既會得罪巨室，也會得罪所有既得利益者。現代執政者大談改革，所作所爲無一不是到處討好，媚俗取巧，籠絡收買，這根本不叫改革。眞正改革要像商鞅、張居正、王安石一樣，冷面無情，不偏不依。改革失敗的癥結，一在於王安石的性格，太拗；一在於財經改革，太難。

當朝名臣如富弼、韓琦、歐陽修等人，都提攜過王安石，卻因政見不合，紛紛去職；望重士林的蘇轍、蘇軾、司馬光等人，與王安石都是知交，也因反對變法，悉遭貶抑。所有反對派在朝時，抨擊新政不遺餘力，當他們一一被貶丟官，或被外放至地方時，批評新政的奏章仍然不曾間斷，形成永無止境的干擾。王安石應付反對派的手腕太剛硬，轉圜不夠，以至反彈劇烈，反對者像鬼魅一般如影隨形地盯住他，直到他垮臺爲止。從大家爲他取綽號「拗相公」，就可見他的難纏了！

反對者不是杞人憂天，他們對於青苗法執行時的隱憂、弊端，都論之甚詳，但是王安石聽不進去，一旦弊端湧現，既不能堵反對者悠悠之口，還讓他們理直氣壯，雙方進而流於意氣之爭，難有交集。王安石缺乏一個柔軟度很強的副手替他折衝，因此治絲愈棼，政爭不斷。

硬骨頭與軟骨頭

反對派的核心人物司馬光，以道德文章馳名，《資治通鑑》一書讓他贏得萬丈光環；但是若論政績，完全不及格。他反對一切新政，固然有其就事論事的成分，更大的原因，他只懂道德文章，不懂新政。王安石建構的是以拼經濟爲目的的「財經內閣」，是以擴大融資的手段，將勞動力導向農業生產，提高國民生產毛額；調節物質供需，推動專賣制度等等，複雜多端，對司馬光等人而言，這些都是「術」，太難懂了，也不値得去搞懂。他因爲不懂而盲目反對，全盤藐視，一上任之後便將新法悉數剷除，推行自己的「道德內閣」，使得王安石的變法，船過水無痕，轉瞬之間就歸零了。

商鞅變法，他自己因爲得罪巨室，最後「作法自斃」，可是他的變法繼續貫徹執行，秦國因此脫胎換骨，百年之後秦國統一了天下；王安石的變法，原本有機會讓積弱百年的宋朝脫胎換骨，可惜他的政敵接棒上臺，將他一生心血無情地摧毀，宋朝一線生機乍滅，從此難以擺脫被強敵勒索、被困窘的財政拖累的無邊噩夢，宋朝也因此而走進了歷史！

王安石已矣，但其人格風範卻是永垂不朽。他的改革以民爲本，他從政不爲權力，因此所作所爲不媚俗、不討好、不妥協，十分硬骨頭；相對之下，後世的執政者、改革者，口口聲聲民之所欲常在我心，實際上卻是「吾道百以貫之」，到處巴結討好，諂媚四方，完完全全的軟骨頭，沒有擔當，沒有骨氣。軟骨頭症，可以爲從政者戒，主管者戒，做人處世者戒！

（執筆／黃驗）

拗相公王安石

目錄

拗相公：王安石

第一章 新帝新政

1

從南薰門的城樓北望，汴京籠罩在一片濃霧之中。

大風裹挾著塵沙，呼呼吹過，在屋瓦、路面留下點點細細的沙塵。

宋英宗趙曙面容安詳地躺在福寧殿中。龍榻四周簾幕低垂，白色的蠟燭燃燒著，發出青幽幽的光，陣陣冷風吹來，使得淒黯的火苗搖曳不定。

皇太后曹氏守在龍榻前，淚流滿面。高皇后立於一旁，滿臉悲戚。皇太子趙頊、皇子趙顥、趙頵等人先後急急趕到。趙曙似乎微微睜了一下眼睛，但沒有開口說話。

大臣們分跪兩旁，殿中傳出一片哀哭。

禮官對群臣宣讀皇帝遺詔，由十九歲的皇太子趙頊承嗣，是爲大宋第六代天子。

趙頊詔令大赦天下，尊皇太后曹氏爲太皇太后，皇后高氏爲皇太后。宰相韓琦擔任山陵使，主持英宗陵寢永厚陵的修造。

英宗趙曙在位不滿四年即登仙升遐，繼位的趙頊還未從紛紛擾擾的國事中理出頭緒來。他呆坐在睿思殿中，不發一言。

大宋自太祖趙匡胤開國至今已逾百年。百餘年來，官員安於現狀，因循守舊的風氣日益滋長；北方邊擾不斷，與遼、西夏的磨擦接連出現，兵費成倍增長，國用日趨不足。自宋眞宗與遼國簽訂「澶淵之盟」以後，朝廷每年要支付大量的錢帛給遼國，以示友好。就在趙曙登仙前幾日，遼國遣使來祝賀新年，皇帝因身體不適無法按往例在紫宸殿賜宴，只令宰臣在使館接風，遼國使者因此大為不滿，拒不赴宴。後來，在大宋老臣勸解下，才勉強就席。

想到這裡，趙頊不禁歎了口氣。

英宗趙曙也曾立志改革，希望有所作為，怎奈向來體弱多病，登位之初皆由皇太后垂簾聽政。如今，又英年早逝，才三十六歲就永遠安息在永厚陵那片荒涼的塵土之下了。

朝綱不振，邊患不息，這麼大的擔子，一夕之間落在趙頊這個十九歲的年輕人身上。

群臣已上了三道奏表，請皇帝上朝聽事。

趙頊允准了群臣的請求。這是他第一次召見百官。

翰林學士承旨（為皇帝撰寫誥、詔、令）張方平首先上奏：「天下不幸，先是有德之主棄世，如今西北邊患又至，而國庫空虛，財用匱乏，民不聊生。請陛下減少修陵之費，以度難關。」

太子右庶子（儲君的隨官）韓維也接著說：「是啊，國家不幸，四年之內連續有兩位皇帝駕崩，營造陵寢的花費委實不少。請從這一次開始，減免賞賜官員的費用，節省下來的財帛可以用來養兵救民。」

趙頊一時心頭五味雜陳。他當上皇帝的第一次決策，竟是縮減用度，往後任何施政，豈不是束手束腳，窒礙難行？但是一想到這些年來朝廷拮据的財政，趙頊不知不覺地點頭稱是，當即吩咐知制誥（職掌草擬聖旨）宋敏求，撰寫裁減修造山陵資用的詔令。接著又說：「朝廷方今用人之際，望諸卿爲朕舉薦英才，則國家有幸，百姓有福。」

趙頊環視了班列有序的群臣。大臣們都是先帝的人馬：文彥博、曾公亮、張方平、吳奎、趙抃。還有韓琦，他近來作爲山陵使，多數時間守在鞏縣，主持修陵事宜。

趙頊的目光落在一個精神矍鑠的老人身上，他是歷事仁宗、英宗二朝的文彥博。文彥博，汾州介休人，字寬夫。英宗趙曙病重之時，是文彥博、張方平、韓琦和曾公亮等幾位老臣，敦促皇帝下詔書立潁王趙頊爲皇太子。

趙頊正在回想的時候，聽得韓琦躬身奏道：

「臣薦鄭國公富弼。他爲人老成持重，善於折衝協調。這些年來雖說身在京城之外，卻心繫朝廷，如果調他回京，於朝政必能有所裨益。」

趙頊正待接話，曾公亮出班奏道：

「臣也舉薦一人。此人是慶曆二年進士，在地方爲官多年，頗有政績；學問、道德，素有清譽。臣曾力薦其爲群牧判官（管理全國公用馬匹）、提點江東刑獄（掌地方上司法刑獄、巡察盜賊之事）、三司度支判官（管理全國財政）。鄭國公富弼也多次向朝廷推薦他，仁宗先帝曾起用他爲集賢校理（校勘整理宮廷藏書）、同修起居注。」

曾公亮的話雖然尚未說完，眾人已聽得明白，曾公亮所指的乃是王安石。仁宗皇祐年間，文彥博竭力推薦新人，其中就有韓維和王安石。韓維即將被拔擢爲龍圖閣（收藏宋太宗筆墨之所）

直學士，王安石目前則閒居江寧。

在御書房先帝的卷宗裡，趙頊淸楚地記得文彥博上給仁宗皇帝的奏章：「臣薦王安石，其爲人沖淡恬退，素有高德」、「中舉之後任官期滿，不肯入士人所熱衷之館閣（宋朝有史館、昭文館、集賢院，稱爲「三館」；又有祕閣、龍圖及天章等閣，統稱爲「館閣」），實在難得。」

前幾日，趙頊還與韓維談起王安石。韓維跟隨趙頊多年，在潁王府的時候，他爲趙頊講經釋義。每說到精妙之處，韓維往往不忘添上一句：「這是我的朋友王安石所言，非爲臣之見。」王安石的名字對於趙頊來說已是耳熟能詳了。

趙頊曾讀過王安石上奏給仁宗皇帝的〈萬言書〉。王安石詳論了治國安邦之策、理財爲政之道。趙頊還忍不住對韓維說：「這上書之人必是一個輔國之材！」英宗在位時也曾多次召王安石進京，只是王安石一直辭不就任。

趙頊心想，時下傳頌的一些關於王安石的讚譽之詞，應該不是虛言。

呂公弼在旁暗暗頷首。許多年前歐陽修也曾極力稱許王安石，並推薦他與呂公著補臺諫之職。呂公著是呂公弼之弟，和王安石詩酒唱和，素有往來。因此呂公弼對王安石並不陌生。

趙頊眼角的餘光，察覺呂公弼的神色，便笑著問道：「寶臣，你說說看。」

呂公弼說：「臣聞天下人都在議論，以爲安石不出來執政是埋沒了人才。」

趙頊看看張方平。張方平低著頭，微蹙著眉。再看文彥博，他卻自顧自地和身旁的趙抃低聲說著什麼。

趙頊掃視一周之後，問道：「衆卿還有舉薦之人嗎？只要有治國安邦的能力，都要使他們人盡其才，百姓和國家才能因之受益。」

張方平奏道：「臣保奏一人，乃是四川眉山人氏蘇軾，只是他眼下喪服未除，恐怕無法即刻上京赴任。」

趙頊沉吟片刻，說道：「朕也聽說此人文章、學問都是一流。待他服喪期滿，可立即召入京來！」

退朝之後，韓維先自到了睿思殿等候趙頊。

趙頊見了他，有些興奮，急切地說：「持國，你來替朕擬個詔，召王安石速速赴闕！」

韓維應了聲是。他理解皇帝此刻的心情。

趙頊又道：「王安石對於國事興革很有創見，朕欣賞他。」

韓維說：「皇上，王安石早就過了服喪期，他的母親吳太夫人是在先帝仁宗登仙的那年去世的。這幾年來王安石一直在江寧守喪，一邊收徒講學，一邊著書立說，其實也可說是閒居了。」

「朕知道，父皇曾多次召他赴闕，他一直推辭不就。這回朕剛登位，他理應出山輔佐朝政才是。」

韓維點點頭，說起王安石的趣事：

「王安石事母至孝，從前每遷官職，總是首先考慮家中大小的安頓，以及服侍母親之方便與否。聽說他扶靈柩奉母回江寧安葬時，哀傷得不能自已，有一天，他的老友派人送信問候，送信的人進了門，見他睡在門廳裡，以爲他是王家的老院子；他接過信兀自拆了便讀，還驚叫出聲，送信人以爲王家出了一個狂徒呢！」

趙頊不禁莞爾一笑。與韓維兩人一路說著話，一路走入了中殿。

2

趙頊這幾日有些煩惱。

前些天他召了富弼入宮來見。富弼自英宗治平二年，先後到揚州與汝州擔任地方官，離開京師已有五個年頭了。幾年來他一直以腳疾爲由，臥病在家。這回接詔以後，他把家人安置在洛陽，與兒子赴京。

君臣第一次相見，趙頊興致勃勃地問他治國之道。然而富弼的回答卻使趙頊大爲掃興，像吃了一塊來不及細嚼就下嚥的乾餅一樣，心中老大不痛快。

趙頊清楚地記得富弼說話的語氣。他一字一頓地說著：

「陛下剛剛登位，首先應該廣被恩澤，讓人民休養生息，切不可輕舉妄動。願陛下二十年口不言兵。」

想到這裡，富弼的聲音好似重現耳畔。趙頊輕輕搖了搖頭，這話他不愛聽。仁宗朝慶曆新政時，曾經躊躇滿志的富弼，此時似乎已盡失當年的銳氣了，說起話來像個村學究。

那日富弼告退之後，趙頊望著掛在牆上的盔甲，心中一動，披上盔甲，隨即來到太皇太后的寢殿崇慶宮，他有些急切地問：「孫兒這副打扮如何？」

太皇太后曹氏見他這副裝扮，心下明白，趙頊惦記著那幾百里的江山。那是太祖的時候就盼望著收回的燕雲十六州。

後晉天福元年（西元九三六年），石敬瑭以割讓燕雲十六州為條件，請求契丹出兵，助他奪取政權，建立後晉。後周世宗柴榮曾親自率兵北征，企圖收復燕雲十六州，只拿下瀛、莫、易三州，便因病班師回朝，不久逝去。在宋太宗太平興國四年（西元九七九年）的高梁河之役中，大宋軍隊被契丹軍打敗，損失慘重。七年後，太宗又派了曹彬、潘美、田重進分率三路兵馬出征，全被契丹打敗，進攻雲州一路的副統帥楊業，為契丹人所俘，絕食而死。此後無人再談收復燕雲諸州的事，對遼國改採防守之勢。

到了宋真宗景德年間，遼聖宗與蕭太后率軍來犯，宋真宗御駕親征。宋遼對峙十餘日後議和，訂下「澶淵之盟」。雙方定為兄弟之國，大宋朝廷每年要向遼國輸納白銀十萬兩、絹二十萬匹。這個盟約換來近四十年的和平相處，可是也給大宋王朝帶來屈辱與沉重的財政負擔。慶曆二年邊議再起，遼國派來使臣要求歸還瀛、莫二州。富弼曾兩次出使遼國。交涉的結果是，不割讓瀛、莫二州，但必須加歲幣銀十萬兩、絹十萬匹，對日益匱乏的國庫來說，不啻是雪上加霜。

文德殿上，群臣都已按照班列的順序站妥。

趙頊氣惱的事還有一樁。幾日來連連接到王安石的辭狀，說是只願守居江寧府。詔書一遍一遍地送出去，辭狀卻一封接一封地呈上來。

趙頊望著衆臣說：

「王安石終先帝之朝屢召不出。朕接二連三徵召，仍稱病不出。他是眞的有病在身呢，還是故意推辭？」

曾公亮連忙出班奏對：

「王安石學問與操守都堪稱一時楷模，應當大加錄用。累召不起，一定是由於疾病的緣故，而非欺罔聖聽。」

參政吳奎當即對道：「臣不以爲然。王安石爲人向來褊狹，一定是因爲記恨韓琦，才不肯應召入朝。」吳奎與王安石共事多年，兩人早在仁宗嘉祐初年任群牧判官時就是同僚了。他接著說：「大家想必記得，韓琦曾經手一件彈劾王安石的案子。」

老臣們心知肚明，吳奎說的是嘉祐七年，王安石任知制誥、糾察期間所發生的事情。糾察職掌審查京城刑事訴訟之類的案件，凡御史臺、開封府所判決的案件都必須及時申報給糾察。

吳奎提起的那個案子緣由是這樣的：

一個少年偶然得到一隻鬥鶉，愛不釋手。同行的一名歌女借來觀賞後，央求少年把鬥鶉送她。少年不肯，歌女仗著平時與少年交情很好，拎起鳥籠便跑。少年急追不捨，用腳踢去，正好踢中歌女胸口，歌女當場死去。開封府判決少年應當償命。

王安石查閱卷宗後，駁回判決：

「按照法律，公然奪取和盜竊都是『盜』，案中少年不給歌女鬥鶉，而歌女強奪之，歌女是盜；少年毆打歌女則是捕盜的行爲。即便少年有殺人之過，也不應當計較。」他認爲開封府把無罪之民定爲死罪，判案有誤。開封府接判後不服，事情鬧到審刑院與大理寺，最後還是以開封府的判決爲準。王安石因此有誤判之罪，但仁宗皇帝下詔赦免其罪。

按照舊例，受皇恩眷顧得以免罪者，都必須親自到殿門謝恩。王安石卻決然地說：「我有何罪？不謝！」御史臺（掌糾正官邪，肅正綱紀）及閤門使（掌朝會宴幸等宮廷禮儀之事）連連下了幾次文牒催促，王安石始終不肯謝罪。臺司因爲此事彈劾了他。當時的執政大臣是韓琦，因爲王安石名重一時，且慶曆年間王安石初入仕途便是在自己手下擔任簽判，因此也不追究。最後將王安石調任勾當三班院（負責考察武官，及其職務的派遣），實際上的職務仍是知制誥。

曾公亮聽到吳奎提起陳年往事，立即辯道：

「你怎麼知道他還在記恨韓琦，不肯赴闕？臣觀王安石二十餘年的從政經歷，的確是個輔相之才。即便爲人處事略有失當之處，也是瑕不掩瑜。吳奎所言，不免蒙蔽聖聽。」

曾公亮心裡明白，嘉祐末年，朝廷要增補一名翰林學士，按照慣例，是以第一廳舍人補闕，依資序排列下來，恰好是王安石。但不知爲什麼，韓琦堅持要起用端明殿學士張方平。因此當時還有人說他「寧用新學士，不用舊學士」。

曾公亮是福建晉江人，離開家鄉在外爲官多年，鄉音未改，比如說，他會把「是」說成「細」。這使他說起話來慢條斯理，一板一眼，在趙頊聽來親切入耳卻又不免有些陌生。

吳奎看著曾公亮，答道：「豈止是爲人處事失當，他簡直就是一個怪人。」他轉向皇帝，說道：「臣與王安石同在群牧司共事數年，知道此人性格迂闊，善於護己之短。萬一擢用他，必然剛愎自用而導致朝綱紊亂。蒙蔽聖上的是曾公亮，而不是臣吳奎！」

曾公亮冷冷地說：「當時文潞公（文彥博）都推薦他，說他恬退沖淡，不可多得，只有你認爲他會敗國亂政！」

趙頊聽著二人對話，未置一詞。他抬眼望去，文彥博微瞇著眼。看來他正在閉目養神。趙頊感到有些奇怪，文彥博爲什麼一言不發？

至於張方平，趙頊心想，他今天是不會開口的了。

昨天，趙頊和張方平談起王安石。

趙頊問道：「安道（張方平的字），當下朝中有這麼多人推薦王安石，你以爲如何？」張方平的回答讓趙頊有些吃驚：「王介甫好爲花言巧語，善於僞飾，好勝善辯，行事虛僞而固執，用之必亂天下。」

張方平天生記性極好，有「文不看二遍」之譽。年輕時在老家讀書，向人借「三史」來看，十餘日便還，過目成誦，當時之人都以爲他是特異之才。

趙頊正在想著，沒想到張方平這時又近前奏道：「陛下，王安石徒有虛名，如果任用他，恐怕會敗壞天下風俗。」

趙頊今天本是想聽聽大家的意見，未料衆臣各持己見，爭執不下。趙頊只好當下作了決定，說：「起用王安石這件事就這麼定了。朕從他本人所請，讓他任江寧知府。」

幾日之後，韓維聞得衆臣議論，知道皇帝的決定後，急急忙忙入了殿，上前進奏：「臣聽說陛下要起用王安石任江寧知府，不知道這是不是眞的？如果確是如此，臣以爲，這並非安置王安石的最好的位子。」

「爲什麼呢？」趙頊問。

韓維道：「王安石久病不朝，如果現在將一個大郡交給他，他就欣然赴任，可證明他從前不從君命是因爲不滿朝廷派任的職位。以臣對王安石的了解，並非如此。」

趙頊定定地望著韓維，試圖從韓維的臉上找到他想要的答案。

韓維繼續說道：「如果人君登位之初，有招賢納士、共謀天下大事之志，則誰不願效忠以實現自己的抱負？介甫不至於病到如此糊塗的地步吧。」

韓維年來與王安石的兒子王雱交遊密切，也甚爲相得，稱得上是忘年之交。王安石寫信命王雱在京城訪覓居宅，韓維是知道的。

那天，新登榜的進士們相約在大相國寺燒朱院集會。等了很久，王雱還未到。衆人都知道皇上已下了詔命，召王安石赴京。席中有一人問道：「不知道王舍人這回還會不會拒絕皇上的任命？」

衆人正在猜測時，王雱來了，他說：「家嚴不敢不來，只是未有一個居處。」有人問：「元澤啊，難道找一個居處有那麼難嗎？」王雱答道：「本亦不難，只是家嚴之意，是要與司馬十二丈爲鄰，因爲他修身齊家，事事可爲子弟效法。」

憑著多年來對王安石的了解，韓維知道王安石絕非一個甘老林泉之人。他雖然嘴上說是願守江寧，但是其志必不在此。

趙頊聽著韓維侃侃說來，沉吟片刻，說：「王安石的謝表已到，他表示願意上任江寧府。這樣吧，朕馬上再發一道詔令，召他進京。待他入京之後，再作商議。」

3

天色將晚，白鷺洲一片淒迷。秋雨連綿，江寧城籠罩在一片煙雨之中。白鷺亭上，王安石臨風而立。李定、陸佃立於兩旁。

江風很大，長江水浩浩東去。

江南佳麗地，金陵帝王州。這金陵是六朝故都，紫陌紅塵，虎踞龍盤，當眞有帝王氣象。

王安石已許久不發一語了。他就這樣默默地注視著江面。黝黑的臉上這時顯得有些神情黯淡。

雨越下越急，雨點急劇地落入江中。

不知過了多久，陸佃小心翼翼地開口：

「老師，您上次出給我們的策問是：『夏之法至商而更之，商之法至周而更之，皆因世就民而爲之節。然其法亦不相師乎？』您的意思是不是說，世道在變，爲政應當順其變而變，應當視國情之需要而變，變革又是互相因循互相師法的？」

陸佃知道，只要事關學問、文章，先生罕有不回答的。

王安石說：「你說得對。讀書應當經世致用，變革應當因勢利導。《易經》有言，『泰者，通而治也，閉而亂。』國家亦復如此。要變通才能治理好，閉塞則導致舛亂。」

陸佃點點頭，有些興奮地說：

「先生的〈虔州學記〉寫道，『先王所謂道德，性命之理而已，然士學而不知，知而不行，行而不至，則奈何？先王於是乎有政矣。』句句讀來，頓覺荀子和揚雄也沒有什麼可回味的餘地了。」

王安石靜靜聽著，不置可否。

天色漸漸暗下來了。

李定接著問：「老師，朝廷已下詔讓您進京赴闕，您什麼時候動身？王雱兄已中進士，授了旌德尉，現在京城待命。似可先讓他物色一處宅業，待您進了京，也可以及早安頓下來。」

雨漸漸停了，可風似乎更大了。

不知道什麼時候，雨過天晴。在近晚的天色裡，江面上百舸遊動，帆影點點，有遠航來此的，也有離港歸去的，來來往往，或穿梭於江面，或停泊在碼頭。遠處的酒樓上，酒旗斜斜地高掛著，在傍晚的西風裡招展。

漸漸地，暮色瀰漫。城中已是萬家燈火。

東邊的賞心亭點起燈籠，使得亭子的輪廓在暮色中顯得格外分明。賞心亭是眞宗天禧年間丁晉公丁謂鎭守金陵時，臨秦淮河而建。

王安石環顧了一下四周，望了望遠處的燈火，說道：「我們回去。」

陸佃與李定相視無言。

三人慢慢走回。白鷺洲雖說離江寧府的治所不遠，但也不近。只是王安石堅持不用車輿，帶了二人徒步來此。

王安石緩步走在這條熟悉的路上，回想起落腳江寧的往事。雖說是家鄉在撫州臨川（在今江西省），自己卻是在臨江出生。父親王益是眞宗大中祥符八年進士，當時爲臨江軍判官。他便是在父親的官舍中出生的。在王益二十幾年的官宦生涯中，屢屢遷徙，王安石的童年便隨著四處遷徙。十六歲那年，王益做了江寧府通判，全家在江寧安頓下來。沒過多久，王益便去世了。那一年，王安石十九歲。

王安石快走了幾步。過了一會兒，回頭似是對著二人，更像是對自己說：「我還是想在江寧待著。要我進京的詔命已經下了三次了，我已屢次辭謝，只向皇上請求做個地方官。」他的聲音小得只有夜晚的風才能聽見：「父母長眠在此，兄長也長眠在此，江寧已是我的故鄉了。」

王安石的妻子吳氏在嘉祐年間被封為吳國夫人。現在她和王安石的六弟王安禮、小弟王安上圍坐在一盞燈前，等王安石師徒回來吃飯。

王安禮現為大名府莘縣主簿，這幾日回江寧探望兄長。王安上則未入仕途。

吳夫人輕聲嗔道：「這麼晚才回來，飯菜都熱過多少遍了。」她一邊招呼大家坐定。

王安石埋頭吃飯。吳夫人也不覺奇怪，只是坐在一旁，不時望他一眼。

王安石總是在飯桌上想他的心事。

一次，有學生來問：「師母，先生是不是特別喜歡吃獐脯肉？」吳夫人有些納悶地說：「不會吧？」一想，再問，「你是不是把獐脯肉放在他的面前？」學生認真想了想，說：「是。」吳夫人笑了，道：「你明日把任何一盤什麼菜放他面前，看他吃不吃。」一試，王安石果然只吃擺在面前的那盤菜，旁的菜自始至終未曾下箸。

王安石二十二歲那年中了進士，授官淮南簽判，上任之前請假回鄉探望外婆謝氏，到金溪舅舅家拜見表兄弟。就是這一回，由外婆作主撮合了這樁婚事，從那以後苦樂相隨。

這時吳夫人對王安石說：「雱兒捎信來，說是眼下尚在京城閒住。天氣越來越冷了，風沙又大，氣候又乾燥。我眞擔心他在那裡不能適應。」

王安石這才「哦」了一聲，抬起頭。他已用飯完畢，站起身來。

一陣風吹過，木窗格外面的樹葉響成一片。正是涼秋的況味了。

正說話間，老院子來報：「相公，又有急腳遞來送公文。」

急腳遞遞上公文，這一次朝廷徵召王安石爲翰林學士。

淸晨的陽光透過樹葉，天色澄澈。江寧城就如洗過一般明淨悅目。

王安石吩咐備馬。

吳夫人問道：「你要去哪裡？」

王安石答道：「我去鍾山走走，會一會元禪師，許久沒有去探望他了。」

陸佃和李定同聲說：「老師，我們和您一同上山。」

王安石吩咐道：「你們先去唸書，等我回來還有事與你們商量。」

鍾山又名蔣山，離江寧十四里。王安石信馬由韁，不多久便到了鍾山山腳。繫了馬，信步拾級而上，不到一炷香的功夫，便上了山頂。鍾山寺也叫定林寺，住持是元禪師。

元禪師聽得王安石到來，早已迎出寺門，說：「我知道你今日所爲何來。」

王安石笑道：「禪師何以知道？」

元禪師是王安石在京師時認識的，王安石服母喪回江寧，元禪師隨之前來，居於此山。王安石因此常在鍾山留連。鍾山寺有他專用的禪房。

元禪師望著王安石，只是微笑，許久並不答話。

童子上了茶。王安石呷了一口，輕聲道：「皇上已是第四次下詔了。我剛遞過謝表，也許不久便將赴京應命。」

王安石正自想著，元禪師忽然說：「走吧，出去走走。」

兩人來到鍾山上。秋風陣陣，衣袂臨風飄舉。

王安石望著開闊的江面，笑著對元禪師說道：「我新近塡了一闋詞，念與你聽來。」他清了清嗓子，開口念道：

「登臨送目，正故國晚秋，天氣初肅。千里澄江似練，翠峰如簇。征帆去棹殘陽裡，背西風，酒旗斜矗。彩舟雲淡，星河鷺起，畫圖難足。

念往昔，繁華竞逐。歎門外樓頭，悲恨相續。千古憑高對此，謾嗟榮辱。六朝舊事隨流水，但寒煙、衰草凝碧。至今商女，時時猶唱，後庭遺曲。」

他只是覺得胸中有如不遠處的江水奔湧，低頭並不看元禪師。過了許久，開口說道：

「悲恨榮辱，空貽後人憑弔；往事無痕，唯見秋草淒碧，閒來登臨，卻不免有觸目驚心之感。」

元禪師仔細地聽著，半晌才說：

「夢幻泡影，世情原本不過如此。你的詞句裡有佛的意味。」

王安石在鍾山盤桓一日，當夜宿於寺中，天明方才下山。

七個月後，熙寧元年閏三月，王安石攜家啓程前往京師赴命。同時擢爲翰林學士的還有司馬光、呂公著。

4

暮春時節，天氣晴和。江面上方，天色深湛如水，月色顯得格外清亮。波濤輕輕晃著，拍打著船舷。月光照著江面，江水泛著點點細碎的銀光。

一縷月光從艙邊的小窗照了進來。王安石起身披了衣裳，踱出船艙。

江風吹過臉頰。暮春三月，江南草長；雜花生樹，群鶯亂飛。這樣的句子即便只是隨口念出也能教人沉醉。白日裡可見，山青水綠，江岸上草色萋萋，好似有一隻巨手漫天拂過，描抹出這無邊的秀色來。

有一會兒，他回望著來時的路。在清冷的月色之中，遠處起伏的山巒，看上去黑魆魆的，有些怪異。鍾山似乎就在不遠的地方。父母和兄長的墓塋大約便在那巨獸般起伏的暗影之後了。

這麼想著，不知不覺之間，夜已漸深。風露侵人，能感到一種貼體的寒意。王安石抬頭看了看已經偏西的月亮，轉身進了船艙。

侄兒王旁也睡不著，正坐對几案上的孤燈，看那火苗伴隨著船隻輕晃的節奏搖曳著。案上備有筆墨，王安石端坐案前，就著幽暗的燈影鋪開紙張，提筆濡墨。

王旁問道：「叔叔要寫信麼？」

王安石搖了搖頭，落筆寫道：

「京口瓜洲一水間，
鍾山只隔數重山。
春風又綠江南岸，
明月何時照我還。」

從江寧到汴京行程共計二十二日，王安石攜眷在汴河渡口登岸。王安石遠遠地見到城樓上的三個大字：宣化門，不禁心中一動。

這是第幾次入汴京了？

記得第一次是十六歲那年隨父親在臨川老家服祖父之喪，期滿後父親帶著他從臨川趕赴汴京，這一次他認識了江西同鄉、南豐人曾鞏。第二次是二十二歲那年，孤身一人，餐風露宿，從江寧赴京參加進士考試。

他望了望高高的城門，轉頭對王旁、王旊說：「當年我參加進士考試，便是從這裡進城的。」

王旁是王安石的長兄安仁的兒子，安仁曾爲宣州（在今安徽省）司戶參軍（管理各州的户籍、賦稅與倉庫收納），仁宗皇祐三年安石任舒州通判時，安仁亡故。父親亡故之後，王旁一直隨侍在叔叔王安石身邊。王旊則是四弟安國的長子。

王夫人吳氏的貼身丫鬟陶綠好奇地東張西望。她是吳夫人從市上撿回來的棄兒，如今十二歲了，長得伶俐可愛。

王安石的心緒卻還沒有從回憶中走出。

入京赴考之時，父親去世已近三年。「母兄呱呱相泣守，三年厭食鍾山薇」，王安石與母親、兄弟、妹妹度過了一段艱難的日子。

王安石考中進士後被派到淮南，在韓琦手下做簽判，直到慶曆四年復歸京城，做了個閒差：大理評事。長子王雱在那一年出世。慶曆七年調知明州鄞縣，任滿之後在京師等候差遣，以殿中丞通判舒州，後來又回京來做了群牧判官；三十七歲知常州，不到十個月又被派爲三司度支判官，六入京城，做了知制誥。

這是第七次入京了。望著這些熟悉的屋舍道路，王安石不禁心中慨然。想起四年前扶著母親的靈柩回江寧，韓琦、富弼等人都來弔唁，還贈了銀兩財物。如今，自己重又踏上這方土地。

趙頊聽得王安石已到達汴京，抑制不住喜悅之情，連聲說：「王安石終於來了。朕要立即請他入宮議事！」

他自去年九月下詔令王安石赴京，王安石所上的謝表早就收到，可是又過了這七個月，王安石才來到汴京。

向皇后隨手理了理趙頊的衣領，說：「官家，王安石雖是翰林學士、知制誥，可他不是常參官，如何能入宮議事呢？」

向皇后是故宰相向敏中的曾孫女，自幼在宮中長大，溫柔賢淑，聰慧機敏，年初被册封爲皇后。

趙頊笑道：「國事急切，豈有一成不變的規矩？」他當即傳令閤門使，速傳手詔，請王安石越次入對。

王安石一家人暫住在汴京西南一處租來的老宅。一早起來，王安石梳洗停當，著上朝衣。他看看窗外，日色襯著嶄新的窗紙，白得有些眩目。

四月的汴京，暖意洋洋。汴街上已是人來人往，起早的小販、早朝的官員陸續上路。京城最大的酒樓樊樓，在屋頂上方高掛著一面杏黃色的酒旗，紅色繡金的「酒」字，在晨光中閃爍，酒旗的荷葉式滾邊也是紅色的，看上去既顯眼又氣派。

京城中，有許多店肆是二更天才打烊，五更天就又開店。

王安石選了一家賣早點的小店坐下。這是一家老店，通常賣早點給趕上早朝的官員用餐。店中收拾得乾乾淨淨，店家熟練地報著菜單：「曹婆婆香餅、李家豆腐、煎魚、菜羹飯……」

王安石要了一份菜羹飯，慢慢地喝著。在熟悉的香氣裡他彷彿回到當年。這是他在做知制誥時常吃的，有時下了朝路過，還給母親帶一些回去。

外城門已開，等在城外的人湧了進來。不時聽到驢馬的嘶叫，牠們馱著各色褡褳，圓鼓鼓的，從街坊中走過。夥計們吆喝著，試圖讓牠們走得更快些。一個挑著鮮棗的男子踩著快步，一路吆喝叫賣。茶館裡提著水壺的小夥計衣衫不整，眼神疲憊，卻依然高聲叫著：「續水嘍！」

有一會兒，王安石愣愣地望著店門外的街道。他不禁有些悵然若失。前一日帶子侄在城中走了半天，回來即興寫下的詩句此時又在心裡冒了出來：

「三十年前此地，
父兄持我東西。

今日重來白首，
欲尋舊跡都迷。」

王安石候在東華門外。在五日一次早朝的上朝日，文武常參官們齊聚在這裡，等候閤門使傳令，入朝參見皇帝。

從這裡可以看見大慶殿高高的屋宇。屋角猶如飛燕的雙翼，高高翹起，在晨光中好似就要凌空而去。紅底黑漆的「大慶殿」三個字在朝日的映襯之中顯得格外耀眼、亮堂。

閤門使領著王安石入了殿門，走過東廊，拐入正殿。

趙頊端坐龍椅之上，望見王安石跨入殿門，不禁欠了欠身。

他的眼前是一個面色黧黑的中年人，身材微胖，肩背寬闊；臉盤方方的，耳朵很長。那雙眼睛特別引人注意：它們黑白分明，但似乎太狹長了些。

趙頊感覺到，王安石在看他的時候眼睛很亮，好似蘊藏著噴射不盡的烈火，直逼人眼。這樣想著的時候，王安石已走到階前，雙手一揖到地，口呼萬歲，跪伏在殿陛之下。

趙頊連聲說道：「先生請起，先生請起。」

王安石起身，抬眼一望，新皇帝是一個面色蒼白的年輕人，寬寬的額頭，高高的鼻樑，身材修長，目光柔和，卻自有威儀。

趙頊內心的喜悅在臉上綻成了一朵花，但他一時卻不知道該怎麼開口，所以那聲音聽起來有些生硬：

「久慕先生大名，今日才得一見。朕在東宮時曾讀過先生上先皇仁宗的〈萬言書〉，想見先生爲人。如今天下百業待興，能得先生助朕成事，乃國家之福。」

王安石躬身答道：「臣上書論政，只是傾己所學而已。」

趙頊有些興奮，他命內侍搬來錦墩，賜王安石坐下。

趙頊決定直接切入主題。他開口問道：「方今治國，應當從哪裡入手爲好呢？」

王安石不假思索答道：「應以擇術爲先。找出最佳的治理國家方法是首要之務。」

趙頊輕輕點了點頭，接著問：

「那麼，先生認爲唐太宗是一個什麼樣的君主呢？」

王安石的目光停在趙頊的臉上，又很快地閃過。過了一會兒，他說：

「陛下應當事事以堯舜爲楷模。唐太宗的見識不多，爲政之道也不盡合於法度，只不過是因爲唐朝在亂世之後建國，他的作爲才得以突顯。臣以爲，處當今之世，事事需以堯舜爲楷模。」

趙頊望了望王安石的臉，望了望窗外的天色，歎道：

「唐太宗一定要有魏徵，劉備一定要有諸葛亮，然後才可以有所作爲。」這個二十歲的皇帝忽然有些興奮：「先生就是諸葛亮，就是魏徵！」

王安石笑了笑，隨即直起身來，說：

「諸葛亮的政治才幹無它，不過是按部就班、循序漸進而已。陛下大有為之時，正在今日！」他頓了頓，又說：「堯舜之道，至簡而不繁，至要而不迂，至易而不難。但後學不懂變通，不能領會它的精神，以為那是高不可及的境界。」

「如此一說，先生可謂責難於為君之人了，」趙頊小心翼翼地問道：「從太祖開國至今已逾百年，祖宗守天下，能夠做到經歷百年而無大變，大致算得上太平。愛卿你說，這靠的是什麼？」

「靠的只有一個『勢』字。勢在，必行。」王安石話鋒一轉，冷峻地說：「太祖開國之勢，早已蕩然；如今，天下之勢此消彼長，已經不在我大宋朝廷這一邊……」

「那麼，怎樣才能重振大勢？」趙頊急切地問。

「富國強兵，勢在必行。」王安石斬釘截鐵地說。

趙頊眼前為之一亮：「怎樣才能富國強兵，洗刷恥辱？」

「獎勵農耕，提高生產，讓百姓得以溫飽，這是執政之急務！」王安石胸有成竹地說。

「那麼，依先生之言，有無具體之良策？」

「非常時期，要有非常之法。唯有非常之法，才能革除積弊，強國強兵，洗雪恥辱！」

「掃除積弊，洗雪恥辱……」趙頊精神為之一振，自他孩提懂事以來，便深刻感受到遼國加諸在大宋朝廷頭上無窮的壓迫與屈辱，從仁宗先帝，到父皇，數十年間像是揹負沉重的枷鎖一般，他們不曾有過昂首闊步，抬得起頭來的一日。趙頊即位之初，誓言要擺脫這種漫長無邊的困境。怎奈放眼朝廷，都是守成之士，勸他二十年不言兵，勸他堅此百忍；如今，眼前這位變革色彩強烈的王安石正是他夢寐以求的，他彷彿從王安石身上看到了大宋未來的希望……

王安石望了望窗外，日影已高，不知不覺中，君臣已交談多時。剛才一番話下來，王安石不免頭昏目眩。他自年輕時便染上氣喘、偏頭痛的毛病，常常不耐久坐，動輒昏眩不支。

趙頊雖然興致盎然，王安石卻掩不住疲憊之色，他看了看皇帝，說：「具體的改革恐怕不是三言兩語能說得清楚的。臣也怕今天說得太多，勞陛下費神。容臣詳細上一道奏章來談這個問題。」

趙頊雖然意猶未盡，但是看到王安石一臉疲憊，也不好勉強，只好說：「好吧，就依先生所言。」

5

翰林學士院在宮城西隅，堂中高懸一匾，上書「玉堂之署」四個大字，乃太宗皇帝手書御賜之匾。北面牆壁有董羽所畫山水，筆力遒勁。門外那株石榴樹枝繁葉茂，此時掛了一些鮮紅的果實，沉甸甸的。

王安石過了東廊，進得殿門。

司馬光、呂公著和衆位學士各自據案而坐。

司馬光見王安石到來，不禁「哦」了一聲，站起身來。王安石見到這位高高瘦瘦、鬚髮皆白的人，也不禁笑了，拱手說道：「君實兄，好久不見！」

司馬光長王安石二歲，兩人是舊識了。司馬光是陝州夏縣人，仁宗嘉祐年間與王安石同在館閣任事，兩人形影不離，情同手足。後來在群牧司又共事多年。那時，群牧司的人常常可以看見一白一黑，一瘦一胖的兩個年輕人同進同出。

司馬光也拱了拱手，道：

「我們已四年多不見了。這回皇上降詔，我還擔心介甫兄又再度推辭，使你我無緣再度成爲同僚！」他轉頭對呂公著說：「介甫兄辭官是辭出門道來了。最早是淮南簽判任滿後幾次力辭館閣之職，使天下士人爲之側目。文潞公還專門向仁宗皇帝推薦，說是這樣的恬淡之風可以作爲天下士人的典範。後來介甫兄還辭集賢校理、辭同修起居注的工作。」

王安石臉上露出了尷尬的笑容，不知道該說什麼好。他沒想到司馬光會劈頭蓋臉說出這通話來。

司馬光所說的王安石的辭官紀錄，呂公著當然都知道。

嘉祐六年，那時王安石做三司度支判官，仁宗皇帝下詔，令他與司馬光二人同修起居注，司馬光辭了五次便接受了，王安石卻連辭十二次。聽說閤門使把詔命直接送到三司他辦公的地方，他拒不接受，甚至還躲到廁所中去。

那一回，閤門使急了，把詔書放在桌子上扭頭就走，王安石派人急追上去還給他。

王安石心中自有衡量：當時自己就職也才幾個月，若貿然接受新職，會壞了朝廷用人的規矩。再加上病痛不斷，精力不濟，舊日所學幾乎荒廢殆盡，恐怕不能勝任起居注的工作。

那些時日，王家連遭變故，祖母、兄嫂相繼亡故，加上家中人口衆多，家貧口衆，因此，才希望能到一個清閒之處去做個地方官。記得上給皇帝的謝表上是這麼說的：「唯當盡節於明時，豈敢尚懷於私了，便接受了詔命。連上了幾道奏章之後，王安石估計自己是辭不掉的計。」可誰知相隔才二十七日，便又被擢爲知制誥。說也奇怪，就是那一回，自己好像是怕寫辭呈一般，便很乾脆地接受了。

王安石正想著，聽到司馬光說：「古人云，君子難進易退，小人則相反。難怪天下士大夫都恨不能一睹你的風采，說你無意於當世，生怕你永遠深居不出呢！哈哈哈！」

呂公著乜了司馬光一眼，低聲說道：「你就是這個怪脾氣。每次見到人總是好發議論，說個不停。」

呂公著是壽州人，字晦叔，故宰相呂夷簡之子，呂公弼之弟。他小王安石三歲，也是慶曆進士。

過了一會兒，王珪也來了。他說：「時辰差不多了吧，我們走吧！」

王安石、司馬光、王珪一同上了延和殿。

冬至將至，今日趙頊約見他們討論郊賚之事。

郊祭時，朝中官員將陪同皇帝祭天。仁宗朝以來，每逢郊祭即大賞群臣，文武官員按等皆有厚賞。但是這一筆支用，每年都成爲朝中上下頭疼的一個問題。因爲國庫空虛已久，近幾年來還常常向內庫（皇宮掌握的支用）支借，實在已不堪重負。

三人先後謝坐，依次坐下。

趙頊一一招呼道：「禹玉、君實、介甫，冬至小歲就要到了，南郊祭天乃國之大典，群臣與各國使節都來朝賀。今年又是朕登基的第一年，理當隆重慶賀。只是，國用不足，朕擔心只此一項，國庫便難以承擔。你們以爲如何？」

「方今國用不足，天災接連不斷，臣以爲應當節用。如果有人提出辭免郊祭之賞的，應當鼓勵。據臣所知，曾魯公等人已表態不要賞錢。」司馬光首先發言。

王安石一向認爲，做大事者應該顧全大體，不拘小節，對司馬光的話感到不以爲然：「國家富有四海，大臣們陪同祭天接受賞賜算得了什麼？冬至乃是朝廷重大節日，即便是民間也重如年節。吝惜這一點點賞賜，省下的錢也不能使國庫富裕，卻徒然傷了大體。」

王珪插話道：「從前常袞辭賞，識者認爲他是自知無能，才會態度那麼堅決。」

王安石接過話頭，道：「是啊，我們今天討論郊賚之事，道理正與此相同。該給的賞賜還是應該給。」

常袞是唐天寶末年進士，大曆年間拜相。當時，朝中每日用御膳房之食賜予宰相，常袞堅決推辭，並向皇帝請求罷去這一賞賜。

司馬光繼續爲自己的主張辯護：「常袞力辭祿位，是因爲他尚知廉恥，與那些貪戀名位、俸祿的人相比，不是更好嗎！何況自眞宗朝以來，我朝國用就嚴重不足，近年來更加惡化。你怎麼能說這不是當務之急呢！」

王安石一針見血說：「國用不足，是由於朝廷中沒有善於理財之人。」

司馬光急了：「善理財之人，不過是靠加重賦稅，重重盤剝，以供國用。如此一來，則百姓窮困，流離失所，甚至淪爲盜賊，這豈能說是國家之福？」

「眞正善於理財之人，能不加民賦而使國用豐饒。桑弘羊的舉措不正是如此？」王安石說。

司馬光一笑，他似乎覺得王安石給了自己反擊的把柄：「你不認爲這是桑弘羊欺騙漢武帝的話嗎？司馬遷記下桑弘羊之言，意在譏諷漢武帝不明事理。天地所生貨財百物，數量有限，不在民間則在公家。桑弘羊能致國用之饒，不取於民，倒是從哪兒來的？如果確實如你所言，那麼漢武帝在位末期又怎麼會盜賊蠭起？」

王安石忍不住輕輕哼了一聲。他覺得司馬光的想法有些極端，再繼續和司馬光談這個問題，一時半會兒也理不清楚。於是說道：「太祖之時，趙普等人爲相，賞賚有時數以萬計；現在陪同郊賚，祭天慶典所賜銀兩，最多不過三千，這算多嗎？」

聽到王安石這一番話，司馬光忍不住加以反擊，但他盡量減緩說話的速度：

「趙普是開國元勳，平定諸國，功莫大焉。賞以萬數，並不爲過！如今大臣們談得上有什麼大功績，憑什麼要受如此厚賞？長此以往，則不免國庫虧空，財政怎能不出現危機？」

趙項端坐無語，默默地聽著他們的爭論。他們的見解都對。司馬光憂心財政空虛，這是事實；王安石認爲省這一點小錢也無濟於事，這更合他的意。

這時王安石又說道：「問題的關鍵在於開源，而不是節流。君實兄，你的辦法只能治標，不能治本。」

一旁的王珪可有些急了。他實在摸不透趙項到底在想些什麼。年輕的皇帝一直這麼穩穩當當地坐在他的龍椅之上。已是初冬季節，天氣早已變涼了，可王珪的額上、背上卻滲出一層細密的汗珠。他很小心地開口了：「君實提議免去郊賚之賞，節省國庫之出；介甫說郊賚之賞所費不多，不給，恐傷國體，所言也有道理。臣以爲，只有請陛下來裁定了。」

趙項的臉上掛著一絲不易覺察的笑意，目光在王安石和司馬光之間掠過。最後他看著司馬光，說：「君實今日所說的很有道理。」隨後他的聲音小了下來：「但是，朕認爲安石所言甚是。朕意已定。節省費用是需要的，但是，冬至祭天這麼大的慶典，賞錢也不能省，免得朝野議論。就這麼定了吧，其餘的事務明日再議。」

趙項回到後宮。宮人呈上水盆。正待洗手之時，內侍忽然來報韓琦入宮求見。

韓琦已經完成了山陵的修造。他在修王陵這方面是頗有經驗的。嘉祐八年，仁宗皇帝的陵寢永定陵便是他負責修建的。現在，由於經費不足的緣故，也由於皇帝之命，盡量減少支用，所派的民工也由修永定陵的四萬多人減爲三萬五千人。即便如此，這永厚陵和永定陵一樣，修造得極爲氣派。

韓琦已累相三朝。和他年歲相當的張方平、趙抃新近擢爲參知政事，文彥博仍在樞密使之位。而歐陽修卻已於三月罷去尚書左丞、參知政事之職，出知亳州。

韓琦行過大禮，說：「皇上，臣請求外調。」

趙頊有些意外。他說：「卿功高德重，這次又奉命修陵，辛勞人所共知，朕還想著要差人去慰問你，你就要求外調了。」

「臣老家在相州。少小離家，輾轉南北，不知故園今日如何。請皇上准許臣回到相州安陽（在今河南省），頤養天年。」

「韓愛卿，現在朝廷內外，事情千頭萬緒。朝廷正當用人之際，朕眞希望你能繼續留在朝中，助朕一臂之力。」

韓琦去意已決。他嘶啞著聲音，竭力乞求皇上體恤他年邁體衰，准許他出京。

趙頊見挽留不住，歎了一聲，說道：「那好吧，正好，永興一路（在今陝西省）邊擾不斷，你就出知永興軍，如何？今後若朝廷有需用先生的地方，還請先生效力。」

趙頊的心情有些沉重，他走下龍榻，握住韓琦的手，說：「侍中執意離去，朕也無奈。只是侍中離去之後，誰能擔負國家大事呢？」

韓琦沉默不語。

趙頊有些急了，他的目光停在韓琦臉上許久，最後乾脆直問：「卿以爲王安石如何？」

韓琦猶豫了片刻，道：「依臣之見，王安石作爲翰林學士，才識學問綽綽有餘；至於要把他放在輔臣的位置上，此人器量不足，難以當此重任。」

王安石於慶曆四年中進士後，爲淮南簽判，韓琦恰好在這一年離京做了淮南通判，成了他的長官。

那時，王安石孤身一人住在揚州，每日常常讀書至深夜，累了就靠在椅子上打盹，天明來不及洗漱就匆匆趕赴公府。開始，韓琦看他常常衣冠不整，面有倦容，以爲這個年輕人優遊無度，玩樂太過。這一天，韓琦看到他還是急匆匆地踏進府衙來，終於說話了：「年輕人應該以事業爲重，不要耽於享樂。」王安石當時也不爭辯。但是事後韓琦卻聽說他對別人說：「此公不識我。」這件事給韓琦留下了深刻的印象。

門官把韓琦送出宮外。趙頊回殿呆坐了許久。

王安石從延和殿出來便回到翰林院。這一日是他當值。翰林學士每夜必須有一人輪值，在院草擬本日各種批答。有事缺席的則稱之爲「豁宿」。

白天的情景一幕一幕地在眼前閃過。看來，朝中大臣們對於國家財政的看法有著不小的分歧。司馬光主張以節約費用來富國，簡直是幼稚可笑，而衆臣竟然也都隨聲附和。對於司馬光，王安石是心懷敬意的，因此入京之前命王雱訪覓居宅，才一心考慮要與司馬光爲鄰。

他又一次詳細看了看〈本朝百年無事劄子〉。天明上殿，就可以把它呈給皇帝了。

6

熙寧元年冬臘月。韓琦自京師來長安永興軍任職已有幾個月了。永興軍所轄乃是西北邊地，趙頊登位之初即與西夏諒祚交兵於綏州（在今陝西省榆林縣南）。綏州之戰以後，西夏不時興兵來犯，邊擾不斷，因此事務繁多。

趙頊派韓琦經略陝西，判永興軍，雖是應韓琦出京之請，其實也是時勢所迫。派他坐鎮永興軍，正好借重了他的聲望。

隆冬臘月，大雪紛飛。這天，韓琦視察軍營回來，兵士來報有蘇軾、蘇轍兄弟來見。他有些意外，忙說：「快請！」

蘇氏兄弟是四川眉山人。仁宗嘉祐初，蘇洵帶著這兩個兒子來遊京師。嘉祐二年正月兄弟同中進士。英宗治平三年四月蘇洵病逝於京師，兄弟二人扶喪回蜀，在眉山老家待了幾年，現在服喪之期已滿，各攜家眷經由成都，自閬中（在今四川省）一路至鳳翔（在今陝西省）欲往京師，路過長安。

韓琦見面便說：「英宗先帝在位時，聽說子瞻之名，想要仿照唐代故事召入翰林，知制誥，你知道那可是『儲相』之位啊。老夫當時以本朝沒有先例為由不肯同意。英宗又想召你們應試秘閣，我仍不同意。到了對試二論，又都把你們列入乙等，只得以殿中丞直史館。子由也只出任大名府推官。你們一定一肚子惱火吧？」

蘇軾忙離座施禮道：「豈有惱怒之理，相公好意，我兄弟心中明白。」

當年蘇洵病逝於京師，英宗聞訊大為歎息，賜了白銀一百兩，絹一百匹。蘇氏兄弟卻堅持不肯接受，只為父親求一官，於是贈蘇洵光祿寺丞，命有司備船，送蘇氏兄弟扶喪回蜀。

韓琦吩咐備酒。不一會兒，酒菜已齊。

韓琦舉酒道：「來，為先帝留給子孫的宰相人選乾杯！」

韓琦這番話其來有自。當年仁宗皇帝見了蘇家兄弟，深為其文才所服，殿試結果兄弟二人同科中了進士。當天晚上仁宗回到宮中，抑制不住興奮之情對曹皇后說道：「我今天為子孫找到了兩個可當宰相的人才！」

聽了韓琦的美言，蘇軾趕緊欠身說道：「當年我父子三人初到京城之時，便蒙韓公照拂。後來先考病喪之日，又承蒙厚誼，親往弔唁，蘇軾感激不盡。」

韓琦道：「當年張安道鎮守成都，你們父子未入京之時，他就已專門派人送信給我，要我推薦你們。」

蘇軾喝了一口酒，繼續說道：「嘉祐六年我們父子兄弟三人入京應賢良方正策問，子由卻突然病倒。眼看試期已到，束手無策。是您親自奏明皇上，將試期從八月延長至九月。還屢次派人探問子由的病情。最後，我有幸入了三等，小弟入了四等。」

韓琦卻忽然說道：「你知道我爲什麼堅持不讓你入官翰林嗎？入爲三等可謂不易，本朝這麼多年來也只出了吳育與你二人。我想，你和子由二人當時年少，應當多加磨練，一步一腳印。如果急於求成，反是不好。」

蘇軾笑著說：「是啊，因此我才安於館閣之職，專於學經之事。那段經歷對我幫助實在太大了，使得我有機會遍閱宮中藏書、藏畫。對了，不知朝中最近情況怎樣？」

韓琦搖了搖頭，舉起酒杯，說道：「局勢有些嚴峻。聽說王安石出任參知政事，要大興變法，政局看來會有比較大的變動。估計眼下京城正鬧鬧哄哄的，勢難逆料。」

韓琦離京不久，詔令就下來了：復召富弼爲左僕射兼門下侍郎平章事——這是正宰相，主領中書事宜。過了一日，朝報又至，任命王安石爲參知政事、右諫議大夫——右諫議大夫屬中書省，參知政事即是副相。

所以，現在朝中執政大臣有五人，富弼爲正。參政共有四人，除了王安石外，趙抃在趙頊即位之初即已在任；唐介今年正月剛剛上任；還有一位就是曾公亮。

蘇轍插話說：「曾公亮也是三朝老臣了，已過古稀之年。當年在京之日我就看他老態龍鍾，步履蹣跚。」

蘇軾大笑，說：「是啊，因此有人譏諷他這樣待下去是『老鳳池邊蹲不去，餓烏臺上噤無聲』。」

韓琦調侃地說：「你看你，愛說笑的毛病還是沒改，這會給你惹麻煩的！不過，你的樣子也使我想起你們的父親。」

三人不由得想起那一次韓琦的家宴。蘇洵帶蘇軾和蘇轍兄弟二人來到京師，蘇氏兄弟應試進士科及第，蘇洵自己則上策論給當朝大臣。禮部侍郎兼翰林侍讀學士歐陽修讀過蘇洵的二十二篇策論文章，連忙上奏朝廷，大加推崇。歐陽修是文壇領袖，正在改革文壇崇尚沉悶浮誇的文風，蘇軾的文章詩歌清新流暢，更使他大為讚賞，錄為第二。據說是因為歐陽修認為蘇軾的答案太好，以為是門生曾鞏所寫。為避嫌疑，才錄為第二。父子兄弟三人一時名動天下，號為「三蘇」。

那一天韓琦設宴，司馬光、王安石、呂公著也都出席。蘇洵向來著迷於兵家之道，這一次就是帶著論兵之策進京的。在筵席上，他趁著酒意，談兵論戰，議論風生。王安石卻自顧自喝酒，始終沒有看蘇洵一眼。蘇洵心裡不大舒坦，席散之後藉著酒意明知故問，指著王安石的背影說道：「此人是誰？這種囚首喪面的人怎麼也來了？」

司馬光答道：「那就是王安石啊！他一向意在經術，對於兵法素來不看重。他曾對我說，兵家只有孫子尚可。你今天的高談闊論想必他不感興趣。」

蘇洵搖搖頭，說：「哼，如他這般渾身污垢，邋里邋遢之人，也能做到翰林學士？」

司馬光笑道：「老泉兄何必自尋煩惱，此人脾氣一貫如此，你大可不必在意。我說一件事你就知道了。想當年，我和他同赴開封府尹包拯之宴。我雖不勝酒量，但礙於包大人之面也勉強喝了許多。可是王安石呢，卻任你怎麼勸也沒用，不喝就是不喝。」

司馬光的這番勸解，仍無法使蘇洵對王安石傲慢的態度釋懷：「君實兄，你有沒有看到他眼白特別多？相書上說，眼白多乃是奸邪之相。還有，照你的說法，此人的個性頑固到不近人情的地步。一個人不近人情，若用以經世之職，少有不爲天下禍患的。將來如果由他執掌朝政，肯定會禍國殃民。」

韓琦與蘇軾、蘇轍一邊閒談，一邊喝酒，彷彿回到當年的情景中去。不知不覺中，外面雪下得更大了。三人一時無話，靜靜地聽著雪花飄落，簌簌有聲。

沉默了半晌，韓琦說：「你們兄弟這次進京，宜以觀望爲先。你們的性格直率，特別是子瞻，說話容易得罪人，這一點要注意。」他頓了頓，又說：「你們的父親與王安石曾經有些過節，王安石之母吳太夫人故去之時，滿朝士大夫都去弔問，我和富鄭公也去了，只有你父親一人不去。」

蘇軾和蘇轍兄弟點頭稱是。

韓琦接著又說道：

「還有一點，士子們紛紛傳說令尊曾作〈辯奸論〉以諷安石。你們想想，如果有人把自己比作王衍（西晉人，以清談著稱，西晉亡後，投靠後趙石勒，被石勒所殺）和盧杞（唐德宗時爲相，權傾一時），他會善罷甘休嗎？還有，張安道在替令尊撰寫的墓表中，也重重地罵了王安石一通。令尊與王安石之間的誤會的確不少。現在皇上對王安石器重有加，事事與他商議，讓他做了參政，位在富鄭公之下，你們入了京，還是謹慎行事爲好。」

蘇氏兄弟在長安逗留幾日，等候雪停之後，謝過韓琦，便前往京師去了。

第二章 安石執政

1

今日是按例常參。垂拱殿上，知樞密院陳升之、參政（參知政事的簡稱）唐介、趙抃、知諫院吳申都已到來，衆人列班已畢，準備奏事。

趙頊開門見山地說：「朕想增補一名參政，衆卿以為如何？」他看了趙抃，又像是對著衆人：「朕心目中的理想人選是王安石。」

趙抃未及回答，唐介已站了出來。唐介是英宗朝的右諫議大夫、權御史中丞，算是一名老臣了，他說：「陛下，臣以為不可！」

「王安石是學問不夠呢，還是不懂得治理天下之術？」趙頊和氣地問道。

唐介回答：「王安石雖然博學，但是做學問時拘泥於古義，所發的議論常常迂腐陳舊，恐怕難以當此重任。若用他為參政，朝廷內外必多紛爭，造成動盪不安。」

站於末班的孫固也上前稟奏。當趙頊還是皇太子時，孫固是東宮伴讀。趙頊曾經問他：「王安石可為相嗎？」孫固答道：「王安石文行甚高，侍從獻納是他的能耐，正當其選。若為宰相，則須有宰相的氣度，安石為人急促，缺少從容與肚量。」

這話孫固說了不止三遍了。今日在朝堂之上，他又重覆說：「臣認為，王安石狂妄一世，缺少度量，用他為參政並不合適。」

孫固話音才落，吳申便接著出班奏道：「王安石遇事固執，不顧法度，任用他，必會亂了朝政。」說到此處，吳申的語氣顯得有些激動：「前幾日翰林院發生的爭論想必大家都知道了。王安石與司馬光因爲登州許遵所奏的刑案，爭得不可開交。王安石說，『對於事事因循成規，不敢有一絲變動，我相當不以爲然。』大家聽聽，這是多麼可怕的話！如果祖宗之法可以隨意說改便改，那天下還不大亂！」

吳申所說的刑案是這樣的：登州（在今山東省）有一婦女因嫌丈夫貌醜，與姦夫設計趁夜謀殺親夫，還好只砍傷了親夫。官府接報正要前去捉拿時，婦人自首。包括司馬光、吳申在內的大小官員都認爲，這個婦女罪大惡極，當殺無赦。王安石卻堅持認爲，婦人既然已經自首，就應該從輕發落。

趙頊知道，因爲這件事，王安石與司馬光爭執得不可開交，唐介也氣得生病。事件過後，王安石曾就此事上了奏疏，說：「司法部門論罪，惟當守法。至於情理輕重，則應當允許上奏裁定。如果動輒捨棄法令憑空論罪，則法亂於下，天下人將無所適從。」

聽著衆臣的反對意見，趙頊沉吟著，許久沒有說話。

邇英閣在崇文殿之西。閣後有隆儒殿，掩映在叢竹之中，屋宇小巧玲瓏。翰林學士們在此處爲皇帝講經誦書。

王安石、司馬光、王珪、呂公著、呂惠卿、范鎮，衆位學士都在。趙頊與衆人打過招呼之後，與王安石來到隆儒殿後面的竹林裡。

趙頊在打磨得相當精緻的小石凳上坐下，開口說道：「介甫，朕已看過你的〈百年無事箚子〉。朕有一些想法。」趙頊已反覆看過王安石的箚子，有些內容他幾乎都能背誦：「其於理財，大抵無法，故雖勤儉節約而人民卻不富足，雖憂勞勤勉而國家卻不強大。伏惟陛下，躬上聖之質，承無窮之緒，知天助之不可常恃，知人事之不可怠終，則大有爲之時，正在今日。」

趙頊單刀直入地問道：

「先生的箚子，朕已經仔細讀過數遍了。興革之道，都在這道奏章之內。你對於自己所指出來的這些弊端，想必已有解決辦法了吧？」

「臣也只是略得一二而已。」王安石說。

「願聞先生高見。」趙頊說。

「既然皇上讓臣作侍講，臣還是用講讀的方式來向皇上稟明吧。」王安石說。

門外楊柳拂地，鶯兒輕囀。

趙頊望著王安石的眼睛，那雙狹長的眼睛黑白分明。現在它們幾乎瞇成了一條縫。他急切地說：「這場變革，只有你才能爲朕推行。憑著先生高深的學問和見解，也一定是很想有所作爲，希望你不要推辭。」

王安石躬身答道：

「陛下如果眞的想起用臣，恐怕不宜心急，應該先讓臣講學，使您對於臣之所學有所了解，然後再考慮是否任用。」

趙頊笑笑，說：

「朕了解你，並不是今日才開始的。世人皆不能理解你，以爲你只知經術，不懂得經略世務。」

王安石也笑了：「學經術就是爲了經略世務。如果學經術不足以經略世務，那麼經術還有什麼值得信賴、値得學習的呢？」

趙頊正色說：「朕非常仰慕你的才能，請盡力幫助朕，不要有所保留。依你之見，改革之第一步，應該從哪裡入手呢？」

王安石答道：「改變風俗，制定法度。」

趙頊擊案歎道：「妙啊，先生的想法，與朕竟然如出一轍！」

2

這天夜裡，汴京下了一場大雨。

年去歲來，轉眼元宵已過。宮燈已然褪去了鮮艷的顏色，但是，這些帶著初春氣息和節日喜慶的燈籠，似乎還在留戀著逝去的繁華。此刻，它們還高高地懸掛在金明池邊，在春天的風中搖擺。

煙花的餘屑撒滿了金明池，和池邊發白的泥土路上。

政事堂在朝堂西面，爲宰相議事之處，亦稱作內省。

從翰林院到政事堂，要經過長長的御街。從宮城南面的宣德門向南，經裡城的朱雀門，直達外城的南薰門，是一條中心大道，是全城的中軸線，闊約二百餘步，稱「御街」。御街兩旁，向北正對的是「御廊」。兩旁店肆、邸舍林立。青石板鋪得平平整整，木質的店窗因年深月久而變得油光閃亮。

宣德門前到朱雀門內的州橋一段，是宮廷廣場，中央官署分列兩旁，集中在此辦公。

二月的風拂面而來。汴河兩岸柳已成蔭，密密遮遮。汴河上，搖櫓聲吱吱嘎嘎響著。河面上還籠罩著薄薄的霧氣。一條木帆船停靠在岸邊，民夫在往岸上搬運糧食、布帛，那是從江東、江南各路運來以供京城之用的物資。

王安石轉過一個街口。這裡圍聚著一群人，那是等候被雇傭的民夫。看得出有泥水匠、篾匠、腳夫，還有道士、僧侶……生鐵鋪的風箱拉得正緊，一個小個子夥計，一個師傅模樣的，兩人光著膀子，圍著高及胸口的舊圍兜，圍兜熏得黑黑的，火苗映著黝黑的臉，你一搥我一搥地往鐵砧上敲。

王安石任參政已近半月。今日不是例行的朝參的日子，趙頊特地傳諭，請新任參知政事王安石到起居殿進見。

趙頊正在進膳，邊翻閱一大疊文稿，邊搖頭歎道：「奇才啊，眞是奇才！」

向皇后不明就裡，問道：「誰是奇才？」
趙頊道：「妳過來看看，我說的是蘇轍，蘇子由啊。」
向皇后正待上前，忽報王安石來到。向皇后退入後殿。
看著王安石進了殿，趙頊回頭對內侍說：「賜坐。」
行過禮之後，王安石坐了下來。這半個月以來，他總是覺得有些疲憊。他知道皇帝是力排衆議，才把他從翰林學士提拔爲參知政事的。
趙頊的心情不似表面上看來的平靜。新的成員已經大致確定下來了，但是，起用王安石所遇到的阻力之大，是他始料所不及的。韓琦離京前的一番話常在耳邊，成了他心中一塊沉重的石頭。
張方平的反對意見更是劇烈，早在王安石入京之前，張方平就說他「言僞而辯，行僞而堅，用之必亂天下」。這一次要用王安石爲參政，張方平又一再上奏說「若用安石，必有覆舟之災，自焚之禍」。
再有樞密使文彥博，他向來是推崇王安石的，可不知爲什麼，這一次卻三緘其口，不薦一言，實在令人納悶。吳奎、唐介等人的意見，也使趙頊平增懊惱。這個二十歲的年輕皇帝突然覺得有些壓力。
還有那富弼。他一開口便主張「二十年口不言兵」，在趙頊的興頭上潑了冷水，但他畢竟是一個老臣，聲望尙在，又是前朝宰相晏殊的女婿，人緣也不壞。這一次就由他做了中書門下平章事。

趙頊看見王安石的頭髮有些亂了，衣服也很陳舊，便笑道：

「從前總是聽人說先生衣不緣飾，不重冠戴。先生果然總是這樣簡樸。」

王安石道：「是啊，不過簡樸也是本朝的立朝之本啊。皇上，你看看龍椅和座墊。的確，龍椅是沿用了幾朝的舊物。油漆剝落，雕鏤的花紋有些發白，圖案模糊。座墊上則打了不少補丁。

趙頊道：「卿以前說的經世務、變風俗、立法度的想法，現在可以一步一步來實現了。」

「興利除弊，增加國庫收入，使國家富裕起來，這是一切變革的基礎。也正因爲如此，我才建議設置一個新的機構：制置三司條例司，來具體負責處理國家財務。」

趙頊說過，要治理天下，一定先使國家富裕起來，然後才有可爲。這和王安石的思路是一致的，這就是他決定從理財入手來開始變革的原因。增加國庫收入，是一切變革的基礎。

王安石接著說：「興利除弊，也要集中衆人之智。望陛下下詔，凡知財政的有識之士，皆有機會暢所欲言。這樣，可以發動全國上下，群策群力，來做好這場變革。」

趙頊笑了笑，說：「是啊，集中衆人之智，還有什麼做不成的呢？你盡可放開手腳，大膽去做，朕全力支持你。」接著又問道：「三司的進展如何？」

制置三司條例司（統籌變法事務的機構）已經就緒，由王安石與陳升之共同主持。陳升之現爲樞密副使，是負責國家軍政事務的長官。現在由宰執、樞密院兼領財政，一改過去中書、樞密無權過問財政的狀況。

王安石正待答話，趙頊說：「蘇家兄弟已經來到京師。你看，這是蘇轍上的奏表。觀此文，可以知道他潛心研究當世之務，且頗得要領。讓他屈居下僚，實在可惜。」

王安石接過奏表，與皇帝相視一笑，然後仔細看了起來。過了一會兒，他說：「『所謂豐財者，非求財而益之也，去事之所以害財者而已』，這個年輕人的想法倒是與我一致。」

趙頊說：「那麼你看，讓他擔任哪種事務比較合適呢？」

王安石沉吟片刻，說：「就讓他在三司吧。這個機構剛剛成立，需要人手。蘇轍的才能也足以擔當此任。就讓他做個三司條例司檢詳文字吧。」

趙頊接著說：「朕記得你在嘉祐年中寫給仁宗皇帝的言事書裡提到過的：『顧內則不能無以社稷為憂，外則不能無懼於夷狄，天下之財力日以困窮，而風俗日以衰壞』……」

聽著趙頊說著這些話，王安石忽地有些感動。這是十多年前的奏章了，難得皇帝還記得這麼熟悉流暢。

「陛下，年前臣上奏的箚子也談到這個問題：雖儉約而民不富，雖憂勤而國不強。所以，不改革是沒有出路的。想想看，商鞅為什麼能精於耕戰之法？吳起在楚國變法，目的也只在於富國強兵。但是無論如何，必須因天下之力以生天下之財，取天下之財以供天下之費。如果不向天地要財富，而專以加重賦斂來支援國家的財用，那便是揚雄所說的『闔門而榷其子』了——關起門來與自己的兒子做生意，即便把兒子的錢全賺過來，你能說他發財了嗎？」

趙頊哈哈大笑。這眞是一個奇特的比喻。

「陛下所急的變更差役法，臣已交由呂惠卿等人討論。派往民間考察農田水利的劉彝、程顥、盧秉等八人也帶回了各地的情況，他們的觀察報告，可以作爲制定『農田水利法』的依據。」

「如此甚好。差役法是該改了，有一份奏摺說，外州派來京師服衙前役的農民，交納的稅金才七錢，卻由於庫吏的乞索刁難而竟然至於逾年不得還家，如此豈不導致田園荒廢，民不聊生嗎？不過，這青苗之法，還須仔細斟酌才是，畢竟是關係民生的大事。」

「青苗一法，臣已令人逐路察訪，考核實際情況，再作最後的定奪。到時可由呂惠卿草寫條目，由曾布來擬就法令。均輸法的準備是比較成熟了，可以先行頒布。加上臣所薦的薛向也是能人，陛下當可放心。」

「可從內藏庫撥出錢五百萬貫，米三百萬石，以供周轉之用，同時遍告六路，視財賦之多少，酌情調撥使用。」

「陛下這樣鼎力支持，還有什麼辦不成的事啊！」

趙頊像是忽然想起什麼，說：「對了，曾鞏要求外調。你有什麼想法？」

曾鞏此時正在京師參與編修《英宗實錄》的工作。前幾日，趙頊去看望編修《實錄》的官員。他隨口問曾鞏道：「子固，朕聽說你是介甫的知交好友。」曾鞏恭謹地答道：「臣的確與介甫論交已久。」趙頊又問：「依你看，介甫爲人何如？」曾鞏答道：「若論文章學問，介甫自是不減揚雄。但是由於性格鄙吝之故，才能不及揚雄。」趙頊有些驚訝：「介甫向來輕富貴，賤錢財，怎能說他鄙吝？」曾鞏說：「臣所謂的鄙吝，指的是他勇於進取，吝於改過。」趙頊沉吟良久，說道：「朕聽說你是最早向歐陽修推薦王安石的人，因爲你幾次極力推薦，才使得歐陽修賞識他，安石因此才得以名聞天下。」曾鞏說：「臣和他是同鄉，未及弱冠之年就已訂交，可以算得上是知交了。」

趙頊正想著曾鞏的話，只聽得王安石回道：「臣與子固交非一日，他請求外調一事，尙請陛下聖裁。」

曾鞏字子固，長王安石二歲。王安石十六歲那年隨父親從臨川趕赴京城，結識曾鞏。曾鞏屢次上書歐陽修，向他推薦王安石，但未及等到歐陽修回信王安石就回臨川去了。

趙頊說：「朕考慮了一下，要不，就讓他通判越州（在今浙江省），卿以爲如何？」

王安石說：「要不，請稍寬時日，等臣找他談談再說。」

3

呂惠卿已在王安石家中等候多時。

呂惠卿字吉甫，福建晉江人，嘉祐二年進士。本來任眞州推官，在任期滿了之後到了京師，做了著作佐郎（隸屬秘書省，職掌修纂日曆）。呂惠卿進京之後去拜見王安石，當時王安石在京爲知制誥。兩人談論經義，頗爲投合，於是便時常有了往來。

如今，王安石已任參政，曾經向趙頊推薦呂惠卿，說：「惠卿之賢，別說是當今之人，即便是前代的儒士學者也不一定比得上他。學先王之道而能化用者，獨惠卿而已。」當年，歐陽修同時推薦呂惠卿和呂公著擔任館職，也極力稱他「學識淵博，聰明敏捷」。

呂惠卿望著王安石黧黑的臉，若有所思。過了一會兒，小聲說：「我問過醫生，醫生說用芫荽擦臉可以去掉黑斑，你不妨試試。」

王安石搓搓臉，又掂了掂指尖，笑著說：「我這是黑斑嗎？不是，是我的臉本來就黑。」

「那麼芫荽也同樣可以去黑啊，你不妨一試。」呂惠卿說。

王安石哈哈大笑：「老天把我生得這麼黑，芫荽能奈我何？」

呂惠卿忍不住也笑了。

王安石拉著呂惠卿的衣襟，說道：「走，去試試新茶。」

二人邊往內廳走去。

「參政大人，朝廷派往淮南察訪的李承之已經回京。他把李定帶到汴京了。」呂惠卿說。

王安石眼中閃過一絲驚喜。他問：「他們倆現在何處？」

這時，窗外傳來悠揚的笛聲。是四弟王安國。王安石覺得四弟到了京城以後，性情有些轉變，有人說他耽於聲色，跟他說話時，他也常故意抬槓。

想到這裡，王安石不禁微微蹙了蹙眉，朝著窗外喊道：「四弟！四弟！」

笛聲卻更大了。王安國吹的是《梅花落》。在旁的僮僕忙去通報王安國。

不一會兒，王安國走了進來。他體型略微發胖，臉色和哥哥一樣黝黑，但模樣卻更加英俊。

「平甫兄，請坐！」呂惠卿招呼道。

王安國沒理他，徑自走到王安石身旁，坐了下來。他看出王安石滿臉不悅之色：「哥哥，何事喚我？」

王安石望著這個小自己七歲的弟弟，說：「平甫，你是讀書人，還是離鄭衛之音，不要沉溺其中。」

王安國迅速地瞟了一眼呂惠卿，說：「遠鄭聲，倒不如遠小人！」

呂惠卿忽地滿臉通紅。他感覺到自己的胸口發悶，有如骨骾在喉，一時不知如何是好。過了一會兒，呂惠卿站起身，向王安石、王安國拱手說道：「我先行告辭了！」他一邊躬身退出門檻之外，一邊拱手：「我只是路過府上，順路來看看，沒要緊事。我告辭了！」

王安石把呂惠卿送出門外，快步回到廳中。

就在這時，那一壺茶正好燒開了，水壺冒著熱氣，茶香四溢。

王安國氣咻咻地坐在那裡，手中還兀自握著那管笛子。

「四弟，你怎麼能這樣無禮！」王安石忍不住喝道。

王安國道：「哥哥，你想想，我們住城南，他住城北，卻每天有事沒事都這麼繞道而來，還說是順路。這不是明擺著有意來巴結你的嗎？你覺得這樣的人可靠嗎？」

王安石的口氣緩了下來，說道：「四弟，現在朝中需要的正是呂惠卿這種精明老練、做事果斷的人。而且他的學問文章也做得好，講經讀史頭頭是道。」

王安國說：「你說他學問好，我不敢反對。但是，他的確是一個不折不扣的小人，不信你就等著看吧！」

王安石歎了口氣。他並沒有發怒，這在平日幾乎是做不到的。

「四弟，你親自去一趟子固家，請他來一下，我有事和他商量。」王安石順手翻開弟弟案上攤開著的書，是歐陽修的《五代史》，又對王安國說：「幾日前，皇上和我談起這部書，皇上說，盧陵最喜歡用的是『嗚呼』二字。我看，果真如此。」

王安國哼了一聲，臉上開始有些笑意，說：「我知道，你素來不喜歡。」

王安石笑道：「那倒也不見得。你覺得此書如何？」

《五代史》乃記梁、唐、晉、漢、周五代史實，薛居正所修的《五代史》繁瑣失實，歐陽修於仁宗年間奉旨重修。

王安國鬆了一口氣，說：「歐陽公以明白易曉之言，敘紛擾難盡之事，不好妄加評議，執筆堪稱中允。」

4

章惇、曾布、蘇轍在三司條例司公署內各自據案而坐。

蘇轍正和章惇說笑：「子厚兄，聽家兄說過你當年策馬驅虎、在仙遊潭飛身過獨木橋的事。你的膽子可眞大！」

章惇哈哈一笑，算是作答。

那是章惇作商州（在今陝西省）推官，蘇軾作鳳翔簽判（選派中央官員到地方上擔任判官，主掌案件移送）時的事了。仙遊潭在商州郊外終南山南麓黑水谷，潭水極深，以繩子縋石探測，數百尺尚不見底。章惇是福建浦城人，嘉祐二年進士，和呂惠卿同榜。之前，他曾與侄兒章衡同科中了進士，但沒料到科名卻在章衡之下，因爲章衡得了第一。章惇一氣之下棄科重考，一時聲名遠揚。

當初，李承之向王安石推薦章惇時，王安石說：「聽說章惇品行很不好。」

李承之道：「我之所以推薦章惇，是因爲章惇之才可用，沒有其他的想法。再則，一個人平素所爲即便有些不妥又有何關係？關鍵是他是否有才幹。得便和他談一談，你一定會讚許他、任用他的。」

章惇素來口才極好，能言善辯，言談之間頗合王安石之意，王安石大爲高興，只恨得之太晚。便把他從商州推官直接提爲三司條例司檢詳文字。

曾布在埋頭看些什麼。他是曾鞏的弟弟，現爲檢正中書五房公事（檢正官，職掌糾正中書省事務）。這時聽得章惇叫他：「子宣，歇歇了。老子已經被這些什麼條例條款、什麼陳芝麻爛穀子的東西搞得暈頭轉向。」

呂惠卿走了進來，與三人打過招呼。他好像忽然才發現什麼似的，愣著看了三人一會兒，說了句：「噢，還眞是巧，你們三位眞是有緣哪！」

章惇是個急性子，當即叫了起來：「哪來的閒心思，說什麼有緣無緣的？」

呂惠卿哈哈一笑：「你還沒反應過來。你看，章惇，子厚；曾布，子宣；蘇轍，子由。這一字排開，年歲又相當，子厚大子宣一歲，子宣又大子由一歲，現在三人又同在這個新置的三司條例司共事。你們說，這是不是緣哪！」

四人相顧笑出聲來。

章惇笑著罵道：「廢話！全都是廢話！」

王安石和陳升之一路說著話，走了進來。聽見衆人笑聲未停，不禁也有些樂了。

呂惠卿手裡拿著一卷文書，徑直走到蘇轍案前，隨手放下。他拍拍蘇轍的肩膀，說：「子由，這是我奉命草擬的《青苗法》。你看看還有什麼要參詳的。」

呂惠卿說著，轉身招呼章惇：「子厚兄，你也仔細看看，如果沒有意見，我們打算先在京東、淮南、河北三路試行一段時間，再作推廣。」

王安石讚許地看著呂惠卿。

呂惠卿解釋說：「我們已充分考慮了各地的實際情況，也找了不少人作具體深入的了解，還張榜讓百姓直言得失，提出意見。但是，難免還會有疏忽之處。」

蘇轍很仔細地看著那些密密麻麻的文字。他許久沒有吭聲，表情有些嚴肅。他似乎一直在斟酌著怎麼開口說話，抬眼看了看呂惠卿之後，這才說道：「在青黃不接時節把錢借貸給農民，收成時收回本息，按理說來，的確能調節豐年與歉收，救濟貧民，國家也有所收益，可謂公私兩便。但是仔細推敲，卻有很大的隱憂。依我看，青苗錢一進一出之間，難保官吏不上下其手，貪贓枉法。若生此弊端，即便使出強硬的法令也無法全部禁止。再則，錢入了農民之手，即便是老實巴交的人也不免因一時寬裕而支用無度。等到該還本付息了，不論是有錢沒錢，都不免要拖欠。這是人性，這人性是很難理喻的。」

呂惠卿正想插話。王安石示意讓蘇轍繼續說下去。

蘇轍喘了一口氣，說道：「如此一來，官吏催討之時必定鞭笞相加，拳打腳踢的事怕是免不了的。如此則州縣必然多事，青苗錢本爲利民，卻要變成擾民之舉了。」

王安石聽著蘇轍說話。他的眼睛似乎停在几案之上，眼珠子卻在急劇地轉動著，彷彿可以穿透它。這是他思考時，或者說內心掙扎時的自然反應。在旁人看來，那雙眼睛是那樣的嚴厲，甚至有些咄咄逼人。

蘇轍有些激動，他轉過身，踱了幾步。看得出，他極力想讓使自己的語調變得和緩一些：「唐代的劉晏說：『對一個國家來說，我雖然沒有放貸，但四方豐歉的情況能及時了解，賤必糴入，貴必糶出，以平市價。從此，天下沒有貴賤之憂，何用告貸？』劉晏所言，即是漢代的常平之法。本朝也曾設立過，如果能照此實行，一定能如同劉晏，做出一番功績。」

王安石輕輕點了點頭，說：「那麼就先緩上一段時間吧。你說的很有道理，我再慢慢考慮。」他回頭對衆人說道：「大家都再仔細參詳參詳，盡量做得周密一些。」然後默默地踱出三司公署的廳堂，來到院中。呂惠卿、曾布隨後跟了出去。

章惇忍不住對蘇轍抱怨道：「子由，你未免也太心急了！」

蘇轍抬頭道：「難道我說的有錯嗎？我就是這麼想的，也就這麼說了。」

章惇壓低聲音，說：「問題不在於對和錯。你要看看王參政是個什麼樣的人。你想想，他與唐介爭論刑名，堅持自己的意見，唐公因此背疽發作而死，滿朝議論譁然，這個事情才過去多久？他聽得進你的話嗎？」

蘇轍默不作聲。他知道章惇是一個直來直去的人，曾說：「若遇饑渴之時，則雖不相識處，亦須索飯。若食飽時，見爺亦不拜。」

但是，今天他爲何表現得比自己更加謹慎？這似乎不符合他的性格啊。

5

王安石回到家中，陸佃已等候多時。

王雱中了進士之後授了旌德尉，沒有赴任，告病在家。他正在和陸佃說著話。

王安石見到二人，眉頭慚漸舒展，說道：「走吧，到後園涼亭走走。」

三人慢步往後園而去。

王雱察言觀色，說：「父親，您這一個多月來總是悶悶不樂的，不就是因爲青苗法的事？條例既然已經擬定，爲什麼還遲遲不頒布出去呢？」

王安石說：「考慮到此法一出，天下必有很大的震動，我尚有一些細節沒想清楚。再則，今天又有人向我提了意見。總之，舉大事，必須小心謹慎才是。農師，你對青苗法有什麼意見？」他側了身，詢問陸佃。自從聽了蘇轍那一席話，王安石回來思忖著，嘴上不說，心中卻著實焦慮。

農師是陸佃的字。他是山陰人，王安石守喪居江寧時，他與李定、龔原等人從學於王安石。這次是來京應舉的。

「從新法的條文來看，沒有什麼不完善之處。只是，如果推行起來不能盡如人意，就會變成擾民之舉。」陸佃說。

「是嗎？我與呂惠卿還在琢磨商議，務必做到民無異詞。可是你們知道，這有多麼困難。」

「先生樂於聞善，然而學生聽到外頭都議論，都說您拒絕接受建議，一意孤行。」

王安石笑了，快走了幾步，說：「我哪裡是什麼一意孤行。只不過是因爲衆說紛紜，我必須有所決斷罷了。」

「先生，正是因爲如此，才招致議論的。」陸佃說。

王安石說：「呂惠卿曾對我說，民間私人之間借債，在還錢的時候，即便不計利息，情面上也必須搭上一隻鷄半頭豬的。國家放貸以便民，適當收取利息，既是爲了彌補國用之不足，也是爲了使百姓知道節儉，勤於耕織，而不耽於嬉遊，荒廢田園。但是無論如何，青苗一法，事關重大，還須仔細斟酌。我已經派了李承之到淮南做實務考察了。」

正說話間，老院子來報：王廣淵大人求見。

王廣淵現爲京東轉運使（唐時始置，掌管運輸財賦、糧食等事務，多爲大臣兼任。宋時則兼軍事、刑名、巡視地方之職，爲高級的地方行政長官）。治平年間曾值集賢院，做過群牧判官、三司戶部判官等。王安石從江寧回到汴京時，他已出知齊州（今山東濟南），不久轉任京東轉運使去了。他是趙頊派去各路考察的八人之一。

「快快請他進來！」

王安石話音剛落，王廣淵的前腳就跨進門檻了。他一見王安石，便信心滿滿地說：「只要撥給本路錢帛五十萬緡作爲青苗錢，一年之內，我保證還給二十五萬的利息！」

王安石有點興奮，他站起身來，拍拍王廣淵的肩膀，說：「你的觀察結果讓我對推行青苗法增加不少信心。朝中持反對意見者多，今天有你支持我，我可以在皇上面前提出更有力的說法。」

籠罩在王安石心頭一個多月的陰霾，在瞬間煙消雲散。

王廣淵接著分析說：「這次到江南各路考察，據我了解，一般說來，每年入春以後農事待興，而農民卻苦於沒有錢來買種子、買農具；地方富豪大戶便趁機放高利貸賺錢。如果由政府出面，用較低的利息借錢給農民，一方面便民，一方面又可以充實國庫，豈不是一舉兩得？」

現在制訂出來的青苗法，也是在參考了李參在陝西的做法而制訂的。李參擔任陝西轉運使時，由於地處邊界，守衛的兵士多，軍糧不足，為解決這個問題採取了青苗之法。他的做法是，先貸錢給農民，待收成時償還，號「青苗錢」。

王安石也想起了自己在明州鄞縣（今江蘇省）時所為。

仁宗慶曆七年（西元一〇四七年），王安石二十七歲，做了三年揚州簽判之後，留居汴京任大理評事（評決刑獄是否得宜）兩年之後，調知鄞縣。鄞縣屬明州府，為浙東名城，人口稠密，乃是富庶之鄉。那裡背靠四明山，有甬江、曹娥江東流入海。依山傍海，水利灌溉利用五代吳越王錢氏所修築的溝渠，錢氏統治時期設有專門管理溝渠的官員，每年都會派人疏浚溝渠。後來因為人亡政息，疏通溝渠的工作早已荒廢。

王安石到任當年正碰上江南大旱，他跑遍了東西十四鄉，勸督鄉民疏浚溝渠。第二年春季，王安石把縣府的存糧借給中下等農戶，約定秋收以後歸還，屆時只酌收少量利息。農民得利，縣府得息，糧倉中的存糧也因此得以新舊相易。

想起在鄞縣的那些日子，真是愜意。鎮日讀書，三兩天處理一次公事，閒時與四歲的兒子王雱說話，教他讀書認字。

王雱自小聰明敏捷。有一次客人送了一隻獐、一隻鹿，關在兩隻籠子裡。客人見他好奇，問他：「你說說看，哪隻是獐，哪隻是鹿？」王雱從未見過這兩樣東西，眨著眼睛，當即對答道：「鹿邊即獐，獐邊即鹿。」此語既出，連王安石都大感意外，客人更是誇讚不已。

王雱勤勉好學，未及弱冠之年，所著的經義已經達數萬言之多了。只是，身體一向不好，性情暴躁。因此，王雱的妻子龐氏由王夫人吳氏作主，別居他樓。

鄞縣也是王安石的傷心之地。他不到一歲就夭折的小女兒，就是由他親自駕船，把那個小小的身體葬在崇法院的西北角。

那些傷心的詩句宛若鐫刻在心中：

「行年三十已衰翁，
滿眼憂傷只自攻。
今日扁舟來別汝，
死生從此各西東。」

想到這裡，王安石心中一顫，他瞇了一下眼睛，轉而輕輕歎了一聲。

6

熙寧二年的節序似乎全亂了。暮春三月，先是颳了幾日大風，汴京塵沙漫天。風定之後卻又連日大雨不停，大雨夾著冰雹落下，整個汴京積水漂櫓，民房店肆被淹無數。連公署都進了水，官員們不得不暫時把公文搬往他處，甚至搬回家存放。屋漏偏逢連夜雨，某日夜半，忽然地震，一些牆根早就被水泡軟了的老房子，塌了不少。

人們驚魂未定，紛紛猜測著還會發生什麼異常的事情。熱鬧的街市一夕之間變得冷冷清清。

好不容易等到風停雨住，人們心下稍安。

三月十八日的深夜，彗星拖著一段長長的彗尾，掠過京城的上空，從汴京的西北角劃過一道刺眼的亮光，急速地墜落在地面，平地上瞬間出現一個巨大的土坑。

司天郎立即派人火速入宮奏報。

第二天，大雨夾著冰雹，大如坐墩。東華門外，大臣們頂著風雨待朝。春寒料峭，汴京凜冽的寒風和百年不遇的冷雨使得人們皮膚發緊，無所適從。

富弼這些日託病在家。他不能站立太久，而皇上與王安石議事，動輒便要延續到午後。富弼常常苦於支撐不住，告假是近來常有的事。可是今天，他卻頂著風雨來上朝。

不一會兒，閤門使宣眾臣上殿。不等大家依次站定，富弼便出班奏道：

「最近災異頻頻出現，恐怕是因爲朝中有人行事不合天意，以致於天降責罰。最近有人大舉變革、推行新法，臣以爲，一定是朝廷這般大張旗鼓，惹怒了上天，以致有此災變。望陛下更張所行的政事，務必做到事事得人心，以免天降大禍！」他說話的聲音有些顫抖，不知是由於激動，還是由於腳痛的緣故。

王安石表情冷靜，語氣堅決地說道：「一切災異皆因天數，與人事得失有什麼關係呢？」

富弼有些驚慌：「你千萬不要說出如此不敬天的話！人君所畏者唯天，若不畏天，還有何事不可爲！」

司馬光開口了，他說：「天者，乃是萬物之父。違天之命的，上天一定會責罰他。順天之命的，上天自然就會護祐他。怎麼能說沒有關係呢？」

王安石見富弼、司馬光口徑一致，是有備而來，便朗聲說道：「天候變化只是自然的現象，颳風下雨，與政事有何相干？如果事事都要歸結到人事之上，那麼天下事還有什麼可爲？」

富弼道轉身向著趙頊，說：「皇上，臣以爲，眼下災異之事這麼多，地震、水災交加，恐怕暫時不宜推行新法。孔伋說過，『國之將興，必有禎祥；國之將亡，必有妖孽』。陛下，三思啊！」

趙頊見雙方如此針鋒相對，大爲緊張，深恐將大事鬧僵，看了看王安石，趕緊宣布退朝，把王安石留下。

司馬光與富弼群同是一陣錯愕，群臣在窸窸窣窣的私語聲中，順次退出殿去。空蕩蕩的大堂內留下一灘灘發亮的水漬。

殿外依舊風雨交加。

趙頊長長地歎了一口氣，說：「你看，朝中上下意見如此不一，如何是好？」

王安石皺了皺眉，說：「臣不明白爲什麼他們總是這般淺薄。陛下知道，即便是堯舜之時，也曾經有過連續九年的災害啊。所以關鍵還在於人爲。只要上下一心，任何事都有希望做好。」

趙頊說：「好吧，一切全賴賢卿了。」

雨漸漸小了。趙頊看了看王安石，說道：「走，到中書，順路再到三司公署去看看。」

7

三司公署之內，曾布托著一遝厚厚的文書正待出門而去。

陳升之朝他拱了拱手，說道：「子宣，是不是該讓其他的參政也看看？」

曾布不以爲然地笑了笑，說道：「王參政已經議定，還要問他們做什麼？他們只須等著法令出臺，押個字也就罷了！」

內侍早已傳下諭旨。皇帝的乘輦不一會兒就來到了中書公署。

趙頊環顧四周，只見屋宇簡陋，擺設很是陳舊，顯得非常寒愴。牆壁斑駁，苔痕累累。因爲近來大雨不停，地面潮濕，一些文書堆放得高高的，顯得有些雜亂。

趙頊歎道：「不想官署這麼簡陋，委屈衆位卿家了！不過，這個地方雖然簡陋，卻也能制定出那麼多牽動上下的法令來。」

汴京各司辦公，公廨歷來簡陋，向來沒有正式辦公的地方，即使是宰相、執政，也都只是因陋就簡。因爲簡陋，所以公文洩密、丟失之類的事件常有發生。

「等財用稍有寬餘，朕就下令即日開始擇地修建中書公署，讓卿等都能用上好房子，住上好地方。」趙頊信誓旦旦地說。

衆人上前，叩迎皇帝。三司條例司的官員們也都來了。

人群裡，呂惠卿顯得特別令人注目。他已由秘書著作佐郎擢爲太子中允、崇政殿說書。今天他穿著一件緋紅的朝衣。趙頊見了，笑著說道：「呂賢卿，這衣服可合身否？」

呂惠卿連忙上前，叩拜皇上。

趙頊對呂惠卿越來越滿意了。聽他講解經書實在是一種莫大的享受。呂惠卿口齒清晰，應對靈活。枯燥深奧的字句被他一說，似乎蘊藉著無窮的魅力。再看他的外表，高大英俊，眉目清秀，也令人賞心悅目。

因此，幾日前在講筵之上趙頊高興之餘特地賜給呂惠卿緋紅朝服一件。按朝中官品著衣之例，緋紅朝服是三品以上官員才穿得的。

趙頊輕聲對王安石說：「你推薦此人不錯！朕聽他講解《尙書》，如沐春風！」

王安石笑道：「是啊，我們出臺的法令，大都出自惠卿之手。還有啊，皇上，三司條例司這一撥人，看，章惇、曾布、蘇轍，個個都是一時之選。」

趙頊點頭稱是。

8

六月初的某一天，御史中丞呂誨穿著猩紅的朝服，衣袖裡揣著東西，鼓鼓囊囊的。他低垂著頭，匆忙走著，趕上早朝。他在文德殿的西廂與司馬光相遇，匆匆打了個招呼，便徑直往垂拱殿而去。司馬光見呂誨臉色陰沉沉的，有些驚異，便快步趕上去，叫道：

「中丞大人，袖中所懷何物？今日有何奏對？」

呂誨哼哼兩聲，指指袖口，卻並不答話，只是把雙手籠進袖中。

那一日，呂誨參了王安石一本，歷數他十大罪狀，說他「大奸似忠，大詐似信，外示樸野，中藏巧詐，驕蹇慢上，陰賊害物」；又當著王安石和衆臣的面，說他是「小官則避，重任不辭，連做個侍讀也要擺什麼架子，要求坐著講課。」

呂誨字獻可，開封人，向來直言敢諫。仁宗朝爲殿中侍御史時，便已彈劾朝臣無所忌避。但這一次皇帝把他的奏章扣下了。王安石則因此要求去職。皇帝封還王安石的奏章。不久，呂誨罷知鄧州。

九月裡公布了青苗法，並開始在京東、淮南、河北三路試辦。翰林學士侍讀范鎭、監察御史裡行程顥等人一再上章論青苗法不當。富弼則乾脆要求去位，接連遞了二十幾次辭呈。趙頊苦留不住，終於在十月裡准其罷相。就在那一天，百官退朝之後，皇帝把王安石留了下來。君臣相對而坐，良久無言。過了半晌，趙頊終於開口說話：

「青苗之法已經頒布下去了，要注意百姓的反映，時時考慮百姓的負擔。還有一點要注意的就是，一定不能強行配給，否則會出亂子的。」

王安石點頭稱是，說：「所有的法令正式頒行之前都要張榜告示，徵求百姓意見，盡可能做到民無異詞。有一些州縣，像西北利州等地，民力有限，這個情況臣也掌握了，已經交代常平官們，要掌握分寸，不能因爲新法而使百姓受到損害。」

趙頊隨口問道：「說到西北，王韶最近有無信來？」

王韶，江州德安人，字子純。嘉祐年間進士，出任新安主簿，又任建昌軍司理參軍。

趙頊登位之後不久，對西夏開戰。第一次對西夏開戰之際，王韶上了一道奏摺，提出「平戎三策」。大意是，欲取西夏，當先復河湟，則西夏有腹背受敵之憂；欲取河湟，當先以皇恩信義招撫沿邊諸蕃。還有，自甘肅武威以南至洮、河、蘭、鄯諸州，皆漢代郡縣，其地可耕、其民可役。今諸羌瓜分，莫能統一，此正是可以合併而統一之時。乘機招撫諸羌，則西夏在我掌握之中。

趙頊接到這「平戎三策」，自然很是興奮，當即詔命王韶主管秦鳳一路。該路經略使是李師中。

王安石道：「皇上讓王韶負責秦州西路所有關於招納蕃部和創建市易司、募人營田等事務，他一定能勝任！」

趙頊聲音有些激動：「介甫，你知道，北方，是朕的心頭之病啊！」

王安石輕輕地點了點頭。

第三章 青苗風波

1

冬去春來，轉眼間新年又過。這是熙寧三年的春天。沉睡了一冬的土地彷彿有了生氣。一年的勞作又要開始了。

青苗法已頒行下去了。作爲重點推行的京東、淮南、河北三路都設了常平官。他們先核算好以往十年中豐年的糧價，作爲本年預借的價格標準，以免偏高、偏低。糧價訂定之後，便開放讓民戶自願請貸。來借貸的，按照頒定的價格將所貸糧食折成現款貸付給農民；歸還之時，可繳現錢，也可按價折成糧米，悉聽農民方便。

但是有一個原則，就是不能虧蝕官本。

青苗錢一年發放兩次：一次叫夏料，在正月三十以前，本次所發便是。一次叫秋料，在五月三十日以前發放完畢。還貸則在五月、十月之前。如果遇上災荒或歉收之年，則於下季收成之日歸還。利息百分之二十。

從各地傳回的消息看，執行情形相當不錯。河北路王廣淵那裡發放得十分熱絡，放貸之日，在城門兩側搭臺唱戲，女優歌伎登臺亮相，吸引了不少人觀賞。歌吹不斷，人來人往，猶如過節。南方諸縣傳回的報告也說，農民踴躍請貸，形勢良好。

趙頊這日身體有些不適，本已傳令罷朝。但眼前國事紛雜，他也不得不打起精神來。

最近，翰林學士正要對秩滿求館職的李淸臣等人進行考試。司馬光擬定了策問題目，送來審閱。趙頊看完，皺了皺眉，隨即叫內侍用白紙封蓋好，提筆批註「別出策目」。

對於青苗法，各種各樣的廷議，各種各樣的奏摺，不斷地傳到趙頊的耳裡，堆到他的案前。昨夜剛剛放下河北安撫使韓琦從大名府遞來的奏章，蘇軾、歐陽修等人的奏摺尚未仔細閱過，便已覺頭昏目眩，睡也睡不得。

他開始感到左右爲難。改革，是他的夢想，王安石，是他的支柱。但是，這麼多反對議論紛至沓來，令他不安。他希望改革，但不是這種一片反對聲浪下的改革。最初他認爲反對者多半意氣用事，現在看來未必都是。這不免令他堅定的決心有點動搖起來。

趙頊吩咐內侍官張若水，傳王安石來寢宮睿思殿。他昨夜一夜未眠。司馬光的策問題目像是一個影子，總在他的周圍環繞著，不時地躍入腦中：

「今之論者或曰：天地與人，了不相關，薄食、震搖，皆有常數，不足畏忌。祖宗之法，未必盡善，可革則革，不足循守。庸人之情，難以慮始。紛紜之議，不足聽採。願聞以辯之……」

內侍官張若水領著王安石走了進來。

趙頊像是盼到了救兵一般，精神爲之一振，急切地說：「愛卿可來了。朕剛剛閱過韓琦的奏疏，召你來，是想聽聽你的意見。」

他指指几案上堆得高高的奏章，對張若水說：「你把韓魏公的奏摺給王大人看看。」

張若水應聲「是」，近前取出奏摺，呈給王安石。

王安石慢慢展開這份長長的卷軸，看將起來：

「詳熙寧二年詔書，務在優民，公家無所利其入。今乃鄉村自第一等而下皆立借錢貫百，每借一千，令納一千三百，則是官放息錢，與『抑兼併、濟困乏』之意絕相違戾，欲民信服，不可得也。」

王安石看到這樣的奏疏，心裡有數，他向皇帝揖禮之後，爭辯道：「常平新法乃是賑濟貧乏、抑制兼併，擴大儲備，以使百姓在遭遇凶年、災荒時，不致斷糧，能得到官府妥善的照顧，不知這於他們有何苦可言。」

趙頊不無擔心地說：「常平取息，奸佞之徒或許可以以此爲藉口，導致百姓動亂。」

「收取青苗錢利息，有人會說，二分利息不如收一分，收一分不如分文不取就貸給他們，貸給他們不如就送給他們好了。何況，這樣收取利息也不致於違背古訓。收息是周公的遺法。」王安石說。

趙頊招呼王安石坐定，說：「不止韓琦一人。歐陽修也從青州上疏反對青苗之法。聽說他這個知州，還親自下令阻止發放青苗錢。富弼在亳州也不發放青苗錢。」

富弼去年十月辭去同中書門下平章事一職，出知亳州。

王安石聽到富弼也唱反調，心中有氣，脫口說道：

「富弼反對青苗，臣略知其內情。亳州的屬縣不散青苗錢，提舉官前去責問，他們說辭是：『雖有朝廷下令如此，奈何相公不令支取』，這分明是富弼在存心作梗。」

趙頊繼續說：「還有，蘇軾也給朕上了這份奏疏。」

蘇軾也反對？眞是無知！迂腐！但是，王安石不打算知道蘇軾上書的內容，他繼續爲青苗錢申辯：「臣以爲此事再小不過，利弊也很明瞭。況且，朝廷在年初就明文規定不許強行攤派，所以不發放青苗錢，也不是什麼嚴重的事。」

趙頊的臉忽地一沉，說道：「朕估計文彥博、呂公弼等人也認爲此事不妥，但都只是在心裡嘀咕而已。獨獨韓琦肯來說，他眞是忠臣啊！」

「忠臣」二字在王安石聽來十分刺耳，不禁提高了音調：「關於青苗法，臣的議論已達十數萬言，如今陛下還會爲異論而所疑惑，那天下還有何事可爲？」

趙頊沒有察覺到王安石語氣上的不悅，仍拿起韓琦的奏摺，迅速看了幾行，歎了一聲，說：「朕以爲新法可以利民，卻不想害民至此！」

王安石未及答話，趙頊又道：

「還有，近來一直傳聞京師附近有強行攤派青苗錢的作法。你以爲如何？」

王安石篤定地答道：「臣已讓孫覺前去調查此事。朝廷雖以三令五申，嚴禁諸路強行發配青苗錢，但是，難免會有不按規定的事情發生。」

趙頊聽他堅定的、強烈的辯白，心裡略爲放鬆了些，但想起臣僚間的議論紛歧，又不免憂心忡忡：「近來朝中紛傳『三不足』之說，你聽說了嗎？司馬光還把它作爲策問，給那些秩滿求館職的人作爲考題。你以爲如何？」

王安石俯身答道：「臣不曾聽說。」

趙頊看著王安石：「有人上奏，言當今朝廷以爲『天變不足畏，人言不足恤，祖宗之法不足守』。司馬光出試館職策問之題，也專門指出這三事。這是什麼原因？難道朝廷眞的有錯？朕已令他另外出題了。」

上「三不足」奏章的是陳薦，他是司馬光推薦給趙頊的，現在知諫院。

王安石明白，這「三不足」並非沒有來由。它是朝著自己來的。

王安石在心裡迅速地清理頭緒。想起和唐介、司馬光爭論罪名之事，想起與富弼爭論天變是否因爲變法，想起呂誨的彈劾，想起這一年多來的是非與紛爭。

王安石定了定神，說：「陛下躬親庶政，無流連之樂，每事唯恐傷民，此即是『畏天變』。陛下垂聽人言，事無小大唯言是從，這難道不是『畏人言』？至於『祖宗之法不足守』——仁宗皇帝在位四十年，多次興革，如果照他們所說，祖宗之法是一成不變的，子子孫孫必須世代相守，那麼仁宗先皇又爲何屢次進行改革？」

聽了王安石對「三不足」的辯駁之詞，趙頊沉重的心情似乎釋懷不少。

王安石見趙頊神色稍定，繼續說道：「如今要做大事，怎麼能顧忌人言紛紜？周文王最後成就王業，用凶器，行危事，尙屬不得已，何況一些流俗議論？」

其實，不需趙頊提醒，王安石知道，這幾個月以來，在朝臣的奏章、議論、談話之中，不知有多少指責自己的。諫官范純仁的奏章裡說他：「鄙老成爲無用之人，棄公論爲流俗之語。」參政趙抃上疏言道：「安石強辯自用，動輒忿爭，以天下之公論爲流俗之浮議。」還有御史中丞呂公著，以及那個監察御史裡行劉摯……

排山倒海般的反對聲浪不足畏，可怕的是改革的意志不堅，經不起任何的波折，虎頭蛇尾。王安石最擔心的事在此。眼看著皇上如此多慮、怕事，他心裡產生一種前所未有的挫敗感，帶著幾分悲壯的語氣說：「陛下，天文之變無窮，人事之變無已，上下傅會，或遠或近，豈無偶合，此其所以不足信也。」

說著，王安石跪下行禮，他的聲音有些顫抖：「如果一件事合乎義理，那麼，人言還有什麼好畏懼的？」

然後，他默默告退，徑直回到家中。

2

第二日上朝，趙頊左右看了看，不見王安石。他悄聲向內侍道：「你去問問看，王參政爲什麼沒來上朝？」

王珪這日當值，他出班奏道：「啓稟皇上，王大人稱病告假。還有，這是他請辭的奏章，請皇上過目。」說著遞上摺子。

趙頊感到一陣慌亂、錯愕。朝堂就如炸開了鍋一般。衆臣七嘴八舌，議論紛紛。

趙頊眉頭深鎖，慌慌地看過奏摺，略作鎮定之後，歎了一口氣，說：「王參政多病，是實情。可是，他也不能就這麼撒手而去啊！」

范鎭顯得很激動。這個翰林學士和司馬光交換了一下眼色，急急地站到前列，奏道：「啓稟陛下，青苗法爲避免富戶放高利貸獲取暴利，而對人民收取較少的利息。這是五十步笑一百步，一樣在收利息。假設有兩個人在集市上賣貨，其中一人降低價格來爭利，則所有的人都會鄙薄他，更何況是朝廷？」

司馬光開口了：「青苗法規定『共爲保甲』的辦法，勢必使得有錢人依規定必須獨力償還數家所負之債，難逃連坐之累；而窮人手中一旦得了錢，隨手償錢、花完，負債更多。如此一來，貧者既盡，富者亦貧。恐怕十年之後，再也沒有幾個富人了。可以說，青苗法是均貧之法。」

司馬光和范鎭交換了一下眼色，范鎭用讚許的目光看著他。幾天前他們私下裡交談過這件事。

范鎭接著說：「貧富不均，古已有之。貧者占十之七八，富者只有二三成，現在新法既剝奪了富戶的利益，又要令他們擔保貧戶的債務；貧戶如果蓄意逃債，則由富者承擔，這必定使得那些本來有點產業的人變窮。」

司馬光接過范鎮的話繼續說下去：「王參政想讓天下人貧富相當。可是，他不曾想過，窮人還是一樣地窮，富人也因青苗法致貧。今後朝廷若有急難，再也無人出錢出力支援皇上了。」

聽到這裡，陳升之挺身出列奏道：「聽說坊市、城郭之中也在發放青苗錢，而且還強行攤派，這是不合理的。」

陳升之在富弼罷相後，已升任同中書門下平章事，代富弼爲相。

趙頊微微頷了頷首。蘇軾的奏章裡談的也是這些事：「青苗之法使民怨愁，均輸之法使商賈不行；裁併軍營，士兵咸有怨言；變更吏治，士人又莫不悵恨……」

趙頊的目光有些游移不定：那是否應該即刻下詔罷去各路的青苗之法？

趙抃覺得這種時候做出重大的更張，有點病急亂投醫，也有點乘人之危，便出班奏道：「這樣做大大不妥。新法皆王參政所創建，應該等他回來，斟酌狀況再作定奪，也許他會改變主意，做一些修改。」

韓絳緊接著趙抃的話，說：「是啊，陛下，應當請王參政回朝，許多法令條文是他親手擬定的，等他回來之後再作計議。」

呂公著手捋長鬚，立於一旁，許久沒有作聲。他外號「美髯公」。呂誨罷知鄧州以後，王安石推薦呂公著以代替其職，做了御史中丞。但是，這時候他也站在司馬光這邊說話：「王參政的行事風格，本來就失之獨斷、偏執；加上呂惠卿屢屢在旁濫出主意，更加使得政務紛嚷，如同一團亂麻！」

司馬光有些奇怪地看了呂公著一眼。呂公著和王安石交情很好，這是誰都知道的。但是今天已經是呂公著第五次上疏請求罷廢三司條例司了。

趙頊沉吟了半晌，對司馬光說：「君實，你擬一份批答，回覆王安石請辭的奏章，傳朕的話，敦促他回朝理事。」

司馬光領命下堂。他一路走著，想起富弼請求退出相位的那一天的情景。

那天，富弼從懷中掏出辭呈，往內侍手上一塞，轉身便走，不再顧及左右。同列驚訝不已，面面相覷。趙頊定定地看著王珪，說道：「富弼多次請求去職，朕不受理，他便當面直陳，竟扔下奏表揚長而去。你來擬詔，就這麼說：『始許相我，無何忽爾求去。日遣使召之，終不爲朕留，此意殊不可曉，朕心中忿恨。』」緊接著又說了一句：「朕甚恨之！恨之！你寫制誥詞，一定要把朕的這份心情寫出來！」

司馬光一路走著，一路尋思著。范鎮快步跟了上來。

兩人並排走了數十步，范鎮才搖頭歎道：「自王安石當上參政，國事紛紛。變革令不斷出臺，青苗法更是擾得民間鷄犬不寧。他這一辭職，不論眞心還是假意，總算是順應輿情。

應該順了他的意思，成全了他！」

司馬光沒有說話，但是仍然禁不住輕輕地哼了一聲。

3

此刻是寒食時節。連日來陰雨綿綿。風夾著雨絲，飛落屋檐。簷下花落無數。空氣中帶著些清冷的氣息。梨花滿地如雪。楊樹也已開花，嫩綠的葉芽那麼嬌弱。柳條兒拂地垂著，在三月的風中，在行人的眼裡，緩緩搖擺。寒食之日，宮中取榆柳之火以賜近臣。官員照例放假三天。

寒食取火之俗古已有之。根據《周禮》記載，四時變國火，謂春取榆柳之火，夏取棗杏之火，季夏取桑柘之火，秋取柞楢之火，冬取槐檀之火。本朝沿用唐代以來之舊例，在清明之節取榆柳之火以賜親近之臣、外戚等。

王安石告假已十餘天了。在百無聊賴的午後，他順著迴廊慢慢走著，向後園走去。飛絮滿天飄著，有一小團絮兒輕輕地飛入他的襟裳。王安石伸出手，輕輕地托在手心，看了許久。

昨天，曾公亮派兒子曾孝寬密報王安石，讓他速速入朝。曾孝寬的話還在耳邊：

「父親讓我來稟報大人，請您速速入朝。否則，政局詭譎，萬事未可知也。」

一陣輕風吹過，柳絮又慢慢地揚起，落入青草之間。這時，聽得有人叫他，回頭看時，卻是呂惠卿。

「皇上讓我傳諭聖旨來了。」

「吉甫，是你呀！」王安石招呼呂惠卿的口氣有些高興，但眼神中仍難掩落寞。

呂惠卿一邊從袖中拿出文件，一邊說道：「這是皇上封還你的〈自辯疏〉，還特令我帶他的親筆御信來向你道歉。」

「道歉？」

「是啊，皇上是這麼說的。」

王安石展信看來。趙頊的字跡躍入眼中，那個熟悉的花押似乎格外醒目。

「詔中說些什麼？」呂惠卿一邊問，一邊說：「皇上一定非常鄭重其事。你看，都用了正式官誥。」

白背五色綾紙，鑲著錦緞，再配上大牙軸色帶。王安石看著，不禁心中一動。他抖抖手中的綾紙，笑道：「皇上說，上次命司馬光所擬慰留詔書，乃是爲文過於匆促之過。皇帝還說他自己：『又有失詳閱，今覽之，甚愧！』」看到這裡，王安石輕輕地搖了搖頭。

「皇上很有誠意，朝中也不能一日無你。你還是出來處理政務吧！眼下諸事紛紛，也只有你才能主持這個局面。」

王安石沒有接呂惠卿的話，心想：詔書一定是司馬光的主意，皇上只不過是代他受過罷了。

那天，王安石告假在家。宮人傳話聖旨到，忙起身相迎。

王安石俯身接旨，聽著張若水一字一句讀來：

「卿以高才古人，名重當世，召自岩穴，置諸廟朝，推心委誠，言聽計用，人莫能間，衆所共知。今士夫沸騰，黎民騷動，乃委遠事任，退處便安……」

當聽到「今士夫沸騰，黎民騷動」二句時，怒火迅速漫上胸膛，下面的話他便完全沒有留心聽了。他謝了聖旨，待張若水領人出府而去，便快步走回書房，寫了奏函，命人送入宮中。

趙頊收到他的函之後，這才派了呂惠卿過府送信。

「我明日進宮，當面向皇上辭謝。」

呂惠卿有些不解。他說：「這麼說來，您還是堅持不出？」

「自我參與朝政諸事以來，至今一年有餘，一直不能有所作爲，心中有愧，理當戮力從事，報效君上！」王安石道。

呂惠卿定定地看著他，說道：「無論如何，皇上的確非常著急。你知道，他對你的倚賴和尊重的程度，讓其他的大臣們看了心裡都頗爲吃味。」

隔天，王安石入宮求見。趙頊看見他很是高興，一邊起身一邊說道：「愛卿你終於來了。走，與朕到後園走走。」

二人一前一後，上了御花園的涼亭。風徐徐吹來。高大的榆樹枝繁葉茂，在風中搖動。「關於青苗法之推行，朕確實一度為衆人的議論所惑。前幾日朕趁著寒食之假，得以寬閒靜思。推行青苗法，最多不過是挹注一些財政支出而已，何足掛齒？」

王安石聽了這話，放心了不少，堅定地說：「陛下所要做的只是不偏不倚，不讓小人壞了此法。如此必能推行順利，絕不會造成財政透支。」他想到朝臣議論分歧，卻又不免憂心地說：「這幾日臣告假在家，仔細思考了當今朝中的一些情況。眼下，滿朝大臣，親從官也好，臺諫官和一般朝士也好，互為朋比，毫無主見，隨聲附和的情況比比皆是。」

趙頊點點頭，說：「愛卿說的甚是。愛卿還來就好了，朝臣議論紛紛，就是需要愛卿出面主持、裁奪！」

王安石俯首稱是。

趙頊轉了話題，關切地問：「聽說公子王雱身體欠安，現在可好些了？」

王安石欠身答道：「前些日幸蒙皇上派御醫垂問，已經無礙。他和呂惠卿詮釋《詩》、《書》，臣自注《周禮》。」

趙頊說：「王雱才華橫溢，請一定要讓他多加保重。」

4

李定隨著李承之到了汴京，稍作安頓之後，便差人遞出名帖，求見王安石，然後慢慢地在汴京的街上閒逛。

李定，揚州人，字資深，本是秀州（今浙江嘉興）的軍事判官。王安石在江寧時，他與陸佃等人一同從學於門下。孫覺被派去淮南察訪回京之後，對他極口稱讚，建議朝廷召他入京。這一次，大理寺丞李承之受派去了江南，李定便隨之前來。

來京之初，李定先拜謁了李常。

李常字公擇，江西建昌人，與孫覺都是王安石的好友。他的兩個外甥王存、王回與王安石來往更多。

李常問：「你從南方過來，那邊對青苗法怎麼看？」

李定答道：「很好啊！百姓拍手稱好，都說青苗那是便民之舉。」

李常皺了皺眉，「難道沒有反對的？」李常是個小個子，現爲右正言，秘閣校理。他望著身材魁梧、面目清秀的李定，許久又說：「你是介甫的學生，我因此有一言相勸。朝中正爲青苗一事爭論不休。皇上也派人四處察訪，結論如何還不得而知。你最好不要輕易和人談論這一類的話題。」

李定說：「多謝先生提醒。但是，據我的了解，的確沒有人說青苗不好的。」

李常答道：「光州（在今河南省）司法參軍鄭俠所說的情形卻與你迥然不同。他說，光州的監獄裡關滿了還不起青苗錢的農民，哭聲震天，哀聲載道。」

在見過李常之後幾天，有人來報參政大人召見，李定隨即更衣，來到王安石居處。

王安石開門見山就問：「眼下青苗法正在各地推行。你從秀州來，那裡的情形怎樣？」

李定露出爲難的神色，許久不知如何作答。

望著這個昔日的門生，王安石焦急地問：「有何難言之處嗎？」

李定鬆了一口氣，道：「我前幾日和李常談過青苗法的事。」

聽完了李定的敘述，王安石沉吟良久，說：「李常這個人，我曾經要讓他做三司條例司檢詳文字，沒做多久便辭去。不知他爲何出此言？想來他還曾經參與制訂青苗法呢！」

「我只知道據實而言，」李定正色地說：「我親眼所見的，都是青苗法帶給百姓的福澤。李常還責怪我，說我是爲了求個一官半職，不惜昧著良心謊報民情，拿頌詞當敲門磚。我絕不是胡言，百姓的確很歡迎青苗法。他們從中獲益良多。所以，敲鑼打鼓放鞭炮，成群結隊去州府借貸的，隨處可見。」

自從青苗法頒行，幾個月來，王安石的心裡總是不踏實。今日聽得李定此言，心下大喜。他站起身來，緊緊拉住李定的手，大聲說：「走，我這就帶你去面見皇上！」

李定只覺心跳一下子快了許多。他鎭定下來，疑惑地問：「我？一起見皇上？」

王安石笑道：「不錯，你我同去！」吩咐備馬，更衣入宮。

「見了皇上，你就這麼說，把你所看到的秀州實行青苗法給百姓帶來的便利如實稟告皇上。你儘管大膽地說，不要有所顧忌，也不要有所保留。」

5

熙寧三年的大考已過。新進士的名次已定。今年的科考採用新的辦法，廷試考策問，罷詩賦論。呂惠卿擔任廷試主考官，蘇軾、李大臨等人爲編排官。

韓維和呂惠卿主持初考，錄葉祖洽爲第一。

趙頊令陳升之面讀葉祖洽的策論之後，在集英殿上欽賜册封進士，葉祖洽第一，陸佃第三。

到了正午時分，趙頊移駕到需雲殿，賜茶請衆位輔臣。一個傅粉施朱的伶人騎著一頭驢子，直愣愣地要往殿堂上衝去。侍衛喝住他，大聲斥責。伶人卻一把坐在地上，猛喝起酒來，一邊叫道：「現在不是有腳的就可以晉升，有腳的就可以登堂入室嗎？」

蘇軾聽見這話，哈哈大笑了很久才止住。曾公亮站在他的身邊，默不作聲。笑聲停住之後，蘇軾朗聲說道：「這個優伶，心裡比誰都清楚。葉祖洽的本事只會詆毀祖宗，這樣的人擢爲第一，何以正風化？」他接著責問曾公亮：「公臺不能匡正朝廷，不能對皇上直言，當這個執政還有什麼意思？王安石的門生陸佃外家親族吳孝宗也在其中。這樣的取士之法，說到底卻要如何匡扶朝政？」

曾公亮滿臉羞愧之色，說道：「皇上與安石如一人，此乃天意，我輩豈奈他何！」

曾公亮走下殿臺階，不小心一個趔趄，摔倒在地，眾人忍不住「啊」的叫了一聲。趙頊忙命左右將他扶起。

自從上一次爲呂公著之事爭論至今，曾公亮一直告病在家，連連請求致仕。這回重重地摔了一跤，更是下了決心了。想自己年歲已大，加上朝政如此，也沒有什麼可爲了。

蘇軾故作漫不經心，當眾責問自己，自己能說些什麼呢？倒不如就這樣飲酒歌舞，參佛誦經，度過餘生。這條出路是曾公亮早就在心裡一遍又一遍地溫習過的。

蘇軾定定地看著李定，半天不說一句話，看得李定心中發毛，直問：「子瞻兄，何故這樣看我？來來，喝茶！」

蘇軾呷了一口茶，臉上似笑非笑，說道：「資深，你現在可是御史中丞了。你可聽說朱壽昌刺血寫佛書的事嗎？」

李定答道：「在下有所耳聞。」

蘇軾道：「今天我來赴宴的路上遇見他了。他現在不當官了，赤著腳，衣衫襤褸，卻欣喜若狂。你知道這是爲什麼嗎？」

李定臉色忽然一變，面紅耳赤。

駕部郎中朱壽昌，兩歲時父親守長安，生母劉氏被逐出家門。母子不相認已有五十年了。

許多年來，朱壽昌走遍四方，訪求母親的消息，多年不能如願。朱壽昌吃齋茹素，與人談起生母時經常痛哭流涕。後來，灼燒手臂、頭頂，刺血抄寫佛書，希望能遂尋母之志。最後，棄官入秦，與家人分別時發誓不見母親絕不返家。到了同州，終於找到母親劉氏，母子相認。此時，劉氏已經七十多歲了。

京城中有不少人寫詩賦此，稱讚朱壽昌的孝行。蘇軾爲詩集作序，道：「感君離合我酸心，此事今無古或聞。」這一些，李定是知道的。

李定恨恨地咬了咬牙，轉身走開。

看著內侍攙扶著曾公亮的背影遠去，王安石心裡想：曾公亮雖是保守，可是當年他畢竟極力推薦了自己。曾公亮的兒子曾孝寬倒是常常在自己府中出入，商議一些事情，是他在皇帝、王安石和曾公亮三人之間完成了一種完整流暢的溝通。御史、中書爭議變法諸事，特別是議及青苗之法的那些日子，曾公亮常常俯首不答，自己卻往往聲色俱厲。

不過也好，曾公亮不像文彥博，也不像趙抃，不像馮京，更不像司馬光。

想到司馬光，王安石輕輕地哼了一聲。

司馬光看來老實敦厚，但其實他是善作手腳的。他最近屢求外判，極力辭去樞密副使之職。如果他眞的走了，倒也少了一個聒噪不休的老學究。

6

寒食節過後，王安石雖然重新入朝視事，但心裡一直不能平靜。

文彥博、呂公著一直給皇帝上書，要求罷去三司條例司。文彥博是元老重臣，他的話對皇帝有一定的影響力。而呂公著在路上碰到自己時，幾乎連招呼都不打了；他一再給皇帝上書，要求罷去三司條例司和各路主持青苗法的常平官；又屢屢進言，力言呂惠卿「奸邪」不可用。

四月初一那天，趙頊把王安石召來，給他看了呂公著的一道奏摺。呂公著在奏摺中說：「『名不正，則言不順；言不順，則事不成』。今制置一司，上既不關政府，下又不委有司，是以從初置局，人心莫不疑眩，及見乎行事，議論日益騰沸。蓋朝廷大事，無不出於二府，唯制置條例司，實繫國家安危，攸關人民生息，而宰相卻不得與聞。若宰相以為可，自宜與之共論；以為不可，亦不當坐觀成敗，但書敕尾而已。」

王安石看著看著，不覺手心冒汗。

呂公著說得頭頭是道，每一句似乎都指向自己，無非是說自己專權獨斷，胡作非為。

王安石看完奏摺，正準備駁斥，趙頊先開了口：「公著所言，卿意以為如何？」

「陛下若要成事，不當為浮議所阻。」

「朝廷未聽公著之言，他已力求罷職，現在居家待命。」趙頊頓了頓，又說：「卿意以爲當如何處置他？」

「公著言事失實。又曾說如朝廷拒不聽韓琦之言，則韓琦將順應人心，仿效春秋趙鞅，舉晉陽之兵入京，以清君側。如此危言聳聽、離間大臣，若使其久居言職，必生事端。臣請陛下聖裁。」王安石答道。

趙頊聽王安石說完話，卻不言語。王安石看他額頭上滲出了汗珠，臉色有些蒼白。最後趙頊說：「卿且回去，此事明日再議。」

三天後王安石傳旨，言明呂公著罪狀，罷御史中丞之職，貶知潁州，並令舍人院草擬責官誥詞。那天當值的舍人是知制誥宋敏求。他依曾公亮之言，只說呂公著是「敷陳失實，援據非宜」，也就是說呂公著說話沒有根據，引趙鞅之事以比韓琦，有失分寸。

隔天在政事堂，中書呈上責官誥詞，王安石一見大怒，誥詞上的措詞是大事化小，和稀泥，他要求重新草詔，明指呂公著的罪狀：

「聖旨令明言罪狀，這樣含糊其辭就不是聖旨。」

曾公亮、陳升之、趙抃皆力爭以爲不可。陳升之說：「如此寫明，韓琦將如何自處？」

王安石厲聲說道：「公著誣陷韓琦，於韓琦有何損害！從前諫官說你陳升之媚交內臣，以求得兩府高位，朝廷難道就因此把你廢了？」

陳升之滿臉漲得通紅，衆人俯首，不敢應對。

次日退朝，趙頊把曾公亮、陳升之、王安石、趙抃等人留下。趙頊說：「公著名滿天下，不明言他的罪狀，則天下人不知他爲何被黜，難免衆口紛紜；若說他是反對青苗，則屬微罪，何至於廢逐中丞？」

曾公亮說：「如明言罪狀，則四方必將流傳有大臣欲興兵作亂，這對韓琦也不好。」

趙頊說：「既已罷黜公著，又明言其妄議大臣之罪，則韓琦自無不安之理，雖傳於四方，也不會有什麼事。」

曾公亮等人仍然堅持己見，據理力爭。

趙抃說道：「如此定罪，臣恐難平衆議。朝中上下都知道公著因乞罷青苗與執政不合。」

王安石沉著臉站在一邊，本不想再置一詞，但聽到曾公亮把問題的焦點扯到人事的傾軋上，覺得這些人都很淺薄，忍不住說道：「你們如此爭論不休，不明事理，全是因爲不讀書的過錯！」

趙抃冷冷說道：「王公此言差矣！皋、夔、稷、契之時，請問有何書可讀？難道他們都不明事理？」

趙抃說話聲音不大，語氣平穩，卻有如一聲驚雷在堂中響起。

王安石頓時愣住了，氣得臉色鐵青，一時說不出話來。

趙頊從龍椅上起身，揮了揮手，說：「陳升之依朕所言另草誥詞，不得有異議。日已近午，你們都下去吧。」他的聲音迴盪在靜靜的朝堂之上，聽起來有一種異常沉悶的感覺。

四月七日，皇帝下詔罷呂公著御史中丞，貶知潁州。

四月十六日，朝命改馮京爲權御史中丞，韓維權知開封府。王安石以韓絳同領三司條例司，又舉薦韓維代呂公著中丞之職，想讓他們兄弟助己成事。四月七日呂公著責官詔書發布之後，曾公亮及侍御史知雜事陳襄等人以爲這樣用人唯私，必定會招來議論，紛紛上書請求改命。韓絳也對趙抃說：「如此，臣弟必不敢從命。」韓維本人也給趙抃上書，力辭不受。最後，趙抃決定把他和馮京的職位對換了事。馮京字當世，鄂州江夏人，皇祐元年進士第一。他是富弼的女婿，英宗治平二年，富弼出判河陽時，他由陝西安撫使改知太原府。

四月十八日，右諫議大夫、參知政事趙抃因屢次上書乞罷條例司及常平官，罷爲資政殿學士，出知杭州。同日，任命吏部侍郎、樞密副使韓絳兼爲參知政事。

陳襄先前曾上書給皇帝說，若論才望資歷，任命韓絳爲參政原不爲過。可是王安石自從受了朝廷重用以後，開始「興利之謀」，只知道聚斂錢財。王安石先與知樞密院事陳升之同領三司條例司，不久升之遷爲宰相，而韓絳便接領三司條例司。現在不過數月，又要任韓絳爲參知政事，可見中書選任大臣，「皆以利進」，這是「自古至治之朝，未有此事也」。他請求皇帝罷去韓絳參政之職，任用「道德經術之賢」，並請罷制置三司條例司，其人事業務併入中書所屬的三司。

陳襄的話不但沒有生效，而且他自己由於屢次上書言事，就在韓絳任參政後四天，便罷侍御史知雜事爲同修起居注。與陳襄同日罷黜的還有宋敏求。

除此之外，就在這幾天裡，右正言、秘閣校理李常，監察御史裡行張戩，太子中允、監察御史裡行程顥等也紛紛落職。罪名大體相似，不外是非毀執政，攻擊新法。

監察御史張戩對新政的抨擊十分強烈，態度非常嚴峻，用詞極為火辣。他接連幾天上疏，極言青苗法對百姓造成的不便，在最後一道奏疏中，他先說王安石處事乖謬，剛愎自用，專為聚斂之事；又說呂惠卿「險薄奸凶，尚留君側」；李定「邪諂」，自幕僚不次拔擢，超升至臺職。接著話鋒一轉，抨擊曾公亮、陳升之、趙抃，說他們「心知其非，依違不斷，觀望畏避，顛危不扶，均為有罪」。最後說，自己的主張一直得不到正視，「自今更不敢赴臺供職，家居待罪」，是以辭職相迫。

上疏之後，張戩又到政事堂去爭辯，恰逢曾公亮、陳升之、王安石在場。張戩一到門口，便朗聲說道：「執政當為天下蒼生計，青苗害民，為何不廢？」

曾公亮有點心虛，低頭不答，王安石認為他無理取鬧，以扇掩面而笑。

張戩見狀，如火上加油，氣咻咻地說：「參政笑我，我也笑參政！不止我張戩笑你，全天下都在笑你！笑說這是一場天大的鬧劇。」

陳升之怕難以收拾，連忙起身勸說：「察院不須如此心急。」一邊說著，一邊將他勸出了政事堂。

7

四月裡接連幾天罷黜了好幾個反對新法的人，王安石頓覺鬆了一口氣。特別是呂公著、陳襄等言官，整天唱反調，實在是絆腳石。宋朝開國以來，賦予臺諫官很大的權力，可以「風聞言事」，獨立於兩府之外。

然而，鬆了一口氣之後，王安石的心裡卻有一種空空落落的感覺。文彥博、曾公亮，是曾經推薦過自己、支援過自己的人；呂公弼兄弟、宋敏求，還有曾鞏，原本是自己的朋友，甚至至交，現在都成了疏遠或者反對自己的人，甚至成了自己的政敵。還有韓絳、韓維兄弟，是當初最支持自己的人，在不知不覺中，由於意見不合，對待自己的態度也有了變化。

這一天中午，所有臣僚都走了以後，王安石獨自一人，坐在政事堂裡對著窗外發呆。不知為什麼，他又想起了宋敏求。早在仁宗朝時，王安石與宋敏求便是同列好友，經常在一起喝酒聊天，他喜歡宋敏求博學多聞。宋家富於藏書，王安石經常出入宋家翻閱書籍，並曾借助宋家的藏書編就《唐百家詩選》。如今，多年的情誼因為一場政治的紛爭而一筆勾銷了。

王安石想起了那天和曾公亮爭辯的情景。宋敏求請求罷知制誥之職，趙頊批示，准其所請。

王安石對趙頊說：「宋敏求起草呂公著責官誥詞，臣傳諭聖旨，要他明言罪狀，他卻聽曾公亮之言，只說『援據非宜』而已，這是違背聖旨，朝廷沒有責問他已很寬厚。他居然還要辭職，這是故作姿態，要脅朝廷！」

趙頊沒有辦法，只好批准。老臣一個一個罷職，令他深感不安，可是現在他必須依賴王安石，他怕改革落個半途而廢的難堪結局。無論如何都要撐下去，撐下去就只好聽王安石了。

等到中書呈上宋敏求的罷職誥詞時，趙頊要求寫出宋敏求的失職之罪。曾公亮卻說宋敏求無罪可言。趙頊不悅地說：「一開始，宋敏求不依朕言；接著又對外揚言，因朝廷改了他所起草的誥詞，所以他請辭知制誥之職。改誥詞本是朝廷常事，何至於以辭職表態？這分明是居心叵測，朝廷先前沒有對他擅草誥詞之事加以責罪，他才敢如此放肆！」

王安石也語氣強硬地說：

「敏求不依臣所傳的聖旨，而私從曾公亮之意，這豈能說是無罪？」

曾公亮說：「舍人是中書的屬官，只該聽宰相的指揮。」

王安石說：「舍人要執行聖旨，豈能只聽宰相指揮？」

曾公亮還是不能接受。

趙頊一番琢磨之後，說：「那就只說他『文字荒蕪，失其職守』吧。」

曾公亮仍不以爲然，說：「若要說宋敏求失職，那也是因臣而起。」

趙頊說：「愛卿不需如此。」

曾公亮說：「臣不敢再上書言事。」

對於王安石來說，煩惱的事不只一樁。五月裡制置三司條例司在衆人的反對下罷歸中書；歐陽修在青州擅自阻止發放青苗錢，並一再上疏力請廢止青苗法，而趙頊甚至一直考慮要重新起用歐陽修爲執政。

就在宣布撤銷制置三司條例司的那一天，退朝之後趙頊把王安石留了下來。

趙頊關切地說：「最近韓琦請求去徐州養病，想必是因爲呂公著罷職的緣故。曾公亮說，韓琦的老家在相州，他卻要求去徐州養病。全是爲了避嫌，因爲相州乃是屯兵之處。」

王安石胸有成竹地說：「依臣觀察，韓琦的意思不是這樣。」

趙頊說：「應當派人傳旨開諭，叫他不要自疑。」

王安石說：「他要是本來沒有自疑的想法，何用開諭，只要像平常那樣作個批答就行了。等到他開口要求避嫌，陛下再開諭也不晚。」

趙頊點點頭。停了一下，轉了話題：「你看陳升之如何？」

王安石答道：「升之勉強可以共事。唯公亮爲人機巧，心態保守，自從呂公著一案齟齬以來，臣更加難以與他議事了。」

趙頊知道曾公亮一開始極力舉薦王安石，後來對於王安石也還是支持的。他沉默了一會兒，才緩緩地說道：「公亮老了，也待不了多久了。」

王安石沉吟不語。趙頊命人給王安石送來了一碗茶，又問道：「卿以爲歐陽修與邵亢相比如何？」

王安石答：「歐陽修比不上邵亢。」

趙頊又問：「比趙抃如何？」

王安石答：「比趙抃強。」

趙頊又問：「比司馬光呢？」

王安石答：「也比他好。」

「那就召歐陽修回朝吧。只是上個月已除修宣徽南院使，判太原府，他仍是不受，朕怕他不肯來。」

王安石語帶保留地說：

「陛下應該召他入對，和他談一談時事，看他對施政是否有所裨益。」

幾天後，歐陽修在青州阻止發放青苗錢一事上報朝廷。朝廷爲了表示對歐陽修的優禮，特予寬貸，不加問罪。王安石獨排衆議，說歐陽修不識大體，應予問罪。朝廷於是下詔責罪。

事後，王安石要求入對，他向趙頊提出對歐陽修的看法：

「歐陽修性行雖善，但見事不明，陛下不宜舉用他。」

趙頊問道：「平時有誰和歐陽修親近？」

王安石沉吟了片刻，答道：「歐陽修喜歡有文采的人。」

趙頊知道他指的是蘇軾等人。

「臣以爲，歐陽修的見識多半乖違事理，怕會誤導陛下。」王安石停了一下，接著說：「歐陽修的文章卓越一時，但是他不知經術，不識義理，詆毀《周禮》、《繫辭》，士子們被他所誤，文風大壞。」

趙頊聽著，王安石這些話都有道理，可是他隱約感受得到，凡有一點主見的，王安石都擯棄不用，凡是朕想倚重的人，王安石都有意見。這個癥結該如何化解？

趙頊一時無話可說，停了一會兒，王安石便告退了。

8

五月底的一天，司馬光在邇英閣爲趙頊講讀《資治通鑑》。這一天他講的是漢代〈賈山上疏〉。

《資治通鑑》是英宗治平二年開始修治的。它的任務是要集歷代史實之鑒，以供當朝爲政之用。趙頊令司馬光邊修邊講，還把他在穎王府的藏書二千四百多卷贈送給司馬光，以供參考之用。

司馬光近來越發感到力不從心了。眼睛昏花，牙齒鬆動，有時候覺得自己就像那些書堆裡偶爾發現的小書蟲，看上去是那般蒼白、無力。

此刻，司馬光講解的聲音在大堂中響起：

「疏言：『秦皇帝居滅絕之中而不自知。』由此可知從諫對於帝王十分重要，而拒諫則只能招災惹禍而已。可是，誰不喜歡別人順從自己呢？只有聖賢知道順之害處、逆之好處。就像甘醴可口卻能醉人，藥物苦口卻能治病。所以臣之事君，在於能補其不足，若逆己者即加黜降，順己者即不次擢拔，則阿諛日進，忠正日疏，非廟社之福。」

聽到這裡，趙頊插話道：「如果是臺諫欺罔為讒，安得不黜！」

司馬光當即拱手施禮道：「臣不敢妄論時事。」

「那你接著講吧。」

司馬光答聲「是」，繼續說道：「為政就好像廚子做湯一樣，如果湯已經太鹹了，還要往裡頭放鹽；已經很酸了，還要放梅子，怎麼能入口呢？」

趙頊咀嚼著這段話，默不作聲。

過了一個時辰，司馬光進講完畢，趙頊讓司馬光留下。

「君實，坐會兒吧。」

司馬光謝過坐，擦了擦額頭上的汗。

趙頊像是要爭取司馬光的認同，又像是自言自語地說：「王安石不好官職，自奉甚儉，可謂賢者。」

司馬光不疾不徐地說：「介甫的確稱得上賢者，但生性不明事理又固執，這是他的短處。他不該信任呂惠卿。惠卿奸邪，居幕僚出密謀，天下人亦將安石為奸邪之人。」

趙頊不覺笑出聲來，卻並不說話。

司馬光接著說：「李定有何異能，而不次拔擢？」

「孫覺推薦他，邵亢也說他性情恬退、有文才。朕召他來，聽他談話確有實學。」

「那麼宋敏求繳還任命李定的詞頭，縱有小過，何至於奪職？」

「敏求罷職，與李定無關。他不依朕諭、不依王安石的指示，而擅自起草呂公著罷官誥詞。」

「公著只是希望朝廷採納韓琦之言罷去青苗而已。話雖不妥，但其情可恕。現在把這話明著於誥詞，公諸於世，從今以後誰敢向陛下進言？臣以為敏求隱晦其語，並無不當。況且敏求並非親承聖旨，只是據曾公亮的話來起草罷了。」

「公亮、安石所傳聖旨不同，他便當奏稟，弄清楚了再來起草。」

司馬光欲辯無詞，一時默然。

過了一會兒，趙頊又說：「當今天下沸沸揚揚，這就是孫叔敖所說的『國之有是，眾人所惡』也。」

司馬光說：「是啊，陛下應當察其是非，然後有所定奪。當今條例司的所作所為，也只有王安石、韓絳和呂惠卿以為『是』，天下皆以為『非』。陛下怎能偏聽偏信，放任三人為所欲為？」

「卿言呂惠卿奸邪，朕見他應對明辯，亦有美才。」

「呂惠卿確有才辯，但他心術不正。不堪稱之爲才，否則江充、李訓之流皆爲才子矣！」

聽到這裡，趙頊悚然一動。他記起幾天前司馬光讀《資治通鑒》張釋之論嗇夫利口一節的情景。司馬光說：「孔子曰：『惡利口之覆邦家者。』利口何至於顛覆家國？那是因爲其人能以是爲非，以非爲是，以賢爲不肖，以不肖爲賢。人主若以是爲非，以非爲是，以賢爲不肖，以不肖爲賢，則離邦家之覆，也確實不遠了。」

當時呂惠卿在座，始終板著面孔，不看司馬光一眼。而司馬光話中帶刺，顯然是衝著呂惠卿而發的。

江充是漢武帝寵臣，能言善辯，以巫蠱事陷害太子，迫使太子自殺；李訓陰險善謀，得幸於唐文宗。二人權傾天下，朝中有爲之士被驅逐一空。

趙頊沉吟了一會兒，說：「朕想讓你做樞密副使，你爲何一再推辭？」

司馬光說：「臣舊職且不能勝任，豈能晉升重任？」

趙頊說：「王安石平素與卿相善，卿爲何相疑？」

司馬光一下子顯得有些激動，說話的聲音也有些顫抖起來：

「臣與介甫的交情，哪裡比得上呂公著！介甫舉薦公著時，讚譽有加；欲排擠公著時，毀之唯恐不及。一個人豈可前恭後倨至此？」

趙頊道：「安石與公著，過去關係密切，一旦公著有罪，則絲毫不敢隱瞞。由此可見安石處事公允，不以私害公。」

司馬光重新行禮，長揖及地，說道：

「臣與介甫，若冰炭之不可同器，寒暑之不可同時。臣對介甫，不曾有負於他，只是對於陛下……臣有負於陛下的，確實太多了！」

正說話間，內侍官來報，王安石求見。司馬光當即告辭。出門時剛好迎面碰上了王安石。司馬光穿著自製的「深衣」，這是早就不再有人穿的禮服了。聽說這是司馬光依據《禮記》記載的形式叫人裁製的。這深衣用白色的細布做成，圓袂方領，前裾後襟都很長，衣領和袖口曲曲折折地鑲著黑色的邊，看上去顯得既拖遝又怪異。

王安石感到有些奇怪地看了司馬光一眼，來不及打一聲招呼就擦身而過。

9

熙寧三年七月初，詔命新判太原府歐陽修罷宣徽南院使，復爲觀文殿學士、知蔡州。歐陽修自四月中除宣徽南院使判太原府以來，一直堅辭不受除命。其間他上書論青苗法、寫信指責王安石，王安石不作答覆，卻奏請皇帝，依歐陽修所請，罷宣徽南院使、判太原府之職。

第二天，樞密使、刑部侍郎呂公弼，因與王安石、韓絳等意見不合，罷爲刑部侍郎、觀文殿學士、知太原府。王安石請明言呂公弼之罪。

趙頊說：「太原重地，還是不要明顯加以責罪。」

當天，翰林學士、端明殿學士、權御史中丞馮京，升任右諫議大夫、樞密副使，以補樞密院之缺。

起初，呂公弼將去位，趙頊和王安石商量要用誰來補樞密院之缺。

「馮京看起來比較穩重。」趙頊說。

「馮京不能明察事理，若被流俗之人所鼓動，他便不能自守。」王安石說。

「他作中丞，恐怕也不稱職。」

「馮京做中丞，也不過是充數罷了，不但不能啓迪陛下，反而需要陛下在關鍵的時候警策他。」

「那就用他做樞密副使如何？」

「也可以吧。」

數日後，馮京上書論事。趙頊派人給王安石送去一封手箚，並附上馮京的奏疏，說：「朕試觀馮京奏疏，恐不宜使久處言職，當如何處置？」

王安石連忙上了一道奏摺，對皇帝的信任表示感激。並力言馮京奸邪，必誤國事，請求趙頊把他罷職。沒想到趙頊非但沒有罷馮京的職，還升了他的官。

在這之前，曾公亮、韓絳極力推薦司馬光以代呂公弼之位。

王安石說：「司馬光固然不錯，可是現在政風複雜，異論紛紜，用了司馬光，便使異論者有了領袖。如今朝廷正要大興農事，而各路官司觀望不前，若使異論有了領袖，事情就不可爲了。」

韓絳以爲王安石說的有道理，便改變了主意。曾公亮仍堅持己見，請求趙頊任用司馬光，趙頊沒有答應，於是只用了馮京。

第二天，趙頊又說：「馮京太弱，並用司馬光如何？」

曾公亮以爲應當如此。

王安石說：「司馬光比馮京的確稍微好一點，可是流俗奉他爲領袖，到頭來只會推波助瀾，紛紛擾擾，更難控制。況且，樞密院的事務，司馬光通曉嗎？」

趙頊說：「他不通曉。」

王安石說：「既然不通曉，於樞密院又有何益？」

曾公亮說：「眞宗用寇準，有人問眞宗，眞宗說『且要異論相攪，即各不敢爲非。』不論是異論，或是雜音，都有矯正偏失、鞭策惕勵的作用。」

王安石說：「若朝廷人人異論相攪，那麼治道如何行得通？臣以爲朝廷任事之臣，若不能同心同德，協於克一，天下事就沒有什麼可爲。」

趙頊說：「要讓異論相攪，那也不對。」

曾公亮仍然堅持應該任用司馬光。

王安石說：「朝廷從來沒有採納過司馬光的建議，可見其見解之偏狹；如果用他，他會不會和從前一樣不就職；如果他堅持陛下按照他的主見來做，那朝廷怎麼辦？」

趙頊於是決定不用司馬光。

兩天後，王安石單獨奏對，對趙頊說：「君子不肯與小人廝攪在一起，之所以還和小人雜居，只是因爲想等待人主覺悟而有所判別而已。如果始終讓君子和小人在一起，那麼君子就只有退避而已。君子之仕，欲行其道，若以白首餘年，只與小人廝攪，不知道還有什麼指望？」趙頊認爲他說的有理。

十月下旬，詔命翰林學士、戶部侍郎兼侍讀、集賢殿修撰范鎭罷翰林學士之職，依前戶部侍郎致仕。

起初，范鎭上疏皇帝，請求致仕。他說：

「臣近舉蘇軾諫官，蒙御史劾奏；又舉孔文舉應制科，蒙下流內銓，告諭令歸本任。職臣之故，上累聖聽，下累賢才，臣無面顏復齒班列，望除臣致仕，仍不轉官，以贖軾販鹽誣妄之罪，及文仲對策切直之過。」

范鎭薦舉蘇軾、孔文仲，不僅不得結果，還替他們兩人惹來麻煩，蘇軾被舉發販賣私鹽，孔文仲被彈劾以直言忤旨之罪。爲此，他氣憤不過，決定引退。

范鎭的奏章呈上之後，朝廷不予批覆，於是他又再上奏章，爲蘇軾、孔文仲辯護：

「軾治平中父死京師，先帝賜之絹百匹、銀百兩，辭不受，而請贈父官。先帝嘉其意，贈其父光祿寺丞，又敕諸路應副人船。是時，韓琦亦與之銀三百兩，歐陽修與二百兩，皆辭不受。軾之風節，亦可概見矣。今言者以爲多差人船販私鹽，是厚誣也。軾有古今之學，文章高於時，又敢言朝廷得失，臣所以舉充諫官。今反爲軾之累，臣豈得默默不爲一言！又文仲對策，中外皆言其切直，設有過當，亦由小官疏外，不識忌諱。且以直言求之而以直言罪之，是罔天下忠直而納之罪罟，豈不爲聖明之累乎？陛下聰明睿智，欲爲堯、舜、湯、文之所爲，而乃拒忠諫，惡直言，臣竊惜之。乞明辨軾之無過，恕文仲之直言，除臣致仕。」

八月中，侍御史知雜事謝景溫劾奏蘇軾居喪服除，往來賈販，利用官船，差借兵卒，販賣私鹽。詔命江淮發運使、湖北運司調查此事。最終查無實據，不了了之。謝景溫四月間任侍御史知雜事，係王安石所薦，又與王安石有姻親。而蘇軾此時以直史館權開封府推官。因屢次上書反對新法，頗觸王安石之怒。故衆議以爲，謝景溫劾奏蘇軾乃出於王安石之意。司馬光也曾不止一次在趙頊面前爲蘇軾開脫罪名，說法與范鎮大體相同。

范鎮在最後請求致仕的奏章裡說：

「臣請致仕，已四上章，歷日彌旬，未聞可報。緣臣所懷，有可去二：臣言靑苗不見聽，一可去；薦蘇軾、孔文仲不見用，二可去。負二可去，重之以多病早衰，其可以已乎！今有人言，獻忠與獻　孰是？必曰獻忠是。納諫與拒諫孰是？必曰納諫是。蘇軾、孔文仲可謂獻忠矣，陛下拒而不納，是必有獻　以誤陛下者，不可不察也。若李定避持服，遂不認母，是壞人倫、逆天理也，而欲以爲御史，御史臺爲之罷陳薦，舍人院爲之罷宋敏求、李大臨、蘇頌，諫院罷胡宗愈。王韶上書肆意欺罔，以興造邊事，敗則置而不問，反爲之罪帥臣李師中。及御史一言蘇軾，下七路　摭其過。孔文仲則遣之歸任。以此二人況彼二人，以此事理觀彼事理，孰是孰非，孰得孰失，陛下聰明之主，其可以逃聖鑒乎？惟審思而熟計之。朝廷所恃者賞罰，而賞罰如此，如天下何！如宗廟社稷何！至於言青苗，則曰有見效者，豈非歲得緡錢數十百萬？緡錢數十百萬，非出於天，非出於地，非出於建議者之家，一出於民。民猶魚也，財猶水也，水深則魚活，財足則民有生意。養民而盡其財，譬猶養魚而欲竭其水也。今之官但能多散青苗、急其期會者，則有自知縣擢爲轉運判官、提點刑獄，急進僥倖之人，豈復顧陛下百姓乎？陛下有納諫之資，大臣進拒諫之計；陛下有愛民之性，大臣用殘民之術。臣職獻替，而無一言，則負陛下多矣！臣知言入觸大臣之怒，罪在不測。然臣嘗以忠事仁祖，仁祖不賜之死，才聽解言職而已；以禮事英宗，英宗不加之罪，才令補畿郡而已。所不以事仁祖、英宗心而事陛下，是臣自棄於此世也。臣爲此章欲上而中止者數矣，既而自謂曰：今而後歸伏田閭，雖有忠言嘉謀，不得復聞朝廷矣！惟陛下裁赦，早除臣致仕。」

范鎭這封奏章寫得非常尖銳，先是挺蘇軾，接著對王安石的青苗法提出嚴厲的指控，說是「大臣用殘民之術」；最後說，今後退隱在野，縱有忠言良謀，也不再貢獻朝廷了！

這封奏章充滿了火藥味，不僅對青苗法全盤否定，也對王安石全面否定。

王安石看了，不禁大怒。手拿著范鎭的奏章，一直顫抖。從變法改革以來，這些反對者一個比一個頑固，他們不斷發出吵人的雜音，像那些討厭的蒼蠅一樣，看來只有去之而後快！唯有將這些攪局者一一清掃出局，才有助於改革。

馮京對王安石說：「對於一個出局的老人，何必這樣在意呢？」

王安石狠狠地瞪了馮京一眼，就好像他不是馮京，而是范鎭。

於是范鎭以本官致仕，凡退休官員應得的恩例全不給他。王安石親自修改誥詞，對他大加斥責。

范鎭上表謝恩，仍不示弱。司馬光預先給范鎭作傳，說：「呂獻可之先見，范景仁之勇決，皆余所不及也。」

在范鎭致仕之前，司馬光已於九月底以端明殿學士兼翰林學士、集賢殿修撰出知永興軍。曾公亮也以老病爲由接連上表請求致仕，並在九月中以司空兼侍中、河陽三城節度使、集禧觀使，罷相致仕，從此開始了他一邊誦經念佛，一邊酒醉歌迷的閒居生活。十月，陳升之因丁母憂罷相去職。這樣，兩個宰相的位子便空了出來。

第四章　人民請願

1

大雪簌簌地下著。汴京許久不曾有這樣的大雪了。路面、屋頂上覆蓋著白色的雪，晶瑩透亮。孩子們在雪地裡跳著，嘻鬧著。

東府門前今日喜氣洋洋。宮中派人送來的大紅宮燈高高地懸在門廊兩側。今天是王安石拜相之日，再過幾日，是他五十歲生日。

王安石、王安國、王雱圍坐在火爐前，爐火正旺。火爐上，褐色的茶壺在滋滋地響著，冒著白霧狀的水氣，使屋子在冬天的寒意中溫暖起來。

王安石滿面笑容，說：「來，今天咱們嘗嘗皇上所賜的『小龍團』。」

童子捏著茶團扔進茶壺，茶團在水壺之中慢慢地舒展開來。不久，茶香四溢。

小龍團茶餅乃是名貴之茶，只作爲上供給皇室之用，每年上貢也才四十枚。

王安石呷了一口茶，說：「今天歐陽公派人送來賀拜相啓。自從子固第一次向他推薦我，至今已過了二十年。眞是歲月如流，想來令人唏噓。」

英宗治平三年，歐陽修因力主尊英宗生父濮王爲皇，引起朝臣爭論，遭呂誨彈劾；趙頊即位後重用王安石推行新法，歐陽修又極力反對，遂以太子少師致仕，出京而去。

歐陽修的賀拜相啓中稱王安石「高步儒林，著三朝甚重之望，晚登文陛，當萬乘之知。」當年，王安石第一次拜見歐陽修，歐陽修在大庭廣衆之下倒趿著拖鞋出門相迎，一時傳爲佳話。後來還在兩人唱和的詩裡對王安石誇讚有加，說：「翰林風月三千首，吏部文章二百年。」把王安石與李白、韓愈相提並論。但王安石卻並不領情，因爲李白和韓愈都不是他心目中的聖人賢士。

聞說在歐陽修在青州過著夜夜笙歌，終朝盡歡的日子。接到賀啓，王安石不禁有些感慨。

東府門外車水馬龍。高高的駿馬裝飾得格外華麗，色彩鮮艷的乘輿停滿門外的空地，二十步開外的影壁後面也停了幾部墨綠的呢絨大轎。

門外的賀喜之聲穿過幾重簾幕，穿過雪花飄舞的天空，傳進屋內。因爲王安石快做壽了，自然有人獻詩賀壽。王安禮、王安上二人放下手中的茶杯來到門外，拱手相迎，將賓客請入屋去。

「我到現在都還未向皇上謝恩，有何喜可賀啊！」王安石笑道。

趁著衆人拱手揖讓之際，王安石悄悄地向魏泰使了個眼色，隨即起身往後園走去。

不一會兒，魏泰也來到西廡的長廊中。二人一前一後，慢慢地朝書房走去。

已是深冬天氣。榆樹已落盡了葉子，倒是別有一番情致。

兩人在書房外的石墩上坐定。

魏泰天性耿直，喜歡熱鬧，也好開玩笑。他曾經鬧了一場軒然大波，在進士考試之後毆打了主考官。從那以後無心功名，讀讀書，遊遊山，玩玩水，倒也優遊自在。

魏泰望著王安石。王安石蹙著眉，並不看魏泰。這樣無語枯坐，過了許久。

魏泰終於開口問道：「介甫兄，在想什麼呢？」

魏泰不知道，王安石此時的眼中滿是江寧的山水。白鷺洲中萋萋的芳草，江邊的竹林，牛首山上父親墳前的松柏，這時似乎都歷歷在目。他也想起了臨川，臨川金溪烏石崗邊的竹林，和那些寂寞的辛夷花。他用手擦了擦沾附在窗上的雪花，手過之處，雪花頓時化成清亮的水滴，流淌下來，很快便無影無蹤。

王安石取了筆，很快地寫下兩行字。

魏泰仔細地辨認了片刻，墨跡未乾的雪窗上寫著：

「霜筠雪竹鍾山寺，
投老歸歟寄此生。」

王安石放下筆，朝魏泰拱了拱手，默默地步下石階。魏泰望著他慢慢地穿過長廊，朝大廳走去。他微微發胖的身影顯得有些孤獨，和這高大的屋宅，氣派的建築並不相稱。那個背影和廳堂之上洋溢著的喜氣，和稱喜道賀的人群更是不相協調。

搬入東府已有一個多月了。王安石還未仔細地看看這座房子。房子在右掖門之前，與西闕角相近，緊鄰汴街。平日裡便是車水馬龍，人來人往。

暮色降臨。東府上下，燈影搖曳。偌大的廳堂之中，來賀的客人絡繹不絕。夜雖然深了，觥籌交錯之聲，推杯換盞之影依舊。

王安石回到臥房，進門時卻猛然發現房中的一切什麼時候已改了模樣。紅燭高燒，羅帳輕垂，原本素樸的床頭高高掛著一對紅燈籠，顯出一派令人目眩的喜氣。

床沿上端坐著一個年輕的女子，長得姿色出衆，面帶嬌羞之色，眉眼之間卻有說不盡的哀傷。

女子見王安石進了屋，起身迎了上來，躬身道了個萬福，便要替他寬衣。王安石驚疑之中，問道：「妳是何人，來這裡做什麼？」

「是夫人讓奴家來侍候相公的。」女子滿臉含羞，聲音卻透著悲戚。

「夫人？」

「是夫人把我買來，讓我專門侍候相公的。」

王安石讓女子坐下，耐心問道：「妳說說，這是怎麼一回事？」

女子忍不住哭了起來。她不安地整了整衣裳，跪了下來，淚眼婆娑地說了起來。

「奴家的丈夫是一個押解糧草的軍官，不久前不幸遇上風浪，船翻了，糧草盡沒。雖說人是獲救了，但是必須賠償朝廷的損失。我們傾家蕩產來還這一大筆錢，怎麼也湊不夠。無奈之中，奴家的丈夫就把我賣了。」

王安石這才細細地看了看女子。他忽然覺得她的眉眼很是熟悉，心中一動。

王安石蹙眉問道：「把妳賣了多少錢？」

「夫人用九百緡把我買下的。」女子答道。

王安石讓她起身，然後朝門外喊了一聲。老院子王漢應聲而入。

王安石吩咐道：「你替她安排個住處。明天送她回家。」

王漢很驚訝，湊近王安石身邊，悄聲說道：「相公，夫人說了，您最近身體不好，夜中常常不能熟睡，又常咳嗽，氣喘不止。因此最近她一直在物色一個溫和體貼的人來侍候您。好不容易才買到這個女子來做您的侍妾。您現在卻要把她送回去，夫人會生氣的。」

王安石大聲罵道。

「生氣？該生氣的人是我！趁人之危，納人之妻，還有何臉面見人！夫人眞是糊塗了。」

王漢不死心，又勸道：「相公，現在的公卿大人，哪一個不是三妻四妾？就只有您……」

王安石打斷他的話：「去吧，給她找個住處，明日再找和甫要九百緡給她。」

王家的家用開支都由弟弟打理，薪俸一到，悉數交由弟弟安排，王安石自己從不過問。

王漢還在發愣。王安石催促道：「你快些去吧，不久就要過年了，明天一早讓她上路回家，早日和家人團圓。」

女子千恩萬謝，跟著老院子走了。

王安石長長地舒了一口氣。他坐了下來，心想：唉，夫人眞是越老越糊塗了。

前不久，二女兒嫁與蔡卞，夫人瞞著他置辦了不少嫁妝，其中有不少錦緞。此事王安石還蒙在鼓裡，不知怎的卻已傳到趙頊耳裡。那一日下朝之後，趙頊笑著問道：「介甫卿，你是大儒之家，怎麼用錦緞嫁女呢？」他一時尷尬，囁囁嚅嚅許久，無言以對。回去之後找來夫人一問，果有此事，便叫人立即將錦緞捐給大相國寺。

門外的雪依然下個不停。

那女子的面容又閃現在眼前。剛才一見之下，恍然間覺得那女子似曾相識。王安石慢慢地想，她長得極像大妹妹王文淑。大妹妹十四歲便嫁與工部侍郎張奎爲妻，封爲長安縣君，一直住在江南。現在也不知過得怎麼樣了？

曾經再熟悉的面孔有朝一日可能變得模糊，曾經銘記在心的人有一天可能忘卻。只是在心中，那一抹思念，永不泯滅。

門外的雪落之聲一如當年。那是嘉祐五年（西元一〇六〇年）正月，王安石在京直集賢院，奉命伴送遼國使臣歸國。那一天，雪下得很大，妹妹依依不捨，還贈了一首詠雪詩。那一首詠雪詩便伴著他披星戴月，在馬背上度過四十多個寒冷的晝夜，走過一段長長的、寂寞的而又荒蕪的路程。在那些苦寒的日子裡，離別的情緒總是無法抑制地充溢心中。

王安石記起自己途中給妹妹寫過一首詩，便起身在書架上翻找起來。在一張已經發黃的紙片上，「示長安君」幾字，墨跡已然淡去。他就著昏暗的燭光看了起來：

「少年離別意非輕，老去相逢亦愴情。

草草杯盤供笑語，昏昏燈火話平生。
自憐湖海三年隔，又作塵沙萬里行。
欲問後期何日是，寄書應見雁南征。」

看著陳年的字跡，那份感覺是奇特的，像是做著一些似曾做過的夢，恍若隔世。早已忘卻的往事，早已淡漠的心情，彷彿只有這陳年的字跡能夠見證。

轉眼之間，已過去十餘年的光景。

想起出使遼國時，經歷過的四十多個天寒地凍的日夜，想起代北朔漠的荒寒，王安石心中陡然生出無名的感慨。車馬沿著當年漢唐之時出關的路線走著，那位和親的美人王昭君也使自己生出不少感慨。他回京之後寫下〈明妃曲〉，歐陽修、曾鞏、梅堯臣、司馬光等人都有詩相和。

那些句子此時又浮現在腦海之中：

「明妃初出漢宮時，淚濕春風鬢腳垂。
低回顧影無顏色，尚得君王不自持。
歸來卻怪丹青手，入眼平生未曾有。
意態由來畫不成，當時枉殺毛延壽。

一去心知更不歸，可憐著盡漢宮衣。
寄聲欲問塞南事，只有年年鴻雁飛。
家人萬里傳消息，好在氈城莫相憶。
君不見咫尺長門閉阿嬌，人生失意無南北。」

今天，本是喜慶的日子，腦子裡想的卻全是以往經歷過的事。漠北，江南。家人，親友。是啊，君不見，咫尺長門閉阿嬌，人生失意無南北。

2

轉眼又入新年。正月初一，趙頊傳令今日不視朝，文武百官各攜親眷，遊春宴樂。王安石的兒女親家吳充，特地備下酒席，請王安石過府一敘。

吳充字沖卿，建州浦城（今福建建陽）人。他與王安石是舊識。兩人同歲，又是同科進士，現在則是兒女親家：王安石的長女嫁與吳充之子吳安持為妻。

吳充先自舉杯，說：「日前介甫兄拜相，我未到府致意，今日一併道賀。」

王安石也舉起酒杯，看著吳充，答道：「你我還用得著客套嗎？」

女婿、女兒與兩個外孫也前來道安。

吳充仔細看了看王安石的臉色，說：「介甫兄最近消瘦不少啊。」

「是啊，近日頭痛之疾愈烈，失眠之症也復發了，大約是氣候多變之故吧！」

「介甫兄新掌中書，勞心勞力，可要多多保重啊！」

王安石歎了一聲，道：「吳兄，你知道的，食君之祿而已。」

吳充忽然滿臉含笑，說道：「介甫兄，你今天終於換上一件新衣了？早該如此了。」

王安石驚訝地看著自己身上的新衣服，笑道：「這衣裳不是我的啊！」

王安石立刻想起，一定是韓維的弟弟韓縝，幫他換了衣服。難怪感覺不太對勁。昨天他和韓氏兄弟一同到相國寺行香，沐浴更衣之際，韓縝見他的外袍太破舊了，便命人換一件新的。沐浴完畢，王安石穿了就走，根本沒發現衣服被換了。韓縝對此大爲稱奇。這事已傳至吳充耳中，王安石自己卻渾然不覺。

女兒端來一杯茶，上前捧給父親。

王安石接過，端詳了一會女兒俊俏的臉。她自小習讀詩書，聰敏達禮。他淡淡地對女兒笑了笑，繼續對吳充說：

「吳兄呀，去年入夏大旱，入秋霪雨不止；入冬後，京東一路卻蝗蟲爲災。」

「是啊，這幾日的天氣看來也不大對頭，剛入春就遇上這種颳大風的天氣。」

王安石呷了一口酒，轉了轉手中的酒杯，說：

「最近，河北的饑民流徙京西，雖令安撫轉運使、提點刑獄司責成州縣官員多方賑濟，可我心裡總還是不踏實。」

司馬光極力陳言青苗、助役之害，勸皇上要廢止；蘇軾兄弟也相繼遞了奏疏，各言農田水利和助役法的不是。還有，盜賊蠭起，到處打家劫舍……

王安石笑著答道：「前不久有人替我批命，說我是『牛形人，任重而道遠。』大概被說中了。看來，我的確是勞碌命，需要操心的事情太多了。」

「親家公，今日我倆權且把一切放下。我作了一首詩，你來看看。」

幾人移步到吳充的書房。

王安石看過，笑著說：「除舊布新，一元復始。但願新年會有新的氣象。我也醞釀了一首，與你相和。」他招呼女兒，準備筆墨。

「介甫兄眞是快手啊！居然援手立得！」吳充笑道。

王安石的女兒研好墨，遞上筆，然後同吳安持對望一眼，兩人侍立於一旁。

隨著王安石運筆揮灑，紙面上出現了一首詩：

「猶殘一日蠟，並見兩年春。
物以終為始，人從故得新。
迎陽朝翦彩，守歲夜傾銀。

恩賜隨嘉節，無功只自塵。」

王安石的兩個孫兒吵吵嚷嚷著要去外公家玩。他們的母親把他們拉到一旁，悄聲說道：「外公正在作詩呢，外公那一首寫除夕的詩〈除日〉，你們還記得吧？」兩個孩子未等她說完，齊聲道：「知道，街上的好多人家春聯上都有呢！」隨即又齊聲誦道：

「爆竹聲中一歲除，
春風送暖入屠酥。
千門萬户憧憧日，
總把新桃換舊符。」

孩子清脆的聲音吸引了大家。眾人靜靜地聽著。

3

春天來了，雖說這些年全國各地總體來說雨雪缺乏，但是今年開春以後各大河流的河水暴漲，有些河流泥沙淤積嚴重，恐怕有氾濫成災之虞。

趙頊在資政殿召見二府官員。衆臣同聲向皇帝請安賀節。

趙頊憂心忡忡地說：「朕今天召你們來，是想商定關於疏浚漳河一事。朕擔心國庫財用不足以支付開漳河的費用。」

漳河是黃河下游一段，近幾年來由於河水屢屢改道，導致沿岸人民無法安居。疏浚漳河的詔令已下：增加修治漳河役兵萬人，集中全力，於四月汛期到來以前完工。

「臣以爲，要豐財、安百姓，務須省事。漳河長年累月從未加以疏浚，隨它流向東，或流向西，這修不修有何差別？」文彥博說道。

「若使漳河河道疏通、河道固定，要治理它時，便可以事半功倍。」王安石笑道。

文彥博反駁道：「可是你現在大徵民夫開河，移得東邊河水，卻壞了西邊民田，顧此失彼，無濟於事！」

「如果疏浚河水不是要緊的事，那麼大禹何須費那麼大的力氣治水？勞民之舉固然不可輕爲，但是水利工程完善與否，卻和人民的生計密不可分。」王安石道。

趙頊輕輕地點了點頭。

馮京說：「只是，既要疏浚河道，又要淤田，加上修差役，作保甲，需徵用不少民力，百姓將困擾不已。」

趙頊看了馮京一眼，說：「淤田於百姓有何害？有何苦？朕已令內臣拔取一些麥苗，察看土肥情況。也尋訪了鄰近百姓，京城附近百姓都樂於接受。各位賢卿，我們不妨到御花園上去看看都城之景。」

汴水的河床很高，河水高出堤岸許多。站在汴堤上看去，汴京裡那些密密麻麻的民居，就如建在深谷之中。

汴河是隋代大運河通濟渠的一段，由西門入城，過東城門出京而去，南達淮水。

趙頊對王安石說：「從前，汴京的田間溝渠與汴水相通，不知自何時開始，汴水河床漸漸變高？」

「從前，每年入冬之後，河水乾涸，便要關閉汴口，專門雇用『汴夫』淸理河道，以待來春通航。如今汴渠已有二十年不疏通了，所以泥沙年年沉積，將河床越堆越高。」王安石說。

新年的喜氣尙在。一陣寒風吹來，似乎依稀可見汴河岸邊的柳梢在搖動，金明池的波紋在風中蕩漾。

趙頊低頭歎了一口氣，說道：「朕還記得去年上巳之日群臣宴樂的場景，」他一直記掛著那些顧命大臣。「如今，韓琦改任永興軍節度使，判大名府。這些日，歐陽修屢屢請求致仕。朕打算讓他以觀文殿學士、兵部尙書知蔡州。」

馮京道：「歐陽修，臣以爲應當把他留在京城，莫要讓他出京。」

王珪附和道：「歐陽修這樣的老臣若一旦去位，必然會引起一番議論。」

王安石輕輕哼了一聲，道：「像歐陽修這樣的人，給他一州則壞一州，給他一郡則壞一郡。留在朝廷則附和流俗，敗壞朝廷，這樣的人，留他下來有何所用？」

趙頊不置可否。他看著吳充，希望這位歐陽修的親家能說點什麼。歐陽修之子歐陽發娶的正是吳充的女兒。

吳充低垂著眼，也不說話。

4

自從農田水利法頒行之後，各地官吏、士民都積極出謀劃策，對當地應當修復或創建的灌溉工程提出不少具體方案。京東路在冬季之前已修復了南李堰和馬陵泊；宦官程昉因深明水利，被派專治漳河、洺河，也頗有成效。

利用河流附近低窪之地開闢成淤田的工作，也在各地如火如荼地開展起來。官府還打算設置淤田司，專門處理和指導開闢淤田的相關事務。侯叔獻、楊汲二人負責在汴水沿岸實施淤田法，分汴流以溉貧瘠的土地，使之成爲良田。淤田，是王安石「理財物」的關鍵。一年多來，在各地已經造田四萬二千餘頃。曾被派去各路考察農田水利的官員，自然更是此次淤田開闢計畫生力軍。

這一天，王安石召了在京的劉彝、程顥和盧秉三人來到三司公署。雖然各地皆設有報告淤田開闢進度的人，王安石還是想多了解近期以來各地淤田情況的新進展。畢竟，憑空多出那麼多的良田，一方面不增加百姓負擔，另一方面又能實實在在地增加國庫的收入，自然要傾力為之。

劉彝、程顥和盧秉三人曾在各地勘察水利，對河流湖泊濕地的情況瞭若指掌。

盧秉首先說道：「相公理財之方的確高明。淤田之舉，澤被百姓，造福蒼生。」

兩年之前，王安石已提出圍墾大澤以增無主之良田，增政府之收入而不取百姓之財的想法。

王安石微微一笑，說道：「召你們來，是因為我想我們還可以繼續造出更多的良田。一方面利用沿海沿江的灘塗，一方面修治水利廣增田地，這是一舉兩得之事。各位熟悉各地水情，今天，我想聽聽你們的看法。」

沒有人答話，王安石又道：「雖然這一年多以來，利用汴河、漳河等淤灌出不少良田，但是，天下之廣，河流湖泊之衆，必定還有可用之地未加挖掘利用，大家不妨直言。」

劉彝說道：「京東東路梁山泊一帶倒有一大片濕地，人稱『水泊梁山』。我去那裡考察的時候，看見一片汪洋，蘆葦叢生。如果能退水還田，估計可淤之田不下萬頃，與幾條大河淤田之面積幾乎相當。」

王安石心中一喜：那太好了，這萬頃之數，眞可謂大大地開闢了財源。

曾布快速地做著記錄。他的筆揮動不止，那些即刻消失的聲音很快變成紙上的墨跡。

程顥深深地皺起了眉頭。他到過梁山水泊。那是大野澤中心地帶的一汪方圓百里的大湖泊，最深的地方有數丈之深。而水泊四周又是廣袤千里的沼澤地。即使造田無需塡土，光是將湖泊之水抽乾，得抽到何年何月？就算有朝一日抽乾了湖水，大野澤的水還會從四面八方源源不斷注入梁山水泊。即使有朝一日眞的奇蹟發生，水果然抽乾了，但只要黃河、濟河、泗水任何一條河流再度泛濫，那梁山水泊以及大野澤便又是汪洋一片，依然如故。

可見抽水的同時還得塡土才行！而要塡滿梁水泊以及大野澤，實屬精衛塡海之舉，需得動員全國百姓，耗時十年以上方可！由此想來，同僚的想法是多麼瘋狂！

更加不可思議的乃是：這個面積僅次於洞庭湖、彭蠡湖的梁山水泊，要想抽乾它，抽出來的水要放在哪裡？

有道是讀書明理。爲何今日的讀書人竟是如此瘋狂？程顥看著劉彝，心中想道：可歎讀書人，一旦瘋狂竟比目不識丁者更甚百倍！

「如何排去水泊之水，這得好好研究！」劉彝一本正經地說著，王安石全神貫注地聽著，曾布滿頭大汗地記著。

王安石忽然問道：「那你們說說，那梁山泊具體的情形到底怎樣？」

這個地名最近不時地傳入他的耳中。梁山泊所屬的京東諸路接連來報，有不少刁民或爲避稅，或逃避青苗錢，逃入梁山泊，聚衆而居，與官府對抗。雖是一小撮人，數量不多，但實乃官府之患。況且，據各地報告，近段時間以來有越來越多還不起青苗錢的刁民逃入其中。聲勢有漸趨擴大之苗頭。

想到這裡，王安石道：「果能如此，倒也一舉兩得。把梁山泊填掉，一來利民生財，二來可防刁民聚衆其中，對抗官府，日久爲患。」他停住了，像是忽然想起一件事：

「只是，那排出來的水怎麼辦？要存貯在何處？」

沒有人發現此時堂中多了一個人。不知什麼時候，劉貢父已站在廳堂之中，他全神貫注地聽著，忽然開口說道：

「這有何難，再開一個梁山泊，把這舊的梁山泊之水排放進去，不就可以了嘛！」劉貢父，臨江新喻人，與其兄劉敞同科進士，此時判尚書考功。他生性滑稽，善於調笑。

這時，衆人才看清說話之人乃是劉貢父。王安石、程顥、劉彝、盧秉，還有曾布，愣一下，禁不住捧腹大笑。

衆人笑出了眼淚。曾布握筆不住，手一鬆，手中之筆「啪」的一聲掉在地上，墨跡濡出一片黑黑的痕跡。

劉貢父似笑非笑，繼續說道：

「你知道嗎？梁山泊有多大？除了另開一處，沒有地方可存貯這些水了！」

王安石臉上的笑意仍在，卻皺著眉，想道：這劉貢父，處處與我爲難！

當初設太學三舍院之時，劉貢父曾極力反對。此外，王安石爲皇帝講課，要求坐講，認爲此乃尊師之道，劉貢父也不表贊同。劉貢父還曾經寫信給王安石，大談新法的不是。

王安石生來刻板，他實在無法接受這般油嘴滑舌之人，心下惱怒不已，口中卻說道：「貢父，你這個判尙書考功，不請自到，今天可出了個好主意啊！」

劉貢父答道：「我是不請自到，所出的主意自然也不壞。我還有事，先走了！」說話之間，人影已在廳堂之外。

王安石望著劉貢父的背影，說道：「今日先議到此，有何想法可儘管提出來。」

程顥、劉彝、盧秉三人揖禮之後，相繼告退。

曾布手中的筆兀自寫個不停。王安石走過去一看，立時怒道：「你看你，寫的是什麼！」

曾布不知所措，只是呆在那裡。

紙面上赫然寫著：

「劉貢父言：欲梁山泊放水淤田，可別鑿一梁山泊，以貯原梁山泊之水……」

王安石走了出去，隱隱約約地覺得胸悶不已，頭立時痛了起來。最不堪忍受的就是這種話中有話，話裡帶刺的傢伙了。

偌大的廳堂一時空空蕩蕩。一陣風把幾片枯黃的樹葉吹了進來。乾燥的黃葉發出沒有彈性的聲音，有些生硬，也有些脆弱。

程顥出了門，慢慢走著，遠遠看見劉貢父尚在三司公署門外一棵紫薇樹下停留，便緊走幾步，迎了上去。那棵紫薇樹上長了毛毛蟲。葉子鏤空了，毛毛蟲附著在樹枝上，或葉片的背面，很是嚇人。

劉貢父瞥了程顥一眼，說道：「你作察訪使，難道沒有到過梁山泊嗎？那樣方圓千里的水澤之地，居然有人想出排水淤田的主意！眞是可笑之極！」

程顥沉默半晌，道：「貢父先生，我知道你學問文章堪稱世範。我想請教你一個問題。」劉貢父學問高深，尤精於史學。曾作《東漢勘誤》，爲世人所稱譽。

程顥繼續說：「先生精通歷史，你說說看，自古以來，有哪一個不納一言卻能成事的人？有哪一場變革世人交口痛罵，卻能成功的？」

劉貢父認眞地看了看他，許久才說道：「有一回，我去探訪一位禪師，禪師拎起茶壺，在原本已滿的杯中續水。杯中本滿，如此一來自然水流四溢，遍於桌几。你想想，禪師本意要說明什麼？」

程顥立時明白了，心想：這自然表示，自滿之人，奈何與之多言，凡事何用勸阻。

兩人並肩走出三司公署。

5

九月的小西湖。煙水之地，花塢萍汀，十頃波平。

已是初秋時節。桂樹在小西湖岸邊整整齊齊地排列著。墨綠色的樹梢上密密層層地開滿了米黃色的小花。若有若無的幽香隨著微涼的風兒，一陣一陣地飄過，散佈在穎州城中，在這個枯索的秋風中瀰漫。

小西湖的粼粼波光便在這些桂花的清香之中蕩漾。

荷葉已有些凋殘。但是抬眼望去，它們還是密密遮遮地覆蓋著湖面。偶爾能看見一兩朵瘦弱憔悴的蓮花，不起眼地點綴在翠綠的湖面之上。

絲竹聲起。一隻畫舫在小西湖上緩緩移動。

伶工奏樂，歌伎輕唱。唱的是歐陽修的〈采桑子〉：

「平生為愛西湖好，來擁朱輪，富貴浮雲，俯仰流年二十春。
歸來恰似遼東鶴，城郭人民，觸目皆新，誰識當時舊主人？」

呂公著舉杯祝道：「來，子瞻，子由，喝酒！」

蘇軾、蘇轍舉杯，一飲而盡。蘇軾放下酒杯，長歎一聲，道：

「這一次走得可眞徹底。現在京城裡剩下的就全是王安石的人馬了！」

蘇軾因上書議論政事，降職爲杭州通判，拖延了幾個月才出京。過陳州之時，拜會了張方平。張方平出京做了南京留臺，蘇轍便是在他的手下做陳州教授。現在，蘇轍送兄長到得潁州，二人一同拜會了閒居致仕在潁州的歐陽修。歐陽修又聯絡了潁州知府呂公著和致仕在潁州的范鎭。今天，天氣晴朗，一行人同遊小西湖。

呂公著心中無限感慨，望著衆人歎道：

「當今的賢者全都反對推行青苗法，但王安石那一夥人卻仍然堅持己見。」

范鎭在旁只是喝酒。他以翰林學士、戶部侍郎兼侍讀、集賢殿修撰落職，保留前戶部侍郎的待遇，貶爲仕人。

蘇軾舉酒對范鎭說：「范公雖退，而名望益重！蘇軾敬你這杯酒！」

范鎭神情黯淡，說：「君子言聽計從，消患於未萌，使天下受到庇護。我做不到這些，使天下受其害，而我卻徒享虛名，我心何安！」

歐陽修斜枕船舷。九月清涼的湖水使他有些沉醉了。他現在的身分是觀文殿學士、太子少師。

歐陽修忽然坐起，說道：「只可惜，現在皇上身邊再沒有一個像蘇子瞻、范鎭、司馬君實那樣直言不諱的人了。」

蘇軾道：「我臨行之前去拜見韓魏公。韓魏公說，只可惜司馬光才智不足。程顥在座說，君實先生平日自比人參、甘草，病未重時尚可用，沉痾之時，卻一點用處也沒有了！」

呂公著一直沒有說話，說到程顥，他忽然歎道：「自古有爲之君，未有失人心而能圖治，亦未有脅之以威，勝之以辯，而能得人心者也。」

范鎭道：「所有提出反對意見的，在京中全都待不下去了。曾鞏、孫覺，本是王安石的至交好友，現在，曾鞏出判越州，孫覺也出任廣德軍而去。還有，李常也落職太常博士，通判滑州（在今河南省）。富相公、趙參政，還有歐陽先生，無一能留在京都。」

蘇軾順著范鎭的話，說：「司馬光退居洛陽，建了『獨樂園』。『獨樂園』僅有五畝大小，在陋巷之中，僅能避風雨。我離京之前曾去探望君實先生，他也是長吁短歎，王安石所行的新法，眞是悍藥、毒石啊！」

蘇轍接話道：「京都的人紛紛傳言，趙抃由杭州改任知青州時，到得青州地界，蝗蟲也快要飛到青州境內。這時恰好颳起強風，使得蝗蟲往後退飛，紛紛墮水，青州才得以免受蝗害。」

「難道那蝗蟲也怕『鐵面御史』不成？」蘇軾撫掌笑道。

「鐵面御史也不能議論新法，只得判外。『苦』的就是趙抃一人啊。」歐陽修正色說道。

衆人心中明白。熙寧元年，立五人爲參政之後不久，京師之中便開始傳言，說所謂五位參政正好是「生、老、病、死、苦」。

「生」，說的便是虎虎生威、立意革新的王安石，「老」指的曾公亮，他當時已逾古稀之年；富弼則常常稱「病」，才當了八個月的宰相便退居亳州；唐介則從一開始便從未與王安石有過一句投合之言。

王安石素來喜歡馮道，說他能屈身以安人，如諸佛菩薩之行。一日於皇上面前談及此事，唐介說：「馮道爲宰相，使天下四易其姓，身事十主，此得爲純乎？」

王安石說：「伊尹五次就湯、五次就桀，仍爲史家所推重，豈可謂之非純臣？」唐介回道：「長樂老有伊尹之志則可無愧矣。」王安石聽了爲之變色。

後來因爲與王安石爭辯刑案的罪名，唐介背疽發作，忿恨而「死」。

歐陽修沉吟了半晌，說：「王安石爲政確實有自己的見解。只是爲人太過執拗了，老夫也無能爲力。」

「倒是先帝誇讚先生，說先生『性直不避衆怨』。」呂公著道。

「這句話用到王安石身上也是合適的。只是，他身處高位，又不能聽他人一言，這直性子害了他，也害了百姓。」歐陽修嘆道。

此時，西湖上方鷗鷺飛翔。湖水映著藍天白雲的倒影，天空與湖水連成一片，澄澈明淨。歐陽修近視得很厲害，小西湖美麗的景致在他眼裡純是朦朧的一片，倒是增添了不少自由想像的空間。

蘇軾說：「歐陽先生在推薦王安石的文章裡，說他『德行文字爲衆所推，守道安貧剛而不屈。議論通明兼有時才之用，所謂無施不可者』。」

呂公著不禁點了點頭。

蘇軾歎道：「王安石素來清貧守道，不喜華美衣飾。但是衣冠不整，的確是一個大毛病！」說著說著，蘇軾的臉上忽然現出一絲笑容。他想起了另外一件事。

王安石替《華嚴經》作了注，題作《華嚴解》，只注了一卷便稱完工。蘇軾找了個機會問道：「《華嚴經》一共有八十一卷，你怎麼只注一卷啊？」

王安石答道：「我注的這一卷是佛祖之語，最爲深奧。至於其他的，只不過是菩薩之語罷了。根本不值得作注。」

「如果我從佛經裡取出佛祖之語數句，夾雜在菩薩語中間，取菩薩語數句夾雜在佛語中間，你能認得出來嗎？」蘇軾笑著說。

王安石一時無話，尷尬之狀使得他滿臉通紅。

想到這裡，蘇軾心中竊笑，又禁不住問道：「諸位都是好佛之人，佛經之中，佛祖之語和菩薩之語，你們分得清嗎？」

「自然不能。可是，有區分的必要嗎？」呂公著笑道。

蘇軾拍手笑道：「這就對了。我從前在岐下的時候，聽說河陽這個地方的豬肉味道最好，就派了一個人去買。派去的人買了豬，卻在路上喝醉了，半夜裡那豬逃走了。」

衆人靜靜地聽著。蘇軾繼續說下去：「他怕挨罵，就隨便買了一頭豬來充數。煮好後，來客都說：『的確美味，不是其他地方產的豬肉所能比。』後來，那人酒醒了，這事也透露了出來，客人們都很慚愧。現在，介甫那些『濫竽充數的豬』只是還未敗露行跡而已。」

一個長相清秀的官妓歌喉婉轉，唱著：

「尊前擬把歸期說，未語春容先慘咽。人生自是有情癡，此恨不關風與月。
離歌且莫翻新闋，一曲能教腸寸結。直須看盡洛城花，始共春風容易別。」

眾人心中明白，此曲乃是歐陽修的〈玉樓春〉。

絲竹聲停。歐陽修示意繼續奏樂，舉酒歎道：

「人生易老，光陰易逝。這箕山之側，穎水之湄，就要成爲我歐陽修的天堂了！」

歌女繼續唱著：

「十年前是尊前客，月白風清。憂患凋零，老去光陰速可驚。
鬢華雖改心無改，試把金觥。舊曲重聽，猶似當年醉裡聲。」

6

天色剛亮，霧氣瀰漫著整個汴京。遠遠近近的樹木，屋子，宮殿，河流，還有在大霧之中緩緩行走的人群，全都籠罩在這片白茫茫的濃霧之中。

王夫人吳氏盤腿坐在高高的几案之前。佛龕的燈籠內，火苗搖曳不定。誦經之聲隱隱傳來，混雜在濃濃的霧氣之中。

老院子王漢正要打開大門，忽然聽到門外人聲嘈雜，似有成百上千人之多。猶疑之下，他慢慢地打開大門。

一群壯實的漢子突門而進，爲首的一位喊道：「王相公呢？我們要見王相公！」其餘衆人也都跟著大聲嚷嚷起來。

王漢一拱手，說：「請問各位是何方人士，我好通報。」

爲首的那人道：「我等乃是東明縣的農民，不堪勞役之苦，特來求見王相公。」

王漢望著門外黑壓壓的人群，人群似乎還在不斷地增加。似乎還有人從遠處向這裡靠近。他連忙退入門去。

王安石正準備上朝。此時他早已聽得屋子外面的吵鬧之聲，便起身步出屋外。馬夫牽馬緊隨其後。他抬頭看了看天色，霧似乎正在漸漸散去。今天大約又是一個晴日。他環顧了一下四周，人群頓時鴉雀無聲。

王安石拱手問道：「你們一起到這裡來，爲了何事？」

衆人你看我，我看你，沒有人說話。

一會兒之後，爲首那人好像忽然受到什麼鼓勵一樣，正眼看著王安石，開口說道：「大人，我們是東明縣的農民，今天是爲了助役錢之事而來。」

東明縣是開封府的轄縣，免役法從去年底試行，試行地點選在開封府界內，東明縣便在其中。

「我們在東明縣原來都是第四、五等戶，免納役錢。可是知縣賈大人卻硬把我們提爲三等戶。我們終年勞作，衣食尚且不濟，現在又要加納助役錢，實在難以維生。求相公爲小民作主！」

東明縣的知縣賈蕃，是范仲淹的女婿，前幾日剛剛被樞密府選入進奏院供職。

「這件事我的確不知情，你們放心吧，我會讓你們不升等次，不須繳納免役錢。」王安石掃視衆人一眼，又問：「你們這次來，賈知縣知情嗎？」

一位年過半百的老漢站了出來，說：

「我們實在是活不下去了才來的。我們找過知縣賈大人，可是賈大人說，這事是上頭說的，他做不了主，讓我們找上面去。」

老漢的話還未說完，另一壯年漢子緊接著說：

「我們找到開封府，但開封府不理我們。我們昨天天未亮就在門口等，又餓又累，一直等到天黑了也沒有人來見我們。」

老漢又說道：「昨晚夜半，府衙內忽然出來了一個人，告訴我們直接來找王相公，我們這才轉到這來了。」

開封府尹乃是馮京。這個老狐狸！王安石在心裡暗暗罵了一聲。

王安石吩咐王漢埋鍋造飯，並對爲首的壯漢說道：

「這樣吧，等會兒你們在這裡吃了飯，都先回去，不要耽誤了生計。我這裡一定盡力爲你們解決這個問題。」

眾人應聲叫好。

王安石當即命令備馬，疾赴宮中。王漢在後喊：「相公，你可是還沒吃飯啊！」

王安石先到了政事堂，吩咐曾布、趙子幾等人，立即查訪東明縣一事，然後直奔宮中，參加早朝。

見禮之後，王安石說：「皇上，今天早晨，臣的府門外來了幾百個東明縣的百姓，都是來告狀的。」

趙頊悚然一驚，問道：「那東明縣令呢？理應去向他申訴告狀啊！」

「東明縣令賈蕃本應受理狀子，可他賈蕃卻遣平民入京；而開封府馮京也未受理。」

趙頊說：「你先派人去查個究竟。」

王安石說已派人前去查處。他對賈蕃推諉塞責的作風耿耿於懷，不禁怒形於色地奏道：「賈蕃好附流俗，臣以爲，他並非皇上所可以倚靠之人。近來樞密院選差把他選入進奏院（藩鎮置於京師的辦事機構）。踏實盡職之人才有資格任職進奏院，像賈蕃這種沒有責任感的人，實在不適任。」

趙項說：「關於免役錢這件事，除了地方官員在執行方法上有待商榷外，最近也有一些大戶聲言，願依舊例充役，而不願交納免役錢。」

王安石緊接著他的話，說道：「朝廷也規定，上三等戶不願納錢而願意依舊充役的，可以依照其原來服役的時限赴官府充役。至於那些擅自提高戶等的做法，應當加以制止，嚴禁將四等以下民戶升於三等。」

免役法自熙寧二年十二月公布條目後，先採納衆人之議，加以修正。次年冬天在開封府界的州縣試行，而後便在全國推行。役法規定，鄉村上三等戶按收入高低、戶等高下出錢代役，即交納「免役錢」；原不承擔差役的城市坊郭戶、農村的未成丁戶、單丁戶、女戶和享有特權的官戶、寺觀等也按同等人戶的免役錢之半交納，稱「助役錢」。攤派役錢時，增收十分之二的「免役寬剩錢」，以備災荒凶年之用。

趙項隱約感受到免役錢、助役錢之實施，已產生過猶不及的狀況，於是問道：

「看來是有些官員急於求功，貪進妄爲。兩浙路收取免役錢已達七十六萬餘貫，利州路去年應支用的募役費只有九萬六千餘貫，卻從民間收取了三十三萬餘貫；還有，聽說河北的鎮定州，有官吏逼迫居民拆掉房子，把屋樑賣掉用來繳納免役錢的。這些狀況，你可聽說？」

王安石心中有譜，說：「臣聽說了，已經命令司農寺（掌平糴、利農之事）去調查了。百姓賣屋納稅，臣不敢保證絕無此事，但是，推行新法前，難道就沒有這樣的事？」

趙頊以凝重的口氣說：「聽說百姓所納之稅已多至十七、八種，卿如何看待此事？」

王安石昂首答道：「臣並未細算，但國家賦稅，理應取之於民，倘不如此，則官吏的俸祿，用兵之類的費用，當如何支付？」

趙頊輕輕歎了一聲，說：「有人以爲役錢之事，必致建中之亂。」

王安石聽得十分刺耳，皇上這麼怕事，新政如何推得下去？他忍不住說了重話：「人言之所以如此，是由於陛下太過多慮，以致奸人敢於信口胡言。」

趙頊此刻頗有一種裡外不是人的強烈感覺，正在心中感歎爲什麼沒有其他朝臣肯出一言，這時聽得文彥博說道：

「朝廷所作所爲，務必合乎人心。凡事當先採納衆論，不宜偏廢。陛下即位以來所定法制未必皆不可行，只是有許多需要商議的地方罷了。」

趙頊聽到這樣的質疑，只好又回過來辯護道：「三代聖王之法難免也有弊病，國家天下太平已經百年，怎能不稍作變更？」

文彥博又說：「祖宗法制俱在，實在不宜大加變更，以免失去人心。」

王安石看著他，說：「文潞公此言差矣。如果祖宗法制俱在，則財用一定富足，國家一定強大。但朝廷國庫空虛，國力積弱不振，可見祖宗之法不可一成不變。」

文彥博說：「不，祖宗法制俱在，只是沒有人推行。」

「若一定要人推行，則必尋找有能力之人，並把不適任者一一除去。」王安石說。

趙頊面朝王安石，點點頭說：

「卿說的是。各位尚且多加用心。新法才開始運行，還有賴各位齊心協力才是。」

「朝廷推行新法，出發點總是爲了造福百姓。但是，地方官不能體察皇上的用心，在執行新法時，出現各種弊端。臣以爲新法宜慢慢推行。」吳充揷話道。

文彥博點點頭，說：「最近保甲之法也頒行了。依臣之見，以五家爲保就可以了。可是新法以五百家爲一大保，其勞擾民衆的程度可想而知。」

保甲法的內容是：每十家（後改成五家）組成一保，五保爲一大保，十大保爲一都保，家有兩丁以上的出一人爲保丁。以住戶中最有才能和財力者爲保長，與轄下的保戶互相監察。農閒時訓練武藝，夜間巡查維持治安。

馮京也附和說：「文潞公說的對，不需要以五百人爲一保。管仲也只是以五人爲一保。」

趙頊說：「老百姓怎麼會了解爲政之艱難？他們只關心切身相關的問題而已。即使是以五百人爲大保，於百姓有何害處？」

文彥博說：「百姓有截指斷腕來逃避保甲法的，怎能說沒有擾民之舉？」

權知開封府韓維上奏保甲之法擾民；蔡州觀察推官陸佃也上了奏狀，說有的民衆截指斷腕，以逃避保甲之責。

王安石奏道：「陛下，樞密院早些日已報告此事，臣命趙子幾查明。但臣曾召問開封府差役、公人，他們卻都認爲行保甲之法乃是民心之所向。」

趙頊微微點了點頭：「如今風俗的確敗壞。衛卒入宿，連自己蓋的被子都不肯自己拿，須得雇人替他拿；禁兵分到糧草，自己不去挑卻要雇人去挑。如此驕縱，怎麼肯冒著辛苦出力替朝廷作戰？所以，保甲之法還是要貫徹下去的。」

王安石心想：治理百姓，的確不可一味的姑息縱容。

此刻，他又想起相府門前那一群黑壓壓的東明縣百姓。

7

從冬至前三日開始，汴京的街市就熱鬧起來了。進入熙寧六年的新年後，汴京更是喜氣洋洋。國庫豐盈，因此，今年元宵，趙頊下令大加慶賀，與民同樂。

汴河上結著薄薄的冰，淡淡的霧氣在河面上輕輕騰起。

趙頊詔賜諸臣，隨駕觀燈。大街小巷，市民傾城而出。

宣德門前面開闊的廣場上，搭起了高高的戲臺，戲臺正對著宣德樓。兩旁廊柱上掛著長長的對聯：「天碧銀河欲下來，月華如水照樓臺。」

戲臺的裡層又有一聯，寫的是：「火樹銀花合，星橋鐵索開。」

成千上萬汴京市民湧向御街兩邊的長廊之下。歌舞百戲，奇術異能，樣樣齊全。喝采、歡笑之聲此起彼伏，男男女女摩肩接踵。擊丸、蹴鞠，踏索、上竿，賣藥的，耍猴戲的，不一而足。鼓樂的聲響，人語的喧嘩，十里之外都能聽得見。

宣德門外設了警場，全副武裝的兵士列於兩旁。左右禁衛之門上面寫著「宣施仁政」、「與民同樂」等字樣。

御街兩旁張燈結綵，遠遠望去，像是兩條火龍在遊動。花炮的聲音劃過夜空。四圍鑼鼓喧天，汴京居民傾城而出觀燈賞月，同時，也順便看看自己能否有幸一睹皇后、皇妃、公主，甚至皇上的丰采。

趙頊賜宴王安石。此刻，王安石坐在錦車上，兩匹棗青色的大馬歡快地跑著，一路迎風而來。他身穿紫紅色大袍衣，衣服顏色雖是鮮艷，但細看卻已陳舊，與這樣的燈花和月色並不相稱。

王安石今晚的興致很高。王雱在旁，聽著父親在念著自己今晚的新詩，也覺心情舒暢。

王安石高聲吟道：

「馬頭乘輿尚誰先，曲巷橫街一一穿。
盡道滿城無國豔，不知朱戶鎖嬋娟。」

眾人你看看我，我看看你，然後開懷大笑。

王雱歎道：「父親，您從未寫過如此艷麗的詩句，今日聽來，眞是如聞仙樂！」

王安石哈哈笑道：「你這個小聖人！」京都之人稱王雱「小聖人」，因爲他的才華的確出衆。

王安石一行人到了宣德門西偏門，攬轡欲進。一個衛士忽然大聲喝道：「來者何人，不得入內！」

說話之間，衛士的長鞭已然落到了王安石的馬頭上。

棗青馬吃了一驚，長嘶一聲，前腿高高地立起，馬眼上霎時間鮮血直流。

王安石的老院子王漢又驚又怒，急急上前拽住他的馬韁，一邊指著衛士怒喝一聲：「大膽狂徒，不看看這是何人，這是當朝宰相王相公！」

那個衛士也大聲喊道：「什麼王相公，到門外下馬去！」

說著，手中的長鞭又密密點點地地落到了王漢的身上。

王安石頓覺怒火中燒。他勒馬近前，逼住衛士，喝道：「今天本相奉旨從駕觀燈，宰相在此門內下馬亦是舊例，你膽敢如此！」

爭執之間，另有一個衛士慌忙上前勸止。此人名叫阮睿，阮睿一邊扭住他，一邊叫道：「王宣，休得無禮！」

王漢等人已上前扭住那個叫做王宣的衛士。

這時，開封府的巡邏衛卒也已聞訊趕到。

爲首的兵士上前揖禮，道：「相公，請問要如何處置？」

王安石揮了揮手，說：「把他交給開封府吧。」隨即下馬入宮。

天色漸亮。趙頊尚未歇息，他還沉浸在萬人觀燈的熱鬧和喜悅之中。宣德門外的喧鬧之事早有人飛報到他的耳中了。

王安石來到宮中，等候謁見趙頊。衆臣也陸續到來。

「臣到得宣德門，依照常例於左掖門內下馬，親從官卻無故擊傷臣所乘之馬，打傷臣的從人。」

趙頊點點頭，輕聲說：「此事朕已聽說。」

「臣自從擔任參知政事以來，就從來沒有在宣德門外下過馬。」王安石說。

「是啊，朕也覺得奇怪。朕爲親王時，職位在宰相之下，可也都是在宣德門內下馬。不知何故，以致有今日之事。」

「陛下，這就是臣一時還不能十分確定誰對誰錯的原由。臣請求皇上下令查明實況，以便今後能依條例施行。」

趙頊點頭說：「先查一查慣例吧。」

「臣已查過嘉祐年以後的所有記錄，都言是在門內下馬的。」王安石說。

馮京插話道：「噢，臣倒忘了，臣也有在宣德門外下馬的時候。」

王安石有些奇怪地看了馮京一眼。

文彥博也搭了腔，冷冷地說道：「臣卻從來只於門外下馬。」

王安石並不理會二人，他重新向皇帝行了禮，道：

「臣開始以為，親從官今日敢於如此，一定有人暗中指使，故意挑釁。這大概都緣於臣平常遇事常常與人爭辨是非曲直之故。」

趙頊沉吟了許久，說：「這樣吧，此事就交給開封府去調查處理！」

王安石走近一步，跪了下來，奏道：「臣平日所為，無非乃為一個義字。凡是理之所在，義無反顧，也因此得罪了不少僥倖之徒，這次事件，恐怕是奸人想藉此事來激怒、中傷於臣。臣為了息事寧人，請求辭去相位，請陛下恩准。」

他雙手捧著辭呈，高高地舉過頭頂。

趙頊沒有想到王安石反應這麼激烈。他站起來，走下殿陛，親手接過奏章，扶著王安石起了身，然後又把奏章交還給他。握著王安石的手，眼中竟忽然有些濕潤：

「卿每次提出辭職，朕都寢食難安。朕待你一定有不周到之處，希望你寬恕。」

王安石的眼裡掠過一絲感激之光，但隨即黯淡下來。他跪地謝恩：

「臣謝過陛下的厚意。但是，臣還是請求陛下准予辭去職務。」

趙頊難過地說道：「朕知道，你是因為宣德門一事才提出辭職。可朕認為，此事應是無人指使。不過，朕還是令人再去仔細調查。」

王安石仍不罷休，追根究柢地說：

「臣自從任職兩府以來，上元節時進宮參加御宴，都是在宣德門西偏門內下馬，門衛從未加以禁止。今年卻閉門不讓入內，更出手傷人，此事必有蹊蹺。」

趙頊溫言道：「這樣喜慶的節日裡，卻出現如此不悅之事，眞是委屈先生了！」

王安石正色道：「臣之所以要把宣德門一事分辨淸楚，正是怕小人因此有了指責、栽贓的藉口。如果陛下堅信，無人指使門衛攔阻，臣……已無話可說。」

趙頊的聲音有些異樣，他歎了一口氣，說：

「你這麼做，是不願助朕成就一番功業，是棄朕而去……」

王安石連忙說：「陛下的聖德日益增高，非臣所能仰望。在臣離職之後，自有賢達俊秀之士能爲陛下所用。臣備位已久，恐妨礙其他賢才爲朝廷效力。現今又多病，所以辭官休養，沒有其他原因。祈望陛下不要多心。」

趙頊語氣堅定地說：「朕把你放在宰相之位，事事倚賴於你。你說，還有誰能爲相？難道你還不知道嗎？」

王安石說：「豈可說是無人可用，只是陛下尚未發現而已。」

趙頊話頭一轉，聲音急促：「像你這樣屢屢要求辭職，朝廷內外知道了可不好。你博通古今，也該知道自古有多少君臣，都是因爲一路相隨才成就了大事的。」

王安石沉吟片刻，說道：

「臣先前幾次請求罷位，只是因爲陛下在國事上面尚有疑慮。這次不同了，這次乃是因爲生病之故，沒有其他的原因。還有，皇上說古來有君臣始終相隨，當今情況已有不同。臣久任此職，積了不少怨忿，也難免常犯衆怒。加上年來多病，如果再貪戀其位，必會誤了陛下的大事。」

王安石一遍一遍地堅持。趙頊卻始終只反覆地說著這一句：「朕絕不同意。」到最後趙頊有些煩了，說道：「今天就談到這裡，你回去再仔細考慮考慮。」

王安石告退之後，趙頊立即傳詔請王雱入宮，讓王雱說服父親不要再輕言去職。馮京、王珪也各自領了聖命，前去東府勸說王安石繼續處理政務。

8

變法繼續緊鑼密鼓地進行著。新的法令陸續頒行，國庫漸漸豐盈，汴京也新置了不少官倉。官員的俸祿增加了，而且都能按月領取，不像從前那樣，俸祿偏低，且又常常拖欠。西北邊防重鎮「熙河路」已經建立起來了。西南蕃部的招討也大有進展，章惇去年冬天收降了梅山峒蠻，朝廷在那裡新設置了一個安化縣，他本人則回京就任新設的監軍器司丞。

熙寧六年二月二十二日，熙河路經略司來報，王韶已經克復河州，斬敵首千餘。

趙頊御紫宸殿，接受群臣慶賀，隨後又在集英殿的朶殿（大殿的東西側殿）上賜宴。兩府大臣、駙馬都尉等等，均在其列。

和從前每一次王安石提出辭呈之後一樣，幾天之後當趙頊再一次看到王安石熟悉的身影出現在朝堂之上的時候，感到很高興。他懇切地說：

「愛卿，這一次你可要堅持下去，直到朕成就大業的那一天。」

王安石謝道：「陛下隆恩。只是臣猶在病中，昏聵不知所爲，心思也容易煩亂。今後如有可用之人，請陛下早加擢用。臣恐難以長久擔當如此重任。」

趙頊笑容滿面地看著王安石：「聽元澤說，卿的心思，似不全是因爲得病的緣故。朕也對元澤說了，先生一定是因爲任事久了，對朕之處事亦多有保留之意見，這才要求辭退。」

王安石趕緊解釋道：「臣能遇上陛下這樣的仁聖之主，實爲榮幸之至，豈敢有其他的意圖。只是臣若久居權位，不知避嫌，將招人非議；況且身體多病，必然會有疏忽政務之日，所以這才斗膽向陛下請求去職。」

「請先生不要多慮。今天，朕打算爲西北邊地傳來的捷報大加慶賀一番。呂惠卿與王韶，一個治內，一個主外，都是棟樑之才。先生薦人，的確眼光不同。」

「那是託陛下的福澤啊！」

伶人吹笛擊鼓，聲聞皇城。趙頊拉著王安石的手，走向御宴之席。

趙頊輕聲說道：「外面風傳王韶全軍覆沒，這一定是高遵裕放出來的謠言，他這是忌妒王韶的經略之功。」

王韶率軍急行五十日，跋涉一千八百里，奪得熙、河、洮、泯、疊、岩五州。至此，河湟一帶已經盡數收復，按照當初的構想，西夏右臂已斷。高遵裕先是任秦鳳路安撫副使，後知慶州。他乃是亳州蒙城人，字公綽，是英宗高皇后的伯父。

王安石胸有成竹地說：「王韶從一開始便料定夏國不敢來犯。」

趙頊笑道：「若是不能預料到這一點，諒必他也不敢前往河州！」

「臣給王韶寫信的時候一直強調：皇上千叮萬囑，不能冒險，要以百全取勝。方今熙河所急，在於修守備，要嚴戒諸將，切勿輕舉妄動。」

王安石說這些話的時候，心裡卻想起了韓絳。韓絳在慶州因指揮不當，聽任种諤貿然出兵，導致撫寧堡和兀囉城相繼陷落，隨後又發生慶州兵士叛亂的事件，於是引咎罷去同中書門下平章事，出知鄧州，最近又改知大名府。

「習武之人大多以討伐殺戮邀功，如果放任他們如此而不加禁止，則邊疆情勢將無法穩定。」趙頊歎道。

落座之後，趙頊解下腰間的玉帶，高興地吩咐內侍李舜舉：「王安石舉薦王韶有功，你將朕這條玉帶賜於他，以表彰他的功勞。」

李舜舉手托玉帶，走向王安石。王安石連忙謝恩，說道：「臣奉聖旨行事而已，受之有愧。」

「衆人疑慮未消之時，朕也有所顧忌。如果不是先生助我，此功斷然不成。朕賜你玉帶以傳之子孫，表朕與先生君臣相遇之美。」趙頊一番推崇之後，又對衆人說：「非王安石擘畫於內，無以成此。」

衆臣同聲喝采。

趙頊當即下令，封賞有功將士，撫恤陣亡者家屬。在河州立功的將領士卒，共三千五百二十七人，在宴席之上一併封賞。席間，趙頊對田瓊父子之戰死歎惋不已。

趁著酒興，趙頊高聲誦道：「每虔夕惕心，妄意遵遺業。顧予不武姿，何日成戎捷！」群臣齊呼萬歲，聲音劃破天際。

宴會之後，王安石陪同趙頊視察皇城附近的官倉。趙頊看見糧食、錢庫儲積如山，有一些穀物因容納不下而溢出倉外，便下令另築官倉，以備不足。用他宴會上所作的詩句，每字命名一座倉庫。

趙頊興奮異常，他彷彿看見四夷臣服、江山一統、萬國來朝的輝煌前景。

第五章　下野

1

長長的隊伍蜿蜒在崎嶇的山路之上。

時値盛夏，旱情嚴重，沿路所見，皆是滿臉焦急與慌亂的農民。王安石焦慮地望著晴朗的天空。天色是那樣的湛藍，可是，對於久旱思雨的人來說，這樣的景致不啻是一種難忍的折磨。

王安石大汗淋漓，便吩咐停下來歇息。他問道：「現在到哪裡了？」從人答道：「已到京西地界。」京東西路這一次遭遇的旱災和蝗災最爲嚴重。

隊伍在一個荒涼的村莊裡停了下來。令人感到奇怪的是，偌大的一個村莊裡許久不見人影。田裡什麼作物都沒有，只有一些枯黃的草，露出短短的根莖，暴露在乾裂的土地上。

隨從正欲找個人來問問。王安石說：「不必了，我自己去走走。」

村巷之中一片死寂，許多房屋空無一人。在一座空蕩蕩的院落裡，一只小板凳像是被匆忙拋棄一般，翻倒在院子裡，在熾烈的陽光下曝曬著。

恍惚間，王安石聽到一個聲音。在這樣空蕩蕩的村莊裡猛然間聽到有人說話，不禁令人感到毛骨悚然。但是這聲音又馬上讓他心中一喜，便快步朝前走去。

在一座破舊的屋子前面，王安石聽到一個蒼老的聲音：「拗相公，快來吃吧！」他著實吃了一驚，心中一陣狂跳，停住了腳步。

院子裡，一個兩鬢斑白的老太婆背著陽光站著。老太婆並沒有看見此時庭院外面正站著一個人，她手裡握著一把木製的水瓢，用力往下倒著什麼，又叫了一聲：「拗相公，還不快來吃！」

王安石這才看清，老太婆正在餵一頭瘦小的豬。那豬乾瘦得可憐。老太婆又說話了：「拗相公，還不快點吃！有這點東西吃就算不錯了。這年頭啊，死的死，逃的逃，可你，還挑三撿四啊！」

王安石苦笑了一下。變革開始之後不久，便有人給他取了個外號，叫做「拗相公」。這個綽號看來是流傳甚廣。這時，又聽老太婆自言自語道：

「唉，這日子簡直過不下去了！什麼青苗、什麼保甲，害苦我了！聽說，都是那個拗相公、王相公，誰說什麼他都不理、都不信。唉！」

她又像是對誰訴說著：「現在，村子裡就只剩下我一個孤老婆子了，兒子媳婦也不知什麼時候才能回來。我這把老骨頭死後要扔到哪裡去啊！」老太婆哀歎著。那小豬像是聽懂她的話似的，不吃東西，靜靜地看著她。

王安石不忍再聽，轉過身來退後一步，卻看見靠近牆根的地方有一口燒得烏黑的小砂鍋，再一看，是一些榆樹葉子、馬齒莧和麥麩混和著煮成的粥。

看樣子這就是老人吃的東西了。王安石心中一震，退出院門。隨從正好也一路尋到這裡，向他報告：一個讀書人，自稱他有家傳古鏡，能照二百里之外的物事，特來獻與相公。這面鏡子除了能照見遠處的景物之外，還有一個特點，就是用嘴呵氣能夠得水。

王安石接過鏡子。鏡子照見他憔悴的臉色與一路的風塵。他揮了一把汗，又看了看天色，苦笑著說：「這樣的鏡子，縱然尋得一擔，能值多少錢啊？」

他這一次下鄉，主要是要看看各地水利工程實施的情況。儘管不作聲張，還是有人看出了他的身分。

熙寧四年，朝廷在開封設立了「總領淤田司」，專管調集各州縣的廂兵，在一些河流沿岸放水淤田。利用決放河流的辦法，使河流內積沉的淤泥流入農田，一方面疏導河道，另一方面又可把貧瘠的土地變爲肥沃的良田。汴水、漳水和滹沱河沿岸的放水淤田，成效顯著。自皇帝下詔興修水利以後，各地百姓也紛紛出資修建水利工程，例如金州西城縣的百姓葛德，出資修築了長樂堰，引水灌溉鄉戶土田；福建莆田的錢四娘也傾其所有，修建木蘭陂。

只是，這些年來氣候一直反常，汴京一帶常常出現旱情。今年入夏之後，河北又發生了百年不遇的大蝗災，莊稼作物被蝗蟲啃吃殆盡。

火燒、泥埋，各種捕捉蝗蟲的辦法都用盡了，蝗災還是由京東西路繼續向東蔓延，延及京東東路。淮浙一帶看也來也難逃此劫。京東東路的長官原想隱瞞，到此也無可奈何，只得如實上報朝廷。朝廷已經下詔，百姓捕捉蝗蟲一升，賞給糧食一升；捕到蝗蟲卵一升，賞給糧食二升。

王安石一行人繼續前行。沿路不斷遇見倉惶出走的農民扶老攜幼，急急趕路。喧鬧的人語夾雜著紛亂的腳步聲，不時地傳入王安石的耳中。他表情嚴肅，雙眉緊鎖。

前方一棵光禿禿的樹下，一群人正呼天搶地地哭嚎著。一個十餘歲的女孩木然而立。她頭插草標，神情呆滯。她的身旁直挺挺地躺著一個已經死去的男子。路過的流民只顧匆匆趕路，因爲一路上，那樣的情景已經習以爲常。

王安石吩咐落轎，走上前，仔細看了看地上的屍體，那人面黃肌瘦，看樣子是餓死的。果然，一個中年男人走上前道：「他是餓死的。他這一家子，可眞是太慘了！」女孩聽著，呆滯的眼裡淌下了兩行眼淚。剛剛死去的人是她唯一的依靠。

那中年男子繼續說道：「他原是我們村裡的殷實之戶，借了青苗錢買牛，誰想牛卻病死了。又遇今年收成不好，他連青苗錢的利息都未還淸，現在還欠著官府的錢呢！」

另一個青年漢子臉色蠟黃，他接著道：「官府按丁口要我們繳納錢稅。他家丁口本來就多，爲少交一點免役錢，把個七十多歲的老奶奶都嫁了出去。媳婦隨他逃荒，不料也死在半路上，如今……唉！」停了很久才他把話說完：「我們商量著要往京城去混口飯吃，不料才到這裡他就……」

王安石注意到，黃臉漢子左手的手指只剩二指，便問：「這是何故？」不待聽他回答，卻立即想起有一次文彥博上奏皇帝時說，有百姓自殘以逃避保甲之法。

他不動聲色，繼續問道：「你們這樣相攜逃荒，田地怎麼辦？家業怎麼辦？」

黃臉漢子高聲說道：「田產越多，租稅越重。村裡現在已沒剩下幾戶人家了。」他望了望東邊的方向，喃喃道：「有許多人逃到東面的大野陂去了。」

中年漢子推了他一下，要他住嘴。他提高了音調，說：「怕什麼？聽說那裡已經聚了幾百人，專門打劫官府和富戶的糧倉。實在活不下去，我們也換條路，去投大野陂！」

大野陂又稱梁山泊，乃是廣濟河（五丈河）河水注入所致。面積很大，河道交錯，蘆葦叢生，很是隱蔽。從眞宗年間便陸續有農民或因逃避官吏壓榨，或因活不下去，而逃亡、流竄到梁山泊。

不知怎的，這樣悲悽的場面中，王安石卻沒來由地想起一樁近乎滑稽可笑的舊事來。當初在各地大興淤田的時候，有人建議，把梁山泊的水放乾，可得良田萬畝，只是一時還想不到一個合適的地方來貯存那麼多的水。劉貢父在座，插話道：「這倒不難，另外再開鑿一個梁山泊來裝不就可以了嗎？」

大野陂，這樣一個實實在在的地名，在王安石聽來竟然有些虛幻。

趙頊做了一個夢。他夢見一個濃眉捲鬚，身形高大的僧人，乘著一匹快馬在空中奔馳。僧人口吐五色雲霧。不久，所過之處大雨傾盆而下。

趙頊醒來，心中煩悶。他淸楚地記得夢中僧人的模樣，心中一動，於是傳來內侍，細細描述一番，令他帶人四處尋找夢中之人。

他隨手抽出一份奏摺，奏摺上說，眞定府、邢州、洺州、磁州、相州、趙州的流民，日益增多。

這段時間以來，各地的災情陸續上報到朝廷。環慶安撫司說大旱缺糧，請求撥給慶州糧食七萬石、環州三萬石。第三等戶以上的都說害怕天下一亂，財物被人搶奪，惶恐不定，也紛紛外出逃亡。他已下詔，第四、五等戶欠青苗錢本息的，應予寬限時日。流民所棄之田，權且召人暫時耕種，依「逃田法」按照年份慢慢歸還。所欠的青苗錢，等候農民返鄉之後設法歸還。

但是他也不知道，離鄉背井的流民何時才能歸還這些債務。

忽聽宮內一片嘈雜之聲，遠遠的地方火光沖天。趙頊忙令人打探消息。宮人慌忙來報，說是三司公署起火了。他急忙登上城樓，觀看火情。由於乾旱日久，火勢藉著風力蔓延得很快，眼看越燒越猛。趙頊心急如焚，好似那火已經燒在自己的身上。

宮中很快查明，是因爲有人在三司公署之中煎藥，用火不當所致。大火撲滅之後，趙頊回到宮殿，恰在此時，宮人來報王安石候在殿外求見。趙頊忙命請入。

趙頊面色凝重說：「河北災民苦於生計，因此，除了修築黃河堤防，可以酌情調用少量民夫之外，其餘需要徵用民夫的措施，權且停辦一年。」

王安石稱是。巡行途中的驕陽使他的膚色顯得更加黝黑了。趙頊仔細地看著他，一時不知該從何說起。

趙頊又道：「朕已令司農寺派遣官員前往京西賑濟流民；令河北轉運司安撫那些作物即將成熟的民戶，不要四處流徙；令各地官府巡察盜賊，務使人民得以安居。又令東路，在所支用的粳米十五萬石內，撥出五萬石賑濟。」

2

街坊巷陌之中，家家戶戶門前都擺著一個大水缸。遠遠望去，那些碩大的水缸排成了一條長龍，水面上的波紋在熾烈的日光下閃爍著耀眼的光芒。每個水缸裡面都放著一條蜥蜴，並斜插著柳枝。

大旱已久，京師之人以這樣的辦法來求雨。

身著青衣的小兒繞水缸唱著：「蜥蜴蜥蜴，興雲吐霧，降雨滂沱，放汝歸去！」

延和殿上，趙頊掩不住滿臉憔悴之色。

已是三月了，春天早已到來，可是抬眼望去，景色蕭條，望不到一點春意。

從去年初秋，歷經冬天至今，已是整整八個月滴雨未下了。田園荒疏，土地乾裂。去年的冬小麥顆粒無收，而春耕季節已到，豆、米等作物卻無法下種。

趙頊已經幾次傳令在相國寺祈雨，同時讓地方官訪求名山靈祠，設壇求雨，又派遣輔臣輪番在中太一宮禱告。可是，這樣虔誠的態度卻一樣沒有換來上天的垂憐。抬眼望去，中原大地，黃河上下，天際依然烈日炎炎，天空難得見到半絲雲彩。

趙頊剛剛從太皇太后的寢宮回到延和殿。他望著帷幕後面那尊身形高大的羅漢，怔怔地發了一會兒呆。

今天他和弟弟岐王趙顥、嘉王趙頵一同去崇慶宮向太皇太后請安的時候，太皇太后曹氏和太后高氏正在一邊說話，一邊抹眼淚。見他來了，太皇太后說：

「官家，民間已是痛苦不堪，百姓沒有活路了。」

幾日來，後宮連連接報，說有流民不斷湧入京城。監安上門的小官鄭俠通過馬遞給後宮送來一幅《流民圖》。所畫的情景與太皇太后派去探問消息的小太監傳回的話是一致的。

太皇太后拭著眼淚，說：

「官家呀，你看看，百姓都成了這樣了，該怎麼辦呢？趕緊想想辦法呀。」

趙頊看著畫，臉漲得通紅，愣愣地，許久沒有說話。他懷抱著一腔熱情在全國上下大力革新，本想有所作爲，來重振國朝威風。沒想到適得其反，落得這般悲慘境地。

朝中那麼多人上書、哭諫，朝廷外面議論紛紛，各種各樣關於變法之害的民謠層出不窮。這一切，他都頂過去了。可是，如果眞的是「天譴」，那又該當如何呢？

想到「天譴」這一瞬間，趙頊渾身一顫，腦子裡一片空白。

正在這時，卻聽到有人放聲痛哭。崇慶宮內登時一片混亂。抬頭一看之下，趙頊愣住了。一群宦官齊刷刷地跪倒在他的面前。

他有些惱怒，喝問道：「你們在做什麼？」

爲首的宦官，不住地叩頭，邊哭邊說：「皇上，如今祖宗傳下來的規矩幾乎一條不剩了。王安石所爲，害民不淺。我等願以身家性命請求陛下，願陛下把王安石逐出朝廷！」

岐王趙顥在一旁附和地說：「這全都是因爲新法害民，特別是青苗法這一款，對農民簡直太過苛刻了！陛下，你還是下令罷去青苗法吧。臣聽到的消息都說青苗法使得天怒人怨，以致有今日這場大旱。」

趙頊感覺到全身發麻，耳朵裡卻嚶嚶嗡嗡地響著。他正愁著如何來收拾這局面。多少天來積累的情緒正一點一點地消蝕著他，使他憔悴不堪。今天被弟弟這麼一說，不禁火起，他瞪了岐王一眼，滿臉通紅，說道：「那你來好了，朝政就交給你來治理，朕這就退位！」

岐王驚慌地看了一會兒皇帝，一行眼淚從他的眼裡流下來。他跪下，叩頭行禮之後，說：「臣怎麼敢有這樣的念頭，請皇上恕罪。只是，據臣幾個月來所見，百姓實在太慘了，背井離鄉，流離失所。母后不是常常教導我們，要以天下蒼生之苦爲懷嗎？所以今天我才說了這樣的話。請皇上恕罪。」

趙頊越聽越是滿面怒容，卻不知向誰傾洩。

太后也不禁流下淚來，她責備道：「你們兄弟在哀家面前這樣爭吵，是要氣死哀家嗎？國事如此，應當潛心尋找良策，爭吵賭氣豈能解決問題？」

趙頊連忙謝罪，坐到太后身邊，百般勸慰。

曹太后定了定神，說道：「新政推行的成效已經壞到了這個地步，對青苗法的議論實在太多了。不如先把王安石派遣到京城之外去，等個一年半載再回來。看看這樣能不能紓緩民怨。」

趙頊難過地說：「母后您可知道，眞正挺身爲國家擔當大事者，唯有安石一人！」他的聲音有些顫抖。

嘉王趙頵一直沒有說話。剛才聽到岐王勸說皇帝罷去青苗法，他不禁輕輕地搖了搖頭。幾個月前，也是在太皇太后的寢宮，兄弟們在玩著踢球的遊戲，趙頊興致勃勃地說：「你若贏了，就賜你玉帶一條吧！」趙頵說：「如果我贏了，我不要什麼玉帶，就請你罷去青苗和市易！」趙頊立時沉下臉來，說：「你說的什麼話？遊戲歸遊戲，什麼青苗和市易！如果你覺得朕不行，那就由你來做這個皇帝得了！」

趙頊悶悶地回到宮裡，想起韓維。

趙頊吩咐內侍，傳翰林學士承旨韓維來見，他迫不及待地問道：「上天久旱不雨，朕雖然日夜焦慮，可是又有什麼辦法呢？卿是東宮舊臣，如今朕處在這樣的困境之中，你能替朕解憂嗎？」

韓維不僅沒有替他解憂，還講了一堆讓他頭痛的話：

「近日來，京畿之內諸縣，索取催逼青苗錢甚急，往往以鞭撻百姓的方式來催討。還有，西北動輒興兵，也危及人民……」

趙頊有些煩躁，說：「你說到哪裡去！現在朕所急的是老天不下雨這一事。」

「是啊，這麼久不下一滴雨，實屬罕見。但是這些事是互相關聯的。陛下雖說已經減去常膳，避居正殿，遠離一切聲色犬馬，此乃順應天變之舉。但是，這恐怕還不夠。我想陛下還應再下一份『罪己詔』。」

「罪己詔？」趙頊滿臉疑惑。

「是啊，下罪己詔，痛責自己，廣求直言。讓全國上下，百姓士子，都來直言議論時政，同時大赦天下，安撫人心。」

趙頊沉默不語，想起司馬光從洛陽上書，說天災實由新法之弊所致，如果罷廢新法，則朝廷內外歡呼，萬民感悅。又說，新政推行六年期間，百業紛擾，四民失業，怨忿之聲，令人不忍聞之，天災異象之多，古今罕比，此皆執政之臣輔佐陛下者，未得其道。

蘇軾也從杭州上書，陳說他在常州、潤州賑濟饑民時的見聞，以及這兩地與杭州一帶旱情和蝗害蔓延的詳情。蘇軾還說，杭州等地的監獄裡關滿了還不起青苗錢的農民。

文彥博也上書道：「懷衛二州的饑民，聚而爲盜，臨時結黨，不久又散，如此反覆，深是擾民。已令查實頭領姓名，加以追捕。」

趙抃的奏疏上則說：「聽說旬日以來，大批河北、京東路流民湧入京城，或爲乞丐，或假途以過，扶老攜幼，累累滿街，深可傷憫。」

趙頊沉默了許久，最後點點頭，歎了口氣，說：

「唉，看來也只有如此了。真沒想到會走到這一步。這樣吧，就煩卿立即為朕起草罪己詔，以及大赦之令，立即頒行天下。」

說完，他無力地斜倚在龍榻之上。

韓維領旨下殿。

3

趙頊緊緊地盯著《流民圖》。他的目光停在那個戴著腳鐐的農民身上，那農民正費力地舉起一把斧頭，向一棵枝葉凋枯的小樹砍去。近旁有一個瘦弱的孩子，面黃肌瘦，哀哀啼哭。

鄭俠用小字在旁邊注道：以還青苗之貸。

趙頊閉上眼睛，《流民圖》長長的圖卷，就如一條流動的河，在腦海裡翻湧、流淌，景物不斷變幻，一遍又一遍。

畫面上淒慘的情景深深地震撼著他。

正在愁悶之際，門官來報，王安石入宮求見。

趙頊連忙請入，急急問道：「介甫，你說說，這可如何是好呢？」

王安石信心堅定、語氣輕鬆地說：「臣今日進宮，正是想告訴陛下，哪一個朝代沒有天旱、水災、山崩、地震？堯時曾有九年洪水；商湯時曾有七年的大旱。可那不是也都撐過來了嗎？陛下即位以來，連年豐熟，現在雖然遭受大旱，只要進一步完善新法，就足以應付天變。聖上不必掛心。」

「這麼久的旱災，豈能說是小事！想來眞是讓人擔心哪！」趙頊招呼王安石坐下，「我們的做法或許有什麼不妥。」

王安石當然知道各路災情嚴重。河北東路、河北西路、淮南等地流民紛紛外出逃難，每日有大量流民從南方而來，湧入汴京。趙頊已下令在南薰門、安上門設置救濟場，發給流民米麵，以度難關。每人每日二升，未成年人減半。

趙頊腦子裡全是流民的悲苦景象，想著想著，便脫口問道：「鄭俠你認識嗎？」

鄭俠字介夫，福州人，曾在江寧拜在王安石門下學經。鄭俠來到京師之後，王安石曾經打算讓他做經義局檢討，鄭俠卻極力推辭，說：「鄭俠來投奔你，只不過是想在你門下學一些學問，至於官祿爵位，卻非我所望。」因此這才做了一個小小的監守安上門的門官。

王安石點了點頭，說：「此人自小曾經隨臣學過經學。中進士後先爲光州參軍，現在監守安上門。」

趙頊吩咐內侍捧出那卷長軸，輕聲說道：「你看看這幅圖。」

王安石接過，慢慢展開。

這是一幅什麼樣的景象啊！

流民衣衫襤褸，成群結隊，扶老攜幼，奔走在逃荒的路上。畫面上最爲突出的是一個仰天歎息的老者。他骨瘦如柴，青筋暴突的手緊緊地抓住一把野菜，一旁的稚子哀哀哭喊。他們的身後是荒蕪的土地，龜裂的田野。烈日當空，塵沙漫天。流民們汗流浹背，卻沒有停下他們求生的腳步。王安石心中一動，這畫面與他在京東西路一路所見是那樣的相似。他看著，彷彿覺得畫中的人物此時也活起來了。

「這乃是鄭俠所畫。鄭俠監管安上門，說是每日站在城樓上觀望流民之慘狀，依據所見之實際景象畫下來的。還有，他還給朕上了這份奏疏。」

鄭俠的奏疏上寫著：

「觀臣之圖，行臣之言，自今以往，至於十日，十日不雨，即乞斬臣於宣德門外，以正欺君之罪。」

王安石看到這裡，冷冷一笑：「好大的口氣！天不下雨，乃是自然現象，是天數，與人力何干。鄭俠出此狂言，豈不是危言聳聽！」

趙頊有些難過，他說：「天數雖然難以逆料，但是，自朕登位這麼些年以來，水災，旱災，蝗蟲之害，地震，山崩，所經歷的劫難還算少嗎？也難怪人心惶惶，以致臣子們紛紛上奏。」

王安石一時不知如何解釋，只聽得趙頊繼續在說：「朕最怕的還是現在我們所行的新法，怕的是新法有不當之處，以致干犯天怒，上天降責於人民。如果只是懲罰朕一人，再大的苦難朕都願意承受。可是，你看看這圖上畫的，這些都是眞的。太慘了！」

王安石記得兩年前，司天監靈臺郎亢瑛上書說「天久陰，星失度」，是因為「政失人心，強臣專國」，指責王安石密謀政變。後來，亢瑛刺配英州。七八個月之後，卻又發生了少華山山崩的事件，少華山之下一個村子九百餘口，全數覆沒於土石之下。文彥博因此上奏道，這是因為「市易司不當差官自賣果實，與民爭利，徒損大國之體，致使華山山崩」。

王安石嘆口氣，道：「天文氣象之變無窮，人事之變無已。」

趙頊的臉上蒙著一層厚厚的陰影。他說：「其實，鄭俠所畫之圖以及奏疏朕早就收到了，雖然他用的是不循常規的做法，私自以發馬遞的方式送進宮來。但是這圖卷的確對朕有很大的啓發。另外，曾布告知朕，說市易務出現一些弊端，你知道了嗎？」

王安石有點恍惚地說：「臣不知。」那些流民的悲慘形象，一個個在他的腦子裡扭轉、翻騰。雖然鄭俠的妄言不值一駁，但其筆下的流民卻栩栩如生、驚心動魄，每一張臉孔，每一雙眼神，都彷彿在向他乞討、哀告、控訴。他的腦子突然一陣收縮，緊接著一陣劇痛，像要撕裂一般，頓時讓他感到心力交瘁，難以支持。他有氣無力，脫口而出：「臣……請求皇上，讓臣告病退職。」

趙頊看著王安石，疑惑與不安交織在一起。他慢聲說道：

「先生要告病退職？眼下正是朝廷內外最為艱難的時候，卿卻要走？」

王安石深吸一口氣，答道：「望陛下准臣所請。」

趙頊忽然以手壓住胸口，難過地說：「聽你提告病二字，朕胸中似有萬鈞之重。」

王安石忽然之間覺得燥熱難忍，又是一陣頭痛欲裂。

趙頊見他臉色蒼白，滿頭是汗，有些慌了，忙令內侍速傳御醫。

趙頊搭著王安石的手脈，問道：「先生是不是病了？」

王安石備感吃力地說：「是的，是偏頭痛這個頑疾又起了。」

趙頊忙又令內侍，速備頭痛之藥。

王安石強支身體，側著頭向皇帝施禮，說：「臣謝陛下隆恩。但是，臣病體不支，還請皇上准予辭去重責大任。臣去之職之後……」

正在這時，內侍領著翰林醫官秦迪匆匆趕到。

趙頊鬆了一口氣，吩咐秦迪替王安石細心治病：「你隨相公回府歇息，務要細心診治，隨時向朕報告病情。」

秦迪領命，護送王安石回到東府。趙頊握著王安石的手，說：「請愛卿寬心養病，只是千萬莫提辭位之事。朕過些時候再去看望愛卿。」

趙頊只是輕聲地勸慰。誰也不知道他的心情似有萬馬奔騰。

王安石滿臉通紅。他沒有說話，只是深深地揖了一躬，隨後伏地向趙頊辭行。

起身的時候，一側太陽穴如有萬鈞鉛水陡然注入。他不禁一個趔趄，一手下意識地護住太陽穴。

趙頊又定定地望著那尊羅漢。夢中的情景又依稀浮上了腦際。燈影之中，那羅漢粗粗的濃眉使他幻想著滿天陰雲密布，大雨傾盆的情景。

這尊羅漢乃是相國寺五百羅漢之中的第十三尊。宮人奉命四處尋找趙頊夢中所見之人時，在相國寺見到這尊羅漢，由相國寺僧思大師親自護送入宮，安放在延和殿一側。

相國寺的這些羅漢原在廬山東林寺供奉，本爲江南南唐李氏時所塑。蕭翰下江南，搜羅江南的金帛珠寶，裝在百餘隻船上準備發往京都，又怕授人口實，便想出個「請羅漢」的辦法，把這五百尊羅漢分別安放在船上，每隻船上裝載十餘尊，連同那些寶物，一同運往京城。到京之後，皇帝下詔將羅漢賜給相國寺。這些羅漢也因此被稱爲「押載羅漢」。

在趙頊看來，那些來自南方溫暖而濕潤的空氣中的泥塑羅漢，也許會帶來一些福澤，喜降甘露，結束這令人焦慮的乾旱的日子。可是，旱象依舊，而且，還漸漸向原本多雨的淮浙一帶蔓延。

4

曾布帶著魏繼宗，兩人乘夜一起來見王安石。

王安石斜倚在木榻上，不待曾布和魏繼宗坐下，便問道：「子宣，爲什麼會出現這麼多指責市易務的話呢？明天皇上問起這件事，你打算怎麼解釋？」

市易務是汲取了王韶在秦鳳路設置市易務的經驗，又採納了魏繼宗的建議設立的。熙寧五年三月，魏繼宗上書皇帝：在富商大賈的壟斷下，汴京物價波動劇烈，致使「外之商旅，無所牟利而不願行於途；內之小民，日愈削而不聊生」，他要求設立常平市易司，平抑物價，「賤則少增價取之，令不至傷商；貴則少損之，令不至害民」。

市易務設監官二人，提舉官一人。呂嘉問為提舉。市易務自熙寧五年三月設立以來，運作得還算不錯，對於調節物資供需，平抑物價多有助益。趙頊還從內藏庫奉宸庫中撥出一百萬貫現錢，作為市易務的本錢。

市易務招募汴京的商家擔任市易務的經紀人，遇有商旅往來，共同議定貨物的價格，由市易務用錢收買，或用貨物交換。

汴京的商販，可以拿錢作抵押，並由五人以上結為一保，向市易務賒購貨物，酌加一定利潤，拿到市場上去賣。半年或一年之後，按原定價格加納利息一分或二分，把貨物還給市易務。

杭州、揚州、廣州、越州、成都、永興軍、大名府等地都設置了市易務。去年初冬，開封的市易務改為都提舉市易司，其他各大城市的市易務全部隸屬於此。

此時曾布說道：「相公，市易務每日收購、買賣貨物，搶了百姓的飯碗，有違朝廷當初訂立此法的本意。朝廷內外議論紛紛，都在指摘市易務的不是。」

曾布所了解的情況大部分來自魏繼宗。曾布受命察訪河北市易務的執行狀況，魏繼宗協同了解情況。

曾布進一步分析利弊得失，說：「這都是因爲呂嘉問等人急功近利所致。呂嘉問規定，凡是商家所擁有的貨物，一定得賣給市易務，反之，如果市面上有缺貨，必須向市易務購買。」

魏繼宗也抑制不住憤慨之色，說：「滿城的百姓都在說，市易務貪得無厭，錙銖必較，早就背離了當初成立的宗旨，不但沒有平抑物價，反而壟斷市場，與民爭利。」

王安石面有慍色，道：「既然如此，你們爲什麼不及早告訴我？」

魏繼宗連忙解釋：「提舉每日守在相公左右，我們哪裡還有機會談到這樣的問題！」提舉，指的就是呂嘉問了。王安石默然不語。

曾布猶豫片刻，說：「我明天去面見皇上，能不能把這些情況都給皇上奏明？」

王安石雙眼緊閉，道：「沒有別的辦法了，你就據實以告吧。」

天明之後，崇政殿上，王安石先行奏對。他的頭還在隱隱作痛。昨夜失眠加劇了這個頑疾對自己的折磨。

「市易務出的那些麻煩，你知道多少？聽說現在開封城內人聲鼎沸，都在說市易務『盡收天下之貨，自作經營』。」趙頊問道。

王安石說：「臣知道一些。」

趙頊又問：「曾布是怎麼對你說的？」

王安石低著頭，說：「陛下，曾布馬上就要上殿奏事了，讓他自己向陛下說明。」

趙頊點點頭：「也好，卿先下殿歇息，現在就傳曾布上殿。」

曾布一到殿上，行禮之後，便朗聲奏道：「陛下，呂嘉問等人一味收購貨物，凡商家所有的貨物，必須賣給市易務；凡市面缺貨之物，必須向市易務購買。看來，市易務的本事，正是：賤買貴賣、重入輕出、廣收盈餘。誠如魏繼宗所言，這是挾官府之威而行兼併之實的行為。」

趙頊輕聲問道：「王安石知道這些弊端嗎？」

曾布簡單地說情況，末了，他說：「此事未經進一步調查，臣不敢妄下斷語。」

趙頊道：「子宣，你把劄子留在朕這裡，下去歇息去吧。」

曾布猶豫了片刻，又重新行過禮，說道：「陛下，臣還有話說。」

趙頊道：「你儘管說與朕聽。」

「臣所召來問訊的商家，個個痛哭流涕，泣不成聲。」

趙頊說：「如果一定要弄清眞相，則非卿不可。」

曾布跪地答道：「臣領命，這一次絕對不敢不盡全力。」

罷朝之後，王安石請求留下單獨奏對。

趙頊賜他坐下，王安石迫不及待申辯道：「關於市易務一事，請陛下不要急於廢除，容臣從各方面加以調查，是非曲直自會明瞭，以免忠良受枉，曲解良法美意。」

「但是依曾布所奏來看，市易務現在已成了民怨的來源。」

王安石心頭爲之一震，沒想到曾布把市易務的弊端說得這麼嚴重：「曾布與呂嘉問素來不能相容，這其中或許挾有私人恩怨。」

「曾布或許是因爲與你素來親厚，認爲可以有恃無恐，所以無所忌憚地攻擊同僚。」

趙頊的話使得王安石忽然有些惱怒。他感覺到自己的喉嚨有些發緊：「臣不敢妄猜，只是依實情來考慮事情，目的只有一個，就是要弄清楚是非曲直而已。」

趙頊不顧王安石的解釋，又道：「文彥博從河陽上書，說市易務連水果等物也要專賣，如果眞有其事。不如就把它廢除了。」

文彥博做了多年的樞密使，去年三四月間出判河陽。他的奏摺上說：「臣近來因赴相國寺行香，見市易務於御街東廊搭蓋簡易房數間，前後堆滿果實，每日派官吏監督買賣，分取商人之利。市易務竭澤專利，所得無幾，徒損大國之體，廣招小民之怨。相國寺緊鄰都亭驛，是北虜使者之館驛，其中豈無窺探我國國情之人，如此，必將爲外夷所輕視。」

王安石認爲，這種批評是以偏蓋全。利弊是相對存在的，只要利大於弊，就値得去做，因此他提高了嗓音說道：「陛下說市易務繁瑣，有傷國體，臣竊謂不然。今朝廷設官監酒，一升亦賣；設官監商稅，一錢亦稅，豈非細碎？」王安石停了一會兒，又說：「市易務使得國內商品流通，國用富饒，大體值得去做。」

「有人上奏，說市易務所收取的免行錢太重，卿可聞否？」趙頊所指的是市易務規定，百姓必須交納免役錢才可開業。

思索了好一會兒，王安石這才說道：「臣的家中雇了一個洗衣婦。她的兒子有一手做燒餅的好手藝，在有市易務之前，他一直無法以此謀生。現在他交了一點免行錢，便可開燒餅鋪，養家餬口。陛下，這難道不是件好事？」

趙頊甚感為難，小心翼翼地說：「不然這樣吧，就令曾布與呂惠卿二人，一同去市易務查處，這樣各有所見，也好有個比較。」

王安石直覺這是皇上對他的不信任，禁不住大聲說道：「臣不明白，皇上為什麼要讓兩個人一同去調查一樁並不難以查明的事實？」其實，他的心中何嘗不明白。於是他補上一句說：「陛下，臣任相位雖久，卻不能令風俗忠厚，有負陛下所託。」

趙頊閉上眼睛，許久才道：「這一次天下大旱，朝野上下為之震驚。後宮更是亂作一團。上至太皇太后，下至眾位親王，無不同聲指責新法。兩宮太后甚至於對朕哭訴求情。朕，也不知如何應對啊！」

王安石如何不知道，自新法施行以來，做了許多擋人財路、得罪巨室的事，後宮親族也是怨聲不斷。向皇后的父親向經，一向控制著同行的生意人，向家自釀的白酒「向家醇」成了京師一絕，獲利無數，現在，因施行了免役錢，變得幾乎無利可圖。

曹太皇太后的弟弟曹佾的家人，也因爲向市易司賒買木植不還錢，被人告發。趙頊還對犯法的曹佾家奴大發雷霆，下令重重責杖，絕不輕饒。

再有，宮廷和官府衙門的物資原先由宦官把持買賣，現在全部由市易務來供應，宦官自然是無利可圖的了。

不止市易務，所有法令在外戚、宦官的眼裡，自然都是他們的眼中釘。想到這裡，王安石心中一緊。

5

今天是鄭俠呈上《流民圖》之後的第十天。一整天，朝廷上下似乎都在等待著什麼。許多人認爲鄭俠只不過是一介狂生，一派胡言而已。但是，既然他說得那麼自信，倒也使人有了期待。

漏聲點點，時間一點一點地逝去。從天明至日落，依然沒有滴雨的跡象。趙頊的心中如有一團亂麻。

直到夜半，天空烏雲密布，狂風呼嘯，捲起塵土。乾枯的樹木被風吹得東倒西歪，在一陣雷聲轟鳴之後，大雨終於傾盆而下。

大雨順著大慶殿的屋檐落著，在殿前織成一道密密的雨簾。趙頊忽地站了起來，奔下殿陛，跑向殿前的廣場。侍從們跟隨不及，慌忙跟了出去。趙頊喜極而泣，他伏地而拜，感謝上蒼賜雨。侍從舉傘爲他遮雨，被他制止。他伸長雙臂，仰起臉，任由大雨撲打著自己的臉。

大雨整整下了一夜。天明雨住之後，趙頊即刻令人在御花園後苑掘開地面，察看雨情。內侍們大汗淋漓，趙頊不停地催促繼續往下挖。一共掘入一尺五寸。

趙頊捧著被雨水濡濕的泥土，雙手微顫。他吩咐，在後苑整出一塊地來，翻土種稻，以此來觀察農時被誤的情況，看看還能不能有所收成。

天降大雨，朝廷上下一片歡欣。雖說鄭俠違背了宮中的規矩，但是既然雨澤普降，趙頊便只令開封府決杖一百，治鄭俠擅發馬遞入奏之罪。

呂惠卿奏道：「鄭俠譭謗朝廷，該當何罪！只治一個擅發馬遞之罪豈不是太輕饒了他！」

趙頊溫言道：「鄭俠所言，非爲一己之私，其忠誠亦屬可嘉。豈宜重罪於他！」

於是，鄭俠被罷去監安上門之職，改派編管汀州，等候出京。

雖然一場大雨過後，旱象紓解，但趙頊卻沉浸在那些清冷的雨水所帶來的興奮之中。他的雙手沾滿了泥土，說：「這次大雨，濡濕的泥土還算不淺，被誤的農時想必還能搶回一些，大概不致於顆粒無收吧。」

隨即命內侍密切留意後苑禾稻生長的情形。

這時，呂惠卿上前奏道：「皇上，王安石上了奏書求見陛下，欲請辭相位。」

趙頊問道：「吉甫，這十幾日之內，王安石已連連上了六道箚子，請求解去相位，你的意見如何？」

呂惠卿沒想到有此一問，還在考慮如何回答，卻聽趙頊吩咐：

「你去傳朕諭旨，准他暫辭相位，轉任師傅之官，以備朕的顧問。」

呂惠卿領命，道：「臣奉詔與曾布一同查訪市易之事，召集商家來做證，錄下了不少證詞。但是其中有一些是臣不在場時，曾布單獨寫下的狀詞。臣恐當再行審覆，以求公正，乞求皇上下詔給開封府，暫時將證人帶到臣的住處供狀，不再由開封府拘捕到衙門進行審問。」

趙頊道：「你可再與曾布一起取狀問訊，務使眞相水落石出。」

恰在此時，都亭驛驛官差人來報，北方遼國派遣使者蕭禧來朝送信，說是要與大宋議定邊界事宜。

趙頊頓時有些慌了神。宮人來報，王安石候在殿外，求見皇上。

趙頊忙道：「快快請他入殿。」

今天，王安石穿得分外齊整，這是他多年來從未有過的打扮。他打算向趙頊辭行。

不知怎的，他忽然覺得一身輕鬆。

趙頊看著王安石，說：「介甫啊，你說，該怎麼辦呢？」

王安石手裡握著辭呈，那是他一夜未眠寫成的。

趙頊繼續說道：「契丹又派人來索地，該如何是好？」

王安石有些恍惚。聽著趙頊的話，他這才明白，皇上說的「怎麼辦」指的是什麼。他緩過神來，說道：「設法折衝協調，絕不給半寸土地。」

趙頊的神情顯得很不放心：「倘若糾纏不休，則又當奈何？」

王安石答道：「契丹如果糾纏不休，朝廷也不必動兵，只要反覆派人談判即可。」

趙頊道：「但如果眞要交兵呢？」

「譬如強盜闖進門，若不顧惜家資，不妨放任他搶去財物。若是不甘被搶，則只有抵抗一途。」王安石笑道。

「會不會是因爲我們修築河北邊境，增強防守，致使契丹人生疑？」趙頊說。

「陛下可以明白地告訴來使：契丹屢屢違約，我朝卻從未踰越。修築守備，只是爲了自保，是因爲契丹人不守信用。」

趙頊點頭稱是。蕭禧的信一直就放在御案上。趙頊幾乎就沒有勇氣去拆開它。

王安石手裡還握著辭呈。他把辭呈揣進袖中，拱手說道：「陛下不妨拆開信來看看。契丹派遣使者來，不外是爭論河東地區三州疆界。」

趙頊猶豫了許久，終於拆開信，未及看完，便驚訝地說：「是呀，果眞如卿所料！」

趙頊當即下詔：「傳令，朕要在延和殿召見來使！」

遼國派來的使者蕭禧滿臉傲慢，大搖大擺地來到延和殿中。

趙頊正襟危坐，群臣神情肅穆。只有王安石看上去有些漠然。

趙頊朗聲說道：「貴國大王要議的代北三州地界，實爲小事，邊疆守將即可辦理，何須勞駕貴使專程而來？我朝派一個人去實地勘察，貴國也派一個人同去會勘，貴使以爲這樣如何？」

蕭禧沒想到宋朝如此乾脆，頓時喜形於色，答道：「既然聖旨這樣，自然可以。本使當立即回朝覆命。」

趙頊命人立即送蕭禧回都亭驛，等候明日出關覆命；又命呂惠卿回書一封，讓蕭禧帶回遼國。

蕭禧走後，趙頊看著王安石，欣慰地笑了，長長地舒了一口氣。

王安石說道：「陛下，豈有坐擁萬里疆域而畏人的道理！對付契丹千萬不可低聲下氣，以免助長其聲勢。」

趙頊看著王安石，說：「介甫，朕看，你，還是別走了吧？」

王安石緩緩地搖了搖頭，並不說話。只是，他的心中卻默默地反覆道著這樣一句：

「大勢已去，只能如此！」

趙頊看著他：「先生一定非得離去？」

王安石叩首答道：「陛下恕罪。」

「你知道嗎？這幾日朕收到好幾封匿名之信，要求留你在京。」
王安石心中一顫。他與趙頊不知，這是呂惠卿派人所爲。
「朕已派呂惠卿傳朕手詔，欲以你轉任師傅，留在京師，以備朕的顧問。」
「陛下，臣只乞能去東南一郡，安心休息，以適所欲。」王安石語氣堅定地說。
趙頊歎了一聲。
「陛下，臣只有一事相求。新政頒行至今，已逾六年，雖然屢遭天災人禍，但成果不可磨滅。」王安石看見趙頊的神色忽爾有些落寞，便又勸道：「微臣犬馬之勞並不足道，但陛下堯舜之功，盡在其中。誠恐臣去之後，新法隨之中斷廢止。」
趙頊點頭道：「卿以爲誰可相代，才可放心？」
「韓絳誠實可靠，可代臣職。」王安石頓了頓，說：「還有，曾布一事，不知陛下打算做何處置？」
「朕認爲他公報私仇，妨礙新政，已免去其三司使之職，以本官知饒州。呂嘉問也以本官知常州，由吳安持代司其職，權此以平息因市易務引起的民憤。」
王安石定了定神，說道：「韓絳之外，呂惠卿機變無窮，又嫻熟新政事務，可擢爲參知政事。」
趙頊未置可否，一時想起了王韶，說道：「王韶知熙州，聽說卿要去位，頗爲不安，特寫信來告朕。」

「王韶以端明殿學士兼龍圖閣學士知熙州，經略西北，委實不易。待臣去信勸慰於他。」

「如此，有勞你了。朕打算擢王韶爲資政殿學士，兼制置涇原秦鳳路軍馬糧草。」趙頊說著，轉入輕鬆的話題：「昨天夜裡，朕做了一個夢，夢見和元澤說了許久的話，心中舒暢。他近幾日可好？回江寧之後，全賴先生爲朕照顧。」

王安石黯然謝恩。

6

汴京外自來有許多園圃。城北李駙馬園便是其中的一個。時當初夏，這天天氣卻極爲怪異。黃沙漫天，大風呼呼吹著，足足颳了兩個時辰。餞席上蒙上厚厚的黃沙，約莫有寸把厚。

不遠處便是倉王廟，是祭祀倉頡的所在。在李駙馬園的亭子上，可以看見倉頡造字臺高高地聳立著，掩映於綠樹叢中。

風停雨住，幾輛車馬陸續到來。王安石的座車也到了。王安國、王安禮同車。

王珪向大家招呼道：「今日在此，借李駙馬園一角，爲相公餞行。各位兄臺，請入座。」

王安石拱手道：「老夫一向多病，體力衰疲，雖欲勉強從事，而勢不可爲，因此願守一郡，去往江寧。今日得各位厚愛，設宴餞行，老夫感激不盡。」

呂嘉問端著酒杯，走到王安石跟前，王安石見他正欲說話，卻久久沒有開口。忽然，呂嘉問一把抱住王安石，哭道：「相公去後，誰人可當重任？」

張諤在旁，也垂淚相對，泣不成聲。

王安石溫言勸道：「你們今天是怎麼了？」他的口氣雖然輕鬆，卻掩不住感傷：「我已經向皇上推薦了呂惠卿和韓絳。他們二人一定會鼎力輔助皇上，你們莫要擔心。」

眾人各有所思，想著自己未來的處境，都不免心事重重；王安石看著呂嘉問，特別叮囑道：「望之，請聽我一言：我走之後，你處理公務時，一定不可操之過急。」

呂嘉問連連點頭。他忽然問：「相公，元澤兄怎麼沒有來？」

「元澤在家中調養。皇上已准許他隨老夫到江寧繼續編修經義。」

王珪以幾許感傷的語氣說：「東閣公子才學之高，世所無雙，相公一定要他保重。皇上屢次傳諭，要讓你以太子師傅留京，以備顧問，但是你一直不肯答應。」

王安石看著這個一向溫和的老好人，搖頭歎道：「勢不可爲，所以老夫才敢冒犯天威，乞解機務。加上元澤自到京城之後一直多病，回到南方，也許對他會有好處。皇上已准許他隨我出京去江寧。」

趙頊已答應王安石以吏部尚書、觀文殿大學士出知江寧。

「況且，皇上痛下罪己詔之日，恰好天降大雨，而那一日又正好是鄭俠上《流民圖》的第十天。現在，又值河北蝗災加劇，地方束手無策。我若不退，只恐難擋天下輿論。」王安石看著王珪，說道：「老夫自念施爲不足以悅衆，而怨怒滋生於親貴；才智不足以知人，而詆毀多出於故舊。眞是可歎！」

韓絳、韓維兄弟前來辭行。韓絳只是喝酒，一直沒有說話。李定、曾布也都來了，一直坐在一旁沉默無語。

韓琦人在病中，遠在相州養病，也派了兒子韓忠彥前來，爲王安石餞行。據說韓琦每次聽到一項新法頒行，輒連呼：「泣血，泣血！」甚至終日不進食。沒想到今天離京之時，他卻派了兒子前來相送。王安石一揖到地，謝過韓琦的心意。

韓忠彥身材魁梧，頗有乃父的架式。開口說話時，嗓音粗啞，這一點又酷似韓琦。王安石在心裡歎了一聲。便在不久前，他出巡京東西路，特地繞道趕到相州去看望韓琦。韓琦之病已重，兩人一見之下，頗有感慨。兩人都說了許多互相勸慰的話，只是仍都念念不忘當日上書之事。臨行之時，韓琦道：「相公，凡事應當多多考慮衆人之言，勿要固執己見。」王安石躬身作揖，口中卻答道：「如此，則是俗吏所爲。」韓琦歎道：「公不相知，我韓琦眞正是一俗吏！」兩人幾乎不歡而散。

王安石左右看了看，吳充、馮京都在。他忽然低聲問道：「呂惠卿怎麼沒來？」

王珪道：「聽說，皇上急召他入宮進見。」

滿天飛著的蝗蟲，遮蔽著天日。天色更加陰鬱了。

王安禮催道：「哥哥，時候不早了，上路吧！」

劉貢父匆匆趕到，酒闌人散，衆人已經走遠。他追了幾步，只見零落的宴席，承載著酒闌人散之後的淒涼。

劉貢父見行榻之上有一個屏風，便提筆在書屏上寫下一個絕句：

「青苗助役兩妨農，
天下嗷嗷怨相公。
惟有蝗蟲偏感德，
又隨車騎過江東。」

第六章 重返京師

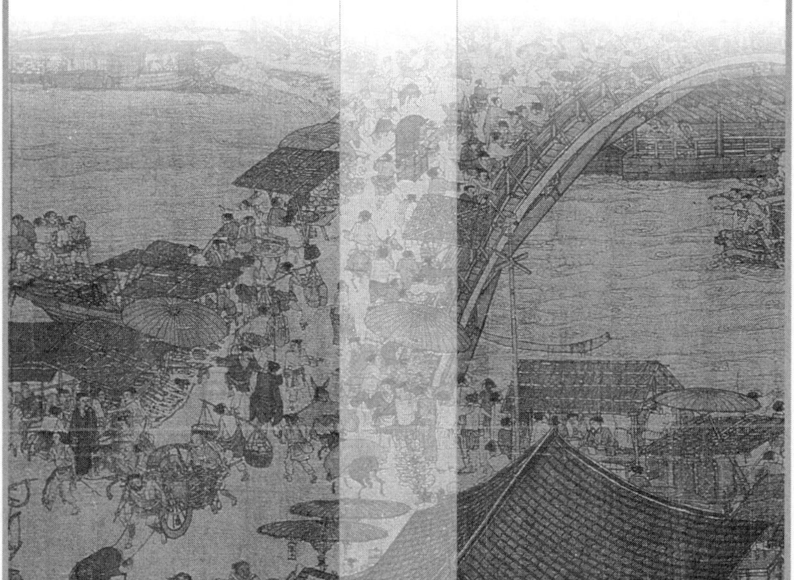

1

四、五月間，雨雹又連續幾次襲擊了京師。雖說由此帶來一些雨水，但農作物卻受損無數。趙頊親自往東太一宮祭祀，告謝天地。

祭禮完畢，御駕回宮。馮京緊隨御駕之列。

趙頊隨口問道：「當世，你認識鄭俠這個人嗎？鄭俠眞是會畫圖啊！他又一次上書了，又給朕畫了圖，而且這一回是畫了兩幅。」

馮京顫聲答道：「臣素來不認識此人。」

呂惠卿看了馮京一眼，不動聲色。

皇帝的車輦經過太廟街。富裕的汴京人民在空地上搭起高高的看臺，爭睹御輦的光彩。這太廟街是一個熱鬧的所在。在一個聞名遐邇，裝飾華美的酒樓上，王安國與晏幾道正在飲酒。歌聲從彩紋雕鏤的窗格裡傳了出來，唱的是晏幾道新塡的曲子〈鷓鴣天〉。

「十里樓臺倚翠微，百花深處杜鵑啼。殷勤自與行人語，不似流鶯取次飛。

驚夢覺，弄晴時。聲聲只道不如歸。天涯豈是無歸意，爭奈歸期未可期。」

王安國醉意已醺，聽到這裡忽然淚落樽前。

晏幾道字叔原，號小山，是已故宰相晏殊的第七個兒子，富弼的妻舅。王安國此時的身分是著作佐郎秘閣校理，判官告院。他從來無心功名，每日只是歌舞宴樂，塡詞飲酒，與王安國過從甚密。

鄭俠因上了《流民圖》，被貶至汀州編管，現在正等候出京。這日，他也在太廟街上閒走，遠遠地看見王安國和晏幾道一同出了酒樓，各自騎著馬慢騰騰地走來。

王安國在馬上舉鞭作揖，對鄭俠道：

「介夫兄獨立不懼權貴，眞令人歎服！」

鄭俠叫道：「平甫兄，且隨我來。」

王安國、晏幾道二人隨著鄭俠，一路到了家中。坐定之後，鄭俠吩咐家人沏茶。

「我也曾見閣下寫給家兄的書信。家兄的主張大抵太過，雖是安國之言亦不見聽，何況閣下？」王安國道。

鄭俠搖頭歎道：「沒想到王相公爲小人所誤，以至於此！」

「這如何能說是爲小人所誤！作人臣者，不當爲了迴避衆怨，而放棄應當堅持的事，方是忠君體國。」王安國道。

「我已再一次上書皇上。這一次，我要請皇上罷黜呂惠卿，改用馮京爲相。這是奏對的草稿，平甫兄可以看看。」鄭俠一邊打開一個藍色的書匣，一邊說道：「我見群臣誣罔天聽，特畫此圖以明志。這是草稿，平甫兄，你看我畫得如何？」

王安國一見之下，心中一凜。

鄭俠畫的是「正直君子圖」和「邪曲小人圖」。「君子圖」畫的是唐代宰相魏徵、姚崇、宋璟。鄭俠還在畫上自注道：馮京乃當今君子，當用之爲相。

另一卷「小人圖」畫的則是李林甫和盧杞，注曰：「呂惠卿乃當今小人」。

鄭俠爲他的新作解釋道：「呂惠卿以公害私，大拂民意，自然在小人之列。我要把此圖獻給皇上。皇上身在禁中，不聞宮外之事。這樣的圖畫或許能讓他清醒清醒。」

王安國意有所指地說：「你看看，這麼短的時間之內，呂惠卿的弟弟也好，妻舅也好，一個一個不避嫌全提拔到京城來了。」

鄭俠語帶玄機地說：「平甫兄你等著瞧。呂惠卿做參政的那一天，京師忽然颳起了大風，陰霾遍天，大風揚起塵沙，覆蓋在几案之上幾乎有寸把厚。你說，這是不是天意？或者上天在預示什麼？」

在汴京中心繁華的地段，靠近宮城南端的一角東府的後院裡，呂府上下忙忙碌碌，一派喜氣洋洋的景象。這一日是呂母生日，賀壽禮畢，呂府正在大擺宴席。趙頊也派人送來豐厚的壽禮。

高高的大戲臺上正在上演著爲呂母祝壽的戲碼。鑼鼓鏘鏘地響著，白臉丑角又唱又跳，引人發笑。呂府上下一派歡樂。

另一頭的迴廊上，卻是另一番景象。官妓歌喉輕囀，舞腰曼展。呂氏兄弟淺斟低酌，低聲說著話。

呂升卿舉酒道：「大哥，有一件事到現在我還沒弄明白。王安石辭職之時，你爲什麼派人寫了那麼多的匿名帖子到處散發，要求他不要走，要他留在京城呢？」

呂惠卿紅光滿面，看著弟弟只是微笑，見呂升卿一臉茫然，才說道：

「一時一事，我自有我的想法。你看，現在他不也去了江寧了麼？」

呂升卿似乎明白了什麼，說道：

「大哥，王安石從前使的那一套，也該變一變了。你從前在他的門下，外面都說你是王安石的『護法善神』，說韓絳是他的『傳法沙門』。因此，你必須做出一些不一樣的舉措，世人才會知道你的本事。」

呂惠卿斜倚木榻，慢騰騰地喝了一口酒，乜了呂升卿一眼，問道：「你倒是說說，該怎麼個不一樣法？」

呂升卿似乎成竹在胸，說：

「現在這免役之法就改得好。原來『免役法』五個等級的丁戶產簿不實，免役出錢不均，這是皇上也知道的了，百姓怨氣不少。我們現行的『手實法』讓丁戶自己報上來，然後再來確定誰該多交誰該少交……」

王安石一出京，手實之法便從京城推及各地，轟轟烈烈地施行起來了。

呂惠卿以原來測定的五等丁產簿不實，免役出錢不均為由，請人民自供丁產實況。各戶依照官定格式，根據丁口情況寫狀申報。各縣再根據全縣丁口、財產總數和役錢總額，計算出各戶應分攤的費用，公布於衆，兩個月之內無人提出異議就算定下來了。若有隱瞞或轉移財產的，被人告發後，把該戶所隱瞞不報的財產的三之一賞給告發之人。

呂惠卿的弟弟呂溫卿是曲陽縣尉，因此手實法便首先在曲陽縣頒行。

呂惠卿難掩得意地說：「王安石從江寧寫信來，勸我不要實行『手實法』這一條。我這是反其道而行，偏偏要把它辦得有聲有色，讓皇上對我刮目相看。」

鼓樂之聲轉為急促。舞女的長袖拂到呂氏兄弟的眼前，香風薰人。

呂升卿環顧四周，賀壽送禮的絡繹不絕。他興沖沖地說道：「大哥，不要管他囉唆些什麼。你想想，參政與同平章事也才一步之遙。如果你不想讓他重新出頭的話，那就……」

呂惠卿裝作不懂：「哪個他？」

呂升卿知道兄長這是明知故問，便自顧自的繼續說道：

「最近，有人告發餘姚主簿李逢（字士寧）圖謀不軌，還牽扯出一堆人。我看，這其中有一人對我們很有用。只要我們趁熱打鐵，不愁扳不倒他王安石！」

呂惠卿又懶洋洋地說了一個字：「誰？」

呂升卿答道：「李士寧！」

最近，有人告發秀州李逢圖謀不軌，官府已下令將他捕入沂州監獄。本路提點刑獄王庭筠等人上奏，李逢其實並無逆謀之舉，是告發之人、沂州百姓朱唐圖謀賞錢而誣告，王庭筠說李逢話語雖有悖逆之處，卻無實際行動，所以不應定罪。

案發之後，趙頊派遣蹇周輔前往秀州調查。蹇周輔到了秀州，卻一五一十地「查獲」了李逢的罪狀。不想，此事還卻牽涉到宗室趙世居。趙世居是宋太祖之孫，南陽侯趙從贄之子。其人愛好文學，樂於結交士大夫，頗有時名。李士寧出入其宅，交往甚密。

呂惠卿心知肚明，當年王安石在江寧服喪之時，與李士寧往來頻繁。王安石返京爲相後，李士寧在王安石家住了半年，每日與王家子弟交遊。一直到王安石罷相將歸江寧，李士寧才回了蓬州。

呂升卿猛喝了一口酒，道：「只要我們抓住這一件事不放，不愁王安石還有翻身的時候。」他湊近呂惠卿：「你想想看，與圖謀叛逆之人有涉，他還有何話可說？」

呂惠卿早有自己的盤算，慢條斯理地說：

「不忙，不忙。我看，鄭俠一案，已使得他王家難以招架。何況現在王安國已經在我的掌握之中。」

話未說完，呂升卿插話道：「王安國？已經在你掌握之中？這話怎麼說？」

呂惠卿沒理會他，繼續說道：「王家在京的還有王安禮和王安上。王安禮每日遊樂飲酒，治他倒也不難。三弟，你速派人，請鄧綰、鄧潤甫二人過府商議。」

2

趙頊御駕親往東太一宮祭告之後，汴京又接連下了兩場雨雹。冰凌在屋頂上啪啪作響，一眼望去，地面草叢裡全是白花花的一片。已是初夏，卻寒意襲人，這在侍朝的大臣們心中，或多或少有一些怪異的感覺。

侍御史知雜事張琥奏道：「馮京乃朝廷大臣，與有罪之人鄭俠往來不斷，實有其事，卻膽敢當面欺罔聖上，說他不識鄭俠其人，這其中必有隱情。」

趙頊與馮京同時愣住了。

東太一宮祭禮之後御駕回城時，趙頊和馮京的對話，呂惠卿全都記下了。那一天回城之後，他隨即派了張琥，暗中察訪鄭俠與馮京往來的證據。

「陛下，有人告訴臣，馮京曾經向鄭俠借書，還送給鄭俠錢米等物。」張琥說。

趙頊轉過頭來問道：「當世，你如何解釋？」

馮京滿頭是汗，叩首答道：「臣的確不識鄭俠。乞陛下下令辨明究竟。」

張琥哼了一聲，又奏道：「陛下，鄭俠不過是一個小小的監安上門的門官，他上書所言卻全是朝廷機密之事，如果不是馮京暗中透露，他如何能知道禁中內情？」

馮京有些氣急敗壞，怒目圓睜，對著張琥喝道：「你爲什麼死咬著我？這朝廷禁地之中難道只有我馮京一人進出不成？」

張琥毫不理會，繼續說道：「臣還查得，鄭俠與馮京的妻舅晏幾道也往來密切。按理，馮京身爲輔弼之臣，政事執行若有疑議，應當當廷議其可否，豈宜私下與他人議論。這其中恐有洩密情事。就算馮京沒有洩密，鄭俠還是犯下誣諂大臣之罪。鄭俠已驅逐出京，但離京城尚不遠，應即刻追捕付獄。」

馮京道：「陛下，臣有一個請求。鄭俠一案由張琥劾奏，而張琥本人是侍御史知雜事。臣乞擇派人手根究此事，至少應派官員駐御史臺調查，以昭公信。」

趙頊當即命令知制誥鄧潤甫一同調查此案。

張琥下朝，立即請派奉禮郎舒亶，前去攔截鄭俠。

舒亶快馬加鞭，在陳州路上追上鄭俠一行。

舒亶在馬上大叫：「鄭俠留步！」

鄭俠勒住馬頭，舒亶趕了上來，隨行的侍從登時圍住鄭俠。舒亶跳下馬，不由分說，把鄭俠的行囊翻了個底朝天。

鄭俠還在驚疑之中，見舒亶氣勢洶洶，拱手問道：「鄭俠奉朝命出京，奉禮郎何故如此？」

舒亶並不理會，吩咐手下把所有書信等等，凡有文字者，悉數上了封條。查封完畢，這才哼了一聲，說：「我只是奉命行事。你去向皇上問個明白吧！」

獄官隨後趕到，押解鄭俠回京。

鄭俠的行囊中有白銀三十兩，又有奏疏二帖，內容都是批評新法。其中還有幾封是王安國的書信。

但是，仔細查驗馮京的往來名帖，卻無「鄭俠」二字。

鄧潤甫對鄭俠百般拷問，卻始終問不出個結果來。

趙頊滿心疑慮，對呂惠卿道：「鄭俠上書言青苗、免役、流民等事，這是人所共知的；但如果言及禁中有人披甲登殿詬罵朝廷，這等秘密之事，鄭俠這種小人物，從何得知呢？」

呂惠卿推敲地說：「大概鄭俠前後所言，都是馮京手錄皇宮禁地之事，派王安國說給鄭俠聽，鄭俠才得以以此爲據，上書皇上的。」

趙頊疑慮未消，說：「王安國？難道王安國眞的與此事有關？」他的眉頭緊緊地擰著。

披甲登殿之人據查乃是宿州狂人孫眞，此人已決配沙門島。當時朝廷正在舉辦聞喜宴，趙頊接報有人一早便穿著紙做的衣服，坐在文德殿屋檐之上高聲誦經，還繞著屋檐行走。宮中衛士合力圍捕，由左龍升門沿著屋頂追到文德殿上，終於捕獲，立即送到開封府究辦。

「只有馮京才能這麼詳盡地知道宮中的秘密。陛下只要命王安國入宮對質，即可水落石出。」呂惠卿奏道。

於是趙頊下令，急召王安國到廷對質。大凡與鄭俠有往來的，無一倖免，全都逮捕入獄。那個每日歌舞歡飲的晏幾道也在其中。

王安國爭辯道：「絕無此事。」

「平甫兄曾經親口所言者，今天爲何又一概否認呢？天地神靈，宗廟社稷，日月星辰，五嶽四瀆之靈，皆在你我左右，學士騙得了誰？」鄭俠說。

王安國不語。

鄭俠卻忽然笑了起來，說道：「平甫兄平日自負剛直不阿，議論之時神采飛揚，無所不敢言，今日怎麼效仿起小人，一味抵賴呢？」

這一切子虛烏有，令王安國欲辯無言，但聽鄭俠繼續說道：「陛下，所有這一切，都是王安國親口告知於臣，臣才由此上書皇上的。請陛下恕罪。」

鄧綰、鄧潤甫也奏道：「王安國曾經借了鄭俠的奏稿去看，而且還大加誇獎，其間蛛絲馬跡，隱約可尋。」

王安國因爲舉不出有力的反證，因此下獄，抄出的書信中果眞就有馮京的親筆信。其中一封信中這樣寫道：「對門歌舞妙麗，吾閉門不窺，只是每日與和甫談禪論道。」

馮京寫這封信時擔任樞密使，王安禮以池州司戶參軍掌機宜文字，兩人往來頻繁。馮京曾託王安禮帶了這一封信給王安國。王安國的回信答道：「所謂談禪者，直恐明公未達也，蓋閉門不窺已是一重公案。」

現在，兩封信一併擺在御史臺的几案之上。

鄧綰等人全數檢閱所有信件之後又上奏道：

「往來的書簡信劄，用語如此輕佻浮華，可見他們二人關係一定不同尋常。」

趙頊胸中的怒火漸次上升，下令嚴查此事。

3

回到江寧已經一個多月了。王安石除了細心照料王雱之外，便是在鍾山附近四處走走。江寧是王安石生活了幾十年的地方了。在這裡，他彷彿找回了多年來漸漸忘卻的記憶。閒來無事，王安石習慣牽著頭小驢子，帶本書，騎上便走，走到哪兒便是哪兒。帶點乾糧，向路邊的農家討碗水喝，便是他的午餐了。累了的時候，就坐在路邊餵餵小驢子，也有說不出的樂趣。

江寧城南端不遠處便是牛首山。山色的變幻，總是和天氣的變化聯繫在一起的。坐在家門前，晨暮之時常常可以看見山上繚繞的霧氣，有時候，可以看見驕陽之下樹木蒼翠的顏色。晴朗的天色裡，「春牛昂首」的山形便更清晰了。這座山也因此被稱為「牛首山」。

這個地方名叫白塘，地處江寧城東門和鍾山之間。從這裡往西距白下門，向東距鍾山都是七里路。因此當王安石決定在這裡住下的時候，便給這座簡陋的屋宅取了個名字，叫「半山園」。

這是一座孤零零的宅子，周圍只有零零散散的幾戶人家，屋子大多破落陳舊。地皮是剛回到江寧的那些時日買下的。屋子很矮，牆壁是用亂石堆成的，沒有圍牆，倒像是村野之中一個不起眼的小旅店。門外種了幾株楊樹，這是江南常見的樹種。樹葉在晚風中嘩嘩響著。一群不知名的鳥雀在樹上築了巢，嘰嘰喳喳的，在漸攏的暮色中盤桓，陸續飛了回來。

往北不遠處是一個土骨堆，據說這是東晉謝安的故宅，土坡因此名曰「謝公墩」。傳說謝安與王羲之曾經臨此賦詩。

這一天，王安石與楊德逢在豆棚架下說著閒話。楊德逢別號「湖陰先生」，在江寧居住多年，最近搬來與王安石爲鄰。

夫人吳氏皺著眉頭說：「如此簡陋的房子，周圍地勢又這麼低，看來是常年積水，可怎麼好？」

王安石沉吟半晌，笑道：「這倒不難。挖個水溝與護城河相通，日後進城就可以乘船前往，倒也方便。」

楊德逢也禁不住哈哈大笑：「相公眞是異想天開啊！」

一陣風吹過，王安石覺得有些愜意。他走了幾步，順勢在「謝公墩」高高的土堆上坐下，抬頭瞇眼觀望周圍的景色。

忽見不遠處急腳遞來報，皇帝詔諭王安國放歸田里。朝報明日即可到達江寧，皇上特令盡快告知王安石。

王安石接完詔書，謝恩之後，卻忍不住對著使者失聲哭泣。

王安石滿臉是淚：「平甫此禍，必定是因呂惠卿而起！」

楊德逢勸道：「死生有命，富貴在天。人生際遇豈可預料。相公保重！」

王安石不勝悲戚地說：「此事來得太突然了。雖然我早有預感，我走之後，平甫在京不可能一帆風順。但是離京才不過幾十天，就有這麼大的變故，實非老夫所料！」

王安石這一次出京回江寧，可以說是肇因於鄭俠的那一幅《流民圖》，而王安國居然也因爲與鄭俠有涉而放歸田里，這眞是一個令人歎息的結局。

熟悉的笑臉，熟悉的聲音，呂惠卿的面容又在眼前浮現。對於呂惠卿，王安石一向是器重有加的。只是，離京之後給他寫了幾封信，均不見回音。

他忽地覺得呂惠卿正在不遠處朝他微笑，一如平時。只是現在，那副面孔已經模糊成灰濛濛的一片。

王安石心中無限感慨，無限悵惘，幽幽地說：「從前我一向認爲，自變法以來，只有呂惠卿與曾布二人自始至終與我同心。現在已經知道，並非如此。」

王安國病得不輕。他臉色灰黯，平躺在座車之上。

車子緩緩來到「半山園」。王安石奔出門來，王雱也扶病相迎。

王安國的身旁，赫然放著那支竹笛。

朝報上面的字，一個一個彷彿懸浮在空氣中，不斷地輪番撞擊著王安石：

「參知政事、右諫議大夫馮京守本官，知亳州；王安國罷去秘閣校理之職，追毀出身以來文字，放歸田里。鄭俠改貶英州編管。」

王安石禁不住說道：「難道我兄弟二人，全要毀在那一個福建人的手上不成？」他全然沒有想到，這一別數月，王安國就病成這般模樣。

王安國虛弱地說：「我早說過，呂惠卿是一個不折不扣的小人，兄長偏是不信。」

王安石靜靜聽著，那一字一句都像沉重的控訴一般。

王安國又道：「現在也好，都回江寧，離父母近一些，了此殘生吧！」

王雱走上前去，握著這個自小相隨的叔父的手，安慰道：「叔父，您別擔心，總有雲開霧散的時候！」王雱說到這裡忽然哽咽，再也說不下去了。

王安國吃力地睜開眼睛，勸道：「元澤，你也在病中，千萬莫要傷心。在江寧，你和我正好一邊讀書，一邊養病。叔父與你作伴。」話未說完，便昏睡了過去。

4

轉眼之間，孟冬時節已經來臨。冬至之日，趙頊率領皇室、百官，在南郊合祭天地於圜丘，同時大赦天下。

幾年來，在盛大的祭祀場面中，今年第一次不見王安石那熟悉的身影。趙頊心中不禁有些悵然。

呂惠卿似乎看出了皇帝的心思。他看著威武莊嚴的儀仗，心裡琢磨著如何走下一步。禮畢之後他來到趙頊身旁，說道：「陛下，王安石在京之日，爲朝廷全心效力，臣以爲，應當爲他加爵，以示皇上恩寵。臣薦王安石爲節度使平章事。」

趙頊看了呂惠卿一眼，悶聲答道：「王安石以吏部尚書、觀文殿學士知金陵，他辭去相位，並非獲罪。何需藉大赦之機予以復官？」

呂惠卿一時答不上來，許久，才囁囁嚅嚅地說：

「臣只是覺得，王安石此時身在江寧，一定心在汴京。所以求告陛下爲他加爵，並加以封賞，沒有其他用意，請陛下恕罪。」

趙頊對呂惠卿很是器重。除了五日一次的經筵講讀之外，經常單獨留下他，君臣二人當面論政。他的弟弟呂升卿也由同察訪京東路常平法等事、常州團練推官直接升爲太子中允、權發遣京東路轉運判官。現在又與王安石的三妹夫沈季長一同升爲翰林侍講學士。

趙頊的心情有些沉重。他不由得看了看韓絳，想起不久前韓絳說的話：

「呂惠卿大用親黨，一人得道，鷄犬升天。施行『給田募役法』，擾民不淺。天下之民，復思安石。陛下宜斟酌輿情，召王安石回京，復其相位，以安國政。」

在旁的王珪也附和道：「是啊，陛下，呂惠卿之弟呂升卿不學無術，卻不次拔擢爲太子中允、權發遣京東路轉運判官。現在又升爲翰林侍講學士，不知道他能對皇上講何經史？呂和卿本來是一縣尉，竟升任軍器丞，掌管軍需要務。三弟呂溫卿，一介商賈，當上按察。這不是紊亂朝綱嗎？」

韓絳又道：「臣也聽說，呂惠卿的內弟方希覺，並無寸功，卻託湖南察訪使章惇的部下，盜取進士李銳的平蠻之功；內弟方希益無才無德，只是漳浦縣主簿，卻升遷爲大理寺詳斷，最近又錯斷命案，罪責難逃。」

趙頊皺了皺眉，喃喃說道：「朕寄望呂惠卿能有所作爲，怎料他私心自用，以私害公。唉！」

趙頊此時還未到而立之年，可是他的成熟和幹練卻異乎常人。這要得益於他在東宮時深厚的積累，也得益於侍講、侍讀學士們的啓迪。趙頊讀書勤奮異常，從入東宮開始，常常廢寢忘食。曹太后放心不下，不時派人到東宮，給他送點小點心，勸他莫要熬壞了身體。

趙頊心想，自己對王安石確有一種莫名的倚賴。最近在處理政事時，趙頊總是想著，如果王安石在，他會說些什麼。有時候，趙頊甚至清晰地想起他說話時那犀利的眼神。

趙頊想起李逢被控謀反時，被牽涉其中的宗室成員趙世居，以及王安石的好友李士寧。這些年來，宗室人數逐年累加，到治平年間已達四千餘人，宗室子弟的安置的確成為一件棘手的事。早在熙寧二年十一月，王安石訂立了《裁宗室授官法》。其中規定：唯有太祖、太宗之孫，擇其後各封國公，世世不絕；其餘元孫之子，將軍以下聽出外任官；袒免之子，更不賜名授官，但是可以參加應舉。不久，再裁定后、妃、公主及臣僚蔭補恩澤。這與吳起在楚國「廢公族疏遠者」頗為類同。

當時，宗室子弟相率攔住王安石陳狀哭訴：「我本都是宗廟子孫，懇請王相公高抬貴手，給我們一條生路。」王安石毫不留情地拒絕了：「祖宗親秩，亦須祧遷，何況賢輩！」一幫人才陸續散去。

李士寧是蓬州人，自言學道，頗諳道術，行事詭異。他目不識丁卻能口占詩詞，頗有奇才。平時言辭荒誕，有類讖語，因此迷住了不少人。他周遊四方，行至京師，公卿貴人多器重他。沒有人見過他工作，卻吃用不愁，錢囊常滿。有一次宴請賓客，奇珍異饌立時備好，來客都以為他聚財有術。

蹇周輔查得，李士寧以為太祖有開國之恩，宗室子孫當享其福祚。恰好仁宗皇帝曾寫了賜給英宗之母的輓歌，李士寧將輓歌中間四句，易其首尾，對趙世居的母親說：「趙世居乃太祖之後，帝子王孫，現在當的是什麼官？」

趙世居當時爲右羽林大將軍、秀州團練副使。李士寧斷言他當受天命，將得天下。諫官徐禧悄聲對范百祿道：「豈有因爲十七八年前無意中作的詩，便欲加罪？」趙頊大怒，不再理會群臣的意見，下令御史臺及臺諫官一同處理此事。蹇周輔在此案中表現出色，精明能幹，當即升爲開封府推官。

新年伊始，趙頊派范百祿和蹇周輔再次前去調查李士寧一案。

5

熙寧八年二月十一日，趙頊派劉有方專程赴江寧傳詔：令王安石復同中書門下平章事。臨行之時，王安石又一次上了鍾山。元禪師還是鍾山寺的住持，只是容顏已漸漸蒼老。

「記得您以往說過，我這個人性情浮躁，離佛理尚遠。所以今天還想請禪師爲我指點迷津。」王安石道。

元禪師卻不答話，只說了一句：「且隨我來。」隨即領著王安石來到藏經閣。

元禪師扶著木梯，從最高的那一層取出一卷經文。王安石一看，是《般若波羅密多心經》，便笑著說道：「這《心經》乃是入門之物，我與您談經論道多年，禪師爲何讓我讀這個？我現在需要的是更深的點撥。」

元禪師含笑看著王安石，答道：「你把它背誦下來，只要能時時記起，便也足夠了。」

在赴京北上的客船裡，王安石手握筆管，慢慢地寫下：

「觀自在菩薩，行深般若波羅密多時，照見五蘊皆空，度一切苦厄，舍利子，色不異空，空不異色，色即是空，空即是色……」

他越寫，心思越雜亂，眼前忽然又浮現出王安國臨死前那一臉怪異的微笑，握筆的手微微顫了一下。

王安石這一次是帶著一腔怒火進京的。可是這麼一來，勢必與呂惠卿水火不容。呂惠卿從來與自己情同父子，一旦反目，勢必有人趁機大做文章。而反對變法的那些人，早就等著看笑話了。

這麼些年來，反對派一個接一個地出京而去。但是，即便如此，反對變法的奏疏還是接連不斷地往京城裡送。

王安石揮去那些雜念，提筆繼續默默寫著：「受想行識，亦復如是，舍利子……」寫到這裡，凝神一看，「舍利子」後面接的居然是「福建子」三個字。這三個字像魔咒一般，穿透他的思緒，無所不在。他的臉刷地一陣蒼白。

王安石鬆開筆，眼前幻化出呂惠卿的背影——那個曾被王安國奚落，滿臉羞愧，恨恨而去的背影。

那一日，王安國忽然睜開眼睛，愣愣地聽著，辨著。他似乎聽見了什麼，說道：「哥，你聽！」王安石仔細地聽著。一時間，沉默籠罩了半山園。

王安國說道：「哥，你聽，那是從江面上傳來的笛聲嗎？」王安石又仔細地聽了一會兒，點點頭，但他其實什麼也沒聽見。

「哥，你說，這是鄭衛之音嗎？是你讓我遠離的靡靡之音嗎？」

王安國的眼神裡滿是怨艾，同時卻又帶著一絲嘲弄。王安國深深地吸了一口氣。他說話聲音非常微弱，他感覺到靈魂正一步一步離開自己的身體。

此時王安國彷彿又進入了去年經歷的那個夢境。他夢見有一個人，領著自己來到一個奇怪的地方，那裡宮殿氣派非凡，四周雲霧繚繞，時聞鼓樂絲竹之聲陣陣傳來。他糊里糊塗地走到一座宮殿前面，見匾額上寫著「靈芝殿」幾個大字。正在疑惑，忽然有一個人急匆匆地走上前來，對領路的人厲聲說道：「你帶他來這裡幹什麼？」又對王安國說道：「你時限未到，快快回去吧，明年這個時候你就可以來了。」

安國夢醒後，把夢中所見告訴了魏泰。魏泰替他算了一卦，慢慢地伸出一個手指頭，說道：「你還能活一年。」不料，竟然一語成讖。

王安國把頭側向哥哥，又繼續說道：「哥，你讓我遠鄭聲，我說，遠鄭聲，不若遠小人。現在你看，呂惠卿果然是小人，被我說中了吧？」

王安石慢慢地閉上眼睛，他不忍心看見弟弟憔悴焦黃的臉色和蒼白乾裂的嘴唇。他彷彿看著弟弟正慢慢地離自己而去，不禁上前握住安國的手。王安國的手已經逐漸冰涼。那份寒意在夏天的風中沁入王安石的骨頭，直逼他的心臆。

「我王安國死不足道，只是，那個福建子害我全家七零八落，這一口氣，豈可嚥下！」

王安石握著弟弟的手，他感覺到自己握得越來越緊，好似要把自己身上的熱氣傳遞給他，又好似自己眼下正在緊緊捏著的並不是眼前這一個才四十七歲便要離開人世的弟弟的手，而是一把包裹著憤怒火焰的利劍。

王安國已經停止了呼吸。他的嘴角卻掛著一絲怪異的微笑。

那一副面容此時又慢慢地浮現在王安石的腦海中。

王安石苦笑了一下，隨手把紙揉成一團，扔出船艙之外。桌上的油燈搖晃了一下。墨跡未乾的紙團迅速地被江水濡濕，進而慢慢地沉入黑色的江面之下。只有那些慢慢變淡的墨色，化成淺淺的黑色的水波，與那無邊的夜色一道，融入浩浩東去的江水之中，了無痕跡。

他鋪開一張紙，心想，乾脆，就從頭寫起吧。

這一次，他寫得很慢，很慢。

寫著寫著，忽一定神，還是在「舍利子」的後面，剛才岔神錯亂的那個地方，出現了「福建子福建子」六個字。他的手一鬆。一陣風吹進船艙，那紙片飄出艙外，無聲地落在船外的暗夜之中。

此次進京再次爲同中書門下平章事，如果還一如今天這樣無法克制自己，與呂惠卿徹底反目，最終不只是魚死網破，還在衆人面前落個笑柄。他這樣想著的時候，眼前清晰地出現了蘇軾的面孔，那一副總是得意洋洋的笑容。還有呂公著的笑，文彥博的笑，馮京的笑，這時也全都浮現在眼前了。

船出了淮河。看著對岸星星點點的漁火，那便是瓜洲渡口了。王安石的腦子裡浮上了幾個句子：

「金陵津渡小山樓，一宿行人自可愁。
潮落夜江斜月裡，兩三星火是瓜洲。」

這是唐人張祜的〈題金陵渡〉。他取了一張紙，低頭寫了起來。

僕人陶綠忽然聽見艙內有高聲歎息的聲音，忙端了茶走進船艙，一時之間滿臉驚諤。船艙裡胡亂扔了許多紙，有的墨跡未乾。陶綠俯身拾起一張來看著，滿紙都是「福建子」三個字，大約有七八個。橫的，豎的，重疊的，滿紙都是。有一個地方寫得很是潦草，幾乎難以辨認。看得出來他有些時候寫得很快，筆劃潦草。有一些卻寫得規規矩矩，像是一個童蒙初開的孩子的描紅。

什麼時候王雱也進了船艙。他看著滿地狼籍的紙片和零亂的字跡，長歎一聲，看著父親只是點頭，卻不說話。

6

接旨一個半月之後，三月二十七日，王安石帶著王雱，回到京師。

王安石瞇眼看了看闊別將近一年的京城。景物依舊，可是他的心境卻已然改變。在他看來，文德殿前那高高的臺階彷彿一步一步地通向一個不可預知的世界。

今天是王安石回京之後第一次登殿面見皇上。衆位官員拱手相迎，揖讓之間，各懷心事。叩拜之後，王安石說道：

「今天陛下再次召用安石，之所以不再堅辭，是希望能竭己所能，以報陛下知遇之恩，助陛下成就盛德大業。然臣已是風燭殘年，即便有報效陛下的心願，恐無法久事左右，願陛下見諒。」

趙頊笑道：「你今年也才五十五歲，何言風燭殘年？這話爲時過早了。」

王安石正色答道：「臣素來多病，加上多年來焦慮不安，怎說不是風燭殘年？」

趙頊溫言道：「請相公放心。今日朝中小人已肅清，先生可以有所作爲。」

「臣當盡綿薄之力，但政事能成與否，卻非安石所能左右。」

趙頊注視著王安石，懇切地說：「先生千萬不要心存疑慮，儘管放手去做。」

都亭驛的驛官派人急報，遼國又派使者蕭禧再次南來，這一次還是議定邊界之事。

王安石心中想道：「離京之前，也正逢蕭禧前來。」

趙頊趕緊解釋說：「愛卿離京這段期間，契丹人不斷地派使者南來交涉邊界問題。」這一年多來，因爲契丹之事，趙頊曾分別給韓琦和富弼下過一道手詔，詢問對策。韓琦與富弼的意思大略相同，不外是說，要廢去革新之法，撤去城防武備，以釋契丹之疑。又問過文彥博和曾公亮，兩人的主張也不外於此。

他們多半主張息事寧人，令趙頊難以苟同，今天碰上王安石復職，趙頊大爲振奮，說：「先生今天剛剛入京，便遇上這等事，正好可與先生商量。」命令打開天章閣，查對資料，準備奏對資政殿。他左右看了看，又說：「上一回契丹使者來，是呂惠卿草擬的回信。讓他也一起去天章閣看一看，這樣才能有周詳的考慮。」

當值的內侍卻近前稟報：「回陛下，呂參政今日因病無法上朝。」

王珪左看右看，無法相信此時呂惠卿沒有在朝堂之上。他知道，就在昨天早晨，衆位官員在東華門外待朝的時候，呂惠卿還談笑風生。他不明白爲什麼這會兒忽然病了。

韓絳笑著說：「禹玉，你大概不知道吧，他見御史臺送去中書的文書上面，介甫的名字赫然在目，又見詔令下來，介甫恢復了同中書門下平章事的職務，今天當然就病了。」

這些日子以來，韓絳與呂惠卿的磨擦時有發生。在王安石離京之後，一個任同中書門下平章事，一個任參政，共同維持王安石所推動的新法，而有「傳法沙門」與「護法善神」的外號，可大大小小的事全都無法一起商量。呂惠卿推動的「手實法」使呂氏兄弟在京城的名聲大噪，但大多是不中聽的評論。無論如何，呂惠卿兄弟的氣焰的確不小。所以韓絳這才上書，請王安石回京復職。

7

這一日，百官齊聚延和殿中。

內侍雙手高舉詔書，高聲念道：「吏部尚書、平章事、昭文館大學士王安石，加封左僕射、兼門下侍郎右諫議大夫；參知政事呂惠卿加給事中，右正言；天章閣待制王雱加龍圖閣直學士；太子中允、館閣校勘呂升卿直集賢院。」

內侍讀畢，趙頊對衆臣說道：「朕今天對王相公等幾位大臣稍加獎掖，是因爲他們一同修《詩》、《書》、《周禮》，現已注解完成，朕藉此以表心意。」

王安石推辭著不肯接詔，說：「王雱前因進呈經書，自太子中允、崇政殿說書除右正言、天章閣待制，後來一直生病，不再參與經局之事。今日更有此授，可謂受之有愧。」

趙頊的表情很是凝重，說道：「如果眞的只以能力來論，王雱應當在侍從之位，而不只做修書這樣的事。今日所加封的，只是考慮到他編修經義的功勞，不須推辭。」說完，便宣佈退朝。

正午過後，中使催促王安石等人到後殿告謝，說皇上坐候衆人已久。衆人這才陸續入殿進見。

王安石依然極力推辭，趙頊道：「先生修治經義，與編修其他的書不同，也可以說，朕並非只是因爲先生修治經義有功，才另外封賞，是朕想以先生的道德來倡導天下士大夫，故有此封。」

王雱也隨即請求辭去所遷之職，趙頊卻無論如何不肯答應。

中書禮房請皇上下詔，以新修成的經義交付杭州、成都府路轉運司刻製鏤版，發行所得之錢存入封椿庫，每隔半年一次上繳給中書。

趙頊高興地應允了，又下令禁止私自印刷及私賣，違者杖打一百，有告發之人，賞錢二百千。監司失察私印及私賣者，以朝廷之律處治。

李逢一案終於落幕。詔令一併彈劾了當初上奏此案的王庭筠，王庭筠畏罪，自縊而死。東頭供奉官董中令因爲捕獲李逢有功，升官一級。三月四日，又派沈括、范百祿進駐御史臺，進一步調查趙世居。與此同時，逮捕了李士寧。

奏對既畢，王安石道：「李士寧與臣素有往來，今天他出了這樣的大事，望陛下恕罪。」

「李士寧即便有罪，於卿何干？」

王安石叩首答道：「李士寧涉嫌謀反，若陛下認爲臣有罪，臣怎敢不伏！只是李士寧若在供辭之間，對臣有所指涉，臣縱有千張口，也難以辯解。」

趙頊注視著他，答道：「朕心中明白，請先生勿慮。」

王安石的心裡還有一句話沒有說出來：李逢這個案子，是呂惠卿和他的手下之人一手炮製，用來打壓我的。想想從前與呂惠卿的那一份交情，王安石心中不禁悵然若失。

趙頊又說道：「這一次先生肯回京，眞讓朕感到高興。現在，韓絳又奏請辭去相位，稱病不出。從此，凡事就更有賴於先生了。但是，像今天韓絳、王珪都不上朝，呂惠卿又要辭職，你做事沒個商量的對象，也不是辦法。依朕看，韓絳這樣的人，須令他出京，不然，他會煽動小人，大害政事。」

王安石道：「陛下還是把韓絳留下來。如果今後他有牴觸之舉，再行罷去也不遲。」

趙頊又道：「呂惠卿無濟於事，看來也不能助卿一臂之力。」

王安石問道：「臣不知道，惠卿有何事不稱皇上之意？」

「忌能、好勝、自私。這是呂惠卿之短。有一次他單獨向朕奏事，對練亨甫大家貶損。練亨甫爲人機警曉事，衆所周知，可見呂惠卿之偏頗。他兄弟心胸狹小，只要有人才能超過自己，便會產生嫉妒之心。」

「呂升卿也屢次對臣說起練亨甫的不是，臣極力勸說他不要道人長短。倒是呂和卿較爲溫良曉事。」王安石道。

「朕以爲，蔡承禧彈劾升卿，不過是由於二人互相忿恨的緣故。聽說蔡承禧去見升卿，升卿拒而不見。」趙頊道。

「是啊，呂升卿並無其他的不是，只是不免輕慢放肆，不然，承禧怎麼會這樣彈劾他呢？

但是像呂惠卿這樣的人，陛下不要在小地方挑他毛病。」

趙頊不解：「你指的是什麼？」

「呂惠卿幾次向陛下說臣議事公正，是少見的無私之人。可見，他也並非全無可取之處。」

趙頊道：「那麼，你去敦促他回來。」

「陛下不加恩禮，臣雖極力敦請，恐難成事。」

趙頊看著王安石，道：「你眞是一個沒有私心的人。過一會兒你回府時，順便去他那裡，幫朕勸一勸。」

王安石驅車到了呂府。

他開門見山地說：「皇上讓我來傳諭旨，希望你顧全大局，盡快回到中書理事。」

過府相勸，這情景眞像當年，那個早春時候，梨花榆火催寒食的季節。呂惠卿帶著皇上的御筆，在後園找到王安石，勸他出來理事。

那一次王安石告病辭職在家，是因爲司馬光擬詔用語傷人太過的緣故。這一次卻是由自己來勸呂惠卿，而呂惠卿辭職卻是因爲自己的緣故。霎那間，王安石覺得這世道有些顚倒錯亂，彷彿一切都逃不過命定的安排。

呂惠卿拱手說道：

「多謝相公一番美意。相公回江寧之後，我常常回想起當年在京共事的那些日子，心懷感激。只是，這一次我的確有病在身，無法參與政事。」

王安石聽得五味雜陳，只能笑笑。他不知道該說些什麼，便匆匆告辭。

呂惠卿此時心中翻湧著一絲苦澀，同時夾雜著些恨意。

兩日前，王安石在經義局對呂升卿大發雷霆，說呂惠卿私自篡改《詩義》。呂升卿爭辯道：「這乃是家兄與相公一同改訂，進呈給皇上的。」

王安石卻怒氣難當，道：「這一定是曾旼所爲，這樣的人，連訓詁都不識，還談得上修什麼經義。」曾旼在旁，只是滿臉通紅，無言以對。

呂惠卿正想著時，呂升卿進屋來了，見他若有所思，問道：「哥哥，你打算怎麼辦？」

8

呂惠卿匆匆吩咐備馬，入朝謝恩。進得延和殿，此時奏對已畢，衆臣正陸續退出殿外。

趙頊笑瞇瞇地說道：「你身體可好？朕昨天才請了介甫去看你，你今天就來了。」

「臣謝陛下。這給事中之位，臣萬萬不敢受。請陛下恕罪。」

「你於經義局多有貢獻，又兼修改官，封你爲給事中，自有舊例，沒有什麼疑議。」趙頊笑著說。

呂惠卿卻沉著臉，俯首答道：「臣感到萬分不解，此次臣進呈《詩義》，不明白王相公爲何發那麼大的火。」

「王安石並沒有其他的意思。《詩義》之中，也只有二三十處訓詁不妥，如今更是不作更動。至於序跋，就只沿用舊義，亦無大礙。」

王安石在經義局對呂升卿破口大罵的事，趙頊早已聽說。

「王相公的意思是要把《詩義》和〈詩序〉一起刪改議定。陛下置經義局修撰，並非一日，既然臣所寫定的內容皆不可用，卻反而要臣受賜，這於理何安？臣定當推辭。」

趙頊有些惱了，大聲道：「豈有此理！你今日專程進宮來，難道就是爲了說這個？」

「臣有何面目受封賞？安石言必稱垂範萬世，到頭來只恐誤了那些學經之人。《洪範義》凡有數本，《易義》亦然，後有與臣商量改動者二三十篇，今天市井所賣的新改本者就是。」呂惠卿道。

趙頊慢慢調整了一下自己的情緒，說了一聲：「卿不須去職。」

呂惠卿卻並不退讓，答道：「臣豈可以居此！」呂惠卿此時彷彿沉浸在自己的聲音之中，他繼續說道：「陛下，臣這一次與介甫爭議經義一事，一定是爲人所離間。臣除了把對待親人的心，移之以事陛下之外，所欽佩的，也就只有介甫一人而已。制置條例司前後奏請均田、常平等敕，沒有一樣不經臣之手，何至於今日忽然不可用，反而全數交給練亨甫？臣雖不肖，不至於不如一個練亨甫？」

趙頊仔細地看著呂惠卿，腦子一片空白，竟不知說什麼才好：

「經義之事，必無其他緣故。卿不須因此去職。」

「陛下，除了經義之事令臣難堪之外，當今的政務也令臣感到不安。當今兩府大臣中，吳充與介甫表面上相處愉快，實乃敬而遠之，明哲保身；王珪與王韶都是老好人，不可能對施政有所責難。如此一來，臣只好勉力從事，爲了社稷蒼生，不惜冒犯、質疑介甫，以求周全。若不如此，則天下事誰當辦之？」

趙頊仔細地看著呂惠卿，一時無話。

這些天以來，呂惠卿一次又一次地提出辭去參政之職。趙頊幾次派了中使馮宗道前去撫問，召他立即赴中書理事。

「陛下，臣再次懇請皇上准予我辭去參政之職。」呂惠卿伏地奏道。

呂惠卿上書要求出京補外已經三次了，每一次，趙頊都派遣中使封還他的辭狀。趙頊後來乾脆下旨，再也不許他入宮進見，並下詔銀臺司，不准接他辭狀。就在昨天，再一次接到呂惠卿的箚子之後，趙頊還派了王珪前去曉諭。

「吉甫卿，朕屢屢遣人請你就職，卻都未見稟報。」

呂惠卿叩首道：「臣屢屢違旨，不勝惶恐，請皇上恕罪。」

「你今天來了，朕就放心了。其實並沒有什麼大不了的事，何須如此堅決求去！」

呂惠卿臉色灰暗，說道：「臣雖在朝，於朝政有損無補。雖說陛下恩重，不讓臣求去，臣自身揣度，最終恐怕仍將扞格不入，難以勝任。」

趙頊這時忽然有些惱怒，說道：「這麼多天以來你才上朝一次，卻要提出辭職，無事端而數次求去，到底是爲什麼呢？」

呂惠卿叩首答道：「古人說，陳力就列，不能者止。臣自度不能，所以求止。」

「卿爲參知政事，天下之事，責不在卿一人，何必如此！」趙頊的口氣和緩下來。

「不久前，臣因爲介甫去職，朝廷一時乏人，所以受命不辭。介甫既然復相，臣理當決去。但蒙陛下挽留再三，所以延宕至今。」

「是啊，王安石既然來了，你與他正應當同心協力，何以求去？」

「陛下不知，王安石自復相以來，屢屢稱病不治政事，諸多事情都積壓下來，交給臣處置，將來敗壞了政事，臣一人怎麼擔當得了！」

趙頊心中想道：「安石何至於此？」不知不覺之中，順口就這樣說了出來。

「陛下，介甫日夜兼程，倍道來京，心急如此，必有所圖。」

趙頊道：「你不必疑慮。介甫是見天下事尚有可爲，才肯回京。」

呂惠卿暗暗地哼了一聲，說道：

「朝廷之事可以沒有臣，但不能沒有介甫，這就是臣所以要求辭職的原因。」

「吉甫，你盡可以放心，安石必不忌卿。」趙頊語氣極是溫和。

呂惠卿卻喉嚨發緊，高聲答道：「安石於臣何忌！」他大約也覺得不妥，於是調整一下情緒，繼續說道：「當初陛下任用介甫的時候，因爲反對的人頗多，他顯得勢孤力單，陛下凡事聽任於他，助他成事。陛下只要聽他一人，天下之治可成也。」

「無論如何，朕是不會讓你走的。不僅如此，朕還要派你到中書去……」

趙頊正待說話，又聽呂惠卿說道：

「前些日子蔡承禧上章彈劾升卿，牽連到臣。臣也要請陛下恕罪。」

御史中丞蔡承禧上書奏道：「兩年前呂升卿做京東察訪使時遊覽泰山，竟然敢在眞宗御製封禪碑之後題刻，並題名於其上，對先帝爲大不敬，罪該萬死！」趙頊當時問道：「是舊的御碑嗎？待朕派人仔細查驗之後再作定奪。」不久就有人將那塊石碑的拓本帶來了。王安石看過之後說，看石刻上面的碑文有多處殘缺不全，應當可以判斷，是塊古碑。

趙頊想到這件事時，不禁笑道：「朕早就知道，呂升卿沒有什麼別的意圖。只是，古碑又何用鐫刻！大抵是後生不更事罷了。這一點，王安石也替升卿說話了。蔡承禧所奏，乃是一般的進呈奏狀，無礙於事。」

「但是，陛下知道，蔡承禧的奏狀，是指桑罵槐，意有所指。」

「這件事朕已知曉，你不要擔心。」

「臣請求陛下開恩，讓呂升卿有機會分辨緣由。」

趙頊應允了。

這時候，呂惠卿不經意地說了一句：「蔡承禧也是臨川人，陛下記得嗎？」

「莫非你屢屢請辭，就是因爲蔡承禧之故？」沉默片刻之後，趙頊輕聲說道：「聽說升卿稱自己對王安石復相一事有功，要求王安石進用。」

呂惠卿當即答道：「升卿剛介自守，可質之神明。」

「此乃他人言之，非安石之言。」趙頊注視著呂惠卿，問道：「卿眞的有病？」

呂惠卿答道：「臣確實有病。」

「那麼，你遞個狀子到中書備案吧。」

呂惠卿走了幾步，又回過頭來，重新伏拜在地，說：

「王雱最近以來一直稱疾避寵，應當從他所請。還有，王安禮身任館閣之職，每日裡狎遊無度，實在有違官聲，臣已多次上奏此事，請陛下定奪。」

趙頊說：「朕正在考慮此事如何周全處置。」

9

呂惠卿摩挲著一些發黃的紙片。自從上一次面見皇上之後，他繼續告病多日。

呂升卿急匆匆地跨進屋來，說道：「張若濟在秀州出事了！有人告他有貪贓之罪。皇上已命司農寺主薄王古去秀州調查了。」

張若濟先是華亭縣的知縣，因兩浙轉運使王庭老等人的薦舉，而通判秀州。離開華亭以後，大理寺丞上官汲代理其職，上官汲查得張若濟接受華亭百姓吳汀等人銀錢九百餘兩，貪贓之事這才爆發。

呂惠卿開口說道：「無論如何，要極力營救。還有，讓宮中的人及時和我們通通消息。」

呂升卿又道：「蔡承禧那賊人又告了我們一狀。他說哥哥……」

呂惠卿擺了擺手，制止他說下去。

想起今天上朝時御史蔡承禧的話，呂升卿不禁渾身一顫，罵了一聲：「那王安石到京才不到一個月，就什麼事都發生了！」

今日在延和殿，蔡承禧上奏道：「呂惠卿奸邪不法，天下共憤。不久前臣已面奏陛下，臣以爲，這樣的人絕不可姑息。」

趙頊問：「你是否可以說詳細一點？」

蔡承禧回答說：「陛下令修撰經義，惠卿難道不知道其弟升卿之才不足以擔當此任？只是想藉此私謀好的官職，就令其撰寫經義。升卿爲文之鄙陋，衆所皆知。此惠卿之欺陛下，而以爵祿私其弟也。臣據實上奏，而惠卿竟對臣百般詆毀，以罔聖聽。」

緊接著，臺諫官也奏道：「王安國非議其兄，呂惠卿指其不悌，放歸田里。今升卿在陛下面前親口詛咒其母，其不孝之罪比起安國，有過之而無不及。」

呂升卿有一次曾上奏指摘練亨甫，說他低聲下氣，不擇手段討好、親近王雱。爲了強調所言不虛，呂升卿說：「陛下不信，臣有老母，敢以爲誓。」

蔡承禧還說：「王韶與惠卿同年登科，他不與惠卿沆瀣一氣，以功業被陛下命爲執政。

受命之日，去惠卿家，惠卿卻問他『挽弓幾何，射之能否』，居然去責問一個樞密副使會不會開弓射箭，簡直像對待士卒一般。陛下，這就是呂惠卿爲人傲慢、淩忽同列的舉動。」

呂惠卿隱約有著一種風雨欲來的感覺。他把思緒拉回到眼前的紙片上，目光久久地停留在上頭。呂升卿在一旁問道：「那是些什麼？」

呂惠卿簡短地答道：「舊日書信。」

看呂升卿不說話，呂惠卿笑了一下，說道：「我向皇上揭王安禮所作所爲，王安石不吭一聲便求皇上讓他出知潤州。這一著是以退爲進，王安石兄弟正好可以放開手腳，查我在潤州的事，他是要去掏我的老窩去了。」

呂升卿說：「事已至此，該怎麼做，你拿個主意吧！」

呂惠卿面無表情地說：「我一時還沒有對策。也許，皇上馬上會讓我回泉州老家去……或許這是天意。王安石屬鷄，和我這屬狗的命裡相沖……」

話未說完，正在此時，趙頊手詔到：「朕不次拔擢，委以政務。其施政不能以公滅私，爲國司直，以致眈誤國政。參知政事、給事中呂惠卿罷知亳州。」

同時，詔令呂升卿罷管句國子監，貶往和州監酒稅，呂溫卿勒令停職。

兄弟二人看過手詔，面面相覷。

呂惠卿沒有想到，自己隨便說說，皇上的詔書眞的這麼快就來了。

趙頊這一次是派了內侍張若水來呂府宣詔的。呂惠卿沒有想到，一霎之間，自己離京城越來越遠了。就在剛才接詔之時，他還指望著不久便能回到殿上去列班奏事，這是他做夢都在想著的事。告病在家，只是因爲時候未到，不想，卻有此意外。

接旨之後，呂惠卿急忙把張若水拉到一旁，叩首說道：

「請公公稍等，今後若有事，都請公公賜教。呂某這廂先謝公公恩德！」

「呂先生行此大禮，我不敢當。但若宮中有事，我當奉告於你。」張若水拱手道。

呂惠卿道：「如此，多謝公公！」

呂惠卿轉入屛風之後。屛風後面的牆壁上有一個不起眼的小縫隙，不仔細看是看不出來的。這是一個隱蔽的暗盒。呂惠卿拉出暗盒，取出一落發黃的信箚。

呂惠卿伸手去拉暗盒的時候，眼前出現一個人的名字。

他想起了那個在楚國大興變革、那個敢於「捐不急之官，廢公族疏遠者，以撫養戰鬥之士」的令尹吳起。

只是，此時呂惠卿的心中並不是吳起意氣飛揚的時刻，而是那個渾身插滿箭簇，刺蝟一般伏在楚悼王屍體之上的吳起。

呂惠卿渾身發熱，他彷彿覺得此時自己便是吳起。那個渾身插滿箭簇的吳起並沒有死，正在用如同呂惠卿此時一般的冷眼，嘴角掛著一絲冷笑，等著看他的政敵遭殺身滅族之禍。

楚悼王死後，宗室大臣作亂，以吳起爲攻擊的目標。吳起自知難免一死，他無法釋恨，才想出這麼一個計策：揹起楚悼王的遺體退到一處，把自己的身體伏在楚悼王的遺體上面。

他知道，攻擊他的人勢必無法顧及楚悼王。果然，那些宗室大臣向吳起射箭時，連楚悼王也遭亂箭所射中。楚悼王喪事既畢，太子即位，立即派令尹追查那些因射中悼王遺體的人。因爲這一次追查，遭遇滅族之災的竟達七十餘家。

呂惠卿冷冷地笑了一聲，道：

「哼哼，你們等著瞧，這些箭就要射在你們自己的身上！」

趙頊同時下了一道手箚給王安石。接到手詔之後，王安石當即入宮。

王安石已有幾天不上朝了。趙頊派了御醫前去看望，同時特地吩咐，不許接受安石所給之診費。

進見禮畢，王安石道：「宮中早有規定，延請御醫須得付診費，臣再三請求支付費用，皇上卻總是不肯，臣心中著實不安。」

「不必了，朕已經替你支付了。」

王安石仍堅持要自己支付。趙頊無奈，只好說道：「那好吧，就給一點意思意思。」

王安石輕輕地歎了一聲，俯首向著趙頊說道：「陛下若無其它要事，臣告退。」

「愛卿且留下來，朕有話和你說。」待王安石坐定，趙頊說：「呂惠卿怪你不爲升卿奔走，說你從前被人誣賴，升卿總是極力替你辯護。現在升卿被小人所誣陷，你卻無一言相助。朕說，你已經盡力爲升卿解釋了。他又懷疑是小人陷害升卿。朕問是誰，他說，是在朕身側之人，似乎是懷疑練亨甫所爲。他爲什麼這樣懷疑亨甫呢？」

王安石忽地站了起來，說道：「呂惠卿兄弟無故壓制亨甫，臣勸他們不要做的太過火。練亨甫是否陷害惠卿，臣並不知情，但是練亨甫幹事精練，並沒有什麼缺失，惠卿兄弟處處厭惡他，實爲過當。」

趙頊點頭道：「這一定是有小人交鬥其間。小人必須予以摒斥，否則將害及國事。」

王安石說道：「當年眞宗起用寇準，有人問，如此一來不同的意見豈不是太多了？眞宗說：『且要異論相攪，即各自不敢爲非。』陛下想想，若朝廷之中，人人異論相攪，即治道何由成？臣愚以爲，朝廷任事之臣，協於克一，即天下事無不可爲者。」

趙頊此時登位已近十年。他自有自己的安排和想法。等王安石說完，他說：「如果讓不同的意見互相攪和，必將誤事，那當然是不行的。」

「陛下，這天下事就如煮羹，剛燒了一把火，卻又隨即加一勺水，這鍋羹豈會有煮熟的時候！」

「不僅人言如此，今年的收成也不好。十月初七至十九，又有彗星出現。穎州知州呂公著飛馬上書於朕。」

今年入夏以來，淮南旱災災情嚴重，趙頊下詔令轉運司督促各州官吏祝禱名山靈祠求雨。在去年的大旱中，因「蜥蜴祈雨法」有效，繼續使用，又使人輔以「宰鵝祈雨法」。

呂公著離開京都出知穎州以來，已是整整六年。他的奏疏大略如此：

「晏子說，天之有彗星，是用以除穢。陛下的仁恩德澤，猶未布於天下，而政令施設，違背民意的可謂多矣！這彗星之出現便是明告。陛下既有恐懼修省之言，必當有除穢布新之實，然後可以應天動民，消伏變異，伏惟陛下留神幸察。今日上書，望陛下因彗星出現而有所感悟。」

趙頊說：「呂公著說，自他離開京都六年以來，從未敢妄言於朕。的確如此。史書上都認爲彗星出現乃是除舊布新之象，介甫有何看法？」

王安石對趙頊聽信天文異象而感到心情沉重，答道：

「眼下這情形使臣想起熙寧初年，新法初立之時。那時，水旱之災，地震，山崩，所遇的災害難道還算少嗎？陛下也經歷了衆臣的責難和不少的壓力。這還不是都撐過來了？」

第七章 再度下野

1

這是熙寧九年的春天。趙頊召集群臣在宣德門賞花燈。

汴渠兩岸的榆樹和柳樹冒出新綠，金明池微波蕩漾，清風拂面吹來，極是愜意。

王安上來到哥哥身邊。王安石抬頭看著他，心中湧起一陣既歡喜又酸澀的感覺。

王安上環顧四周，漫不經心地說了一句：「春天來了。」

王安石看著弟弟，道：「才復冬至，又值春來。臨老觸緒多感，每日都有南歸之思。」

趙頊下詔恢復王安國集賢校理、大理寺丞、江寧府監當之職。此時，王安國已過世兩年。王安禮已於一個月之前出知潤州。親故零落，只剩最年幼的弟弟王安上在京城相伴。酒闌燈暗。

趙頊對王安石說：「新年剛到，就有熙河探子來報，說夏國欲與十二萬兵來取熙河：六萬阻擋我軍，六萬來攻城。如果情報正確，該如何因應？」

王安石仔細地望著趙頊一會兒，說道：

「熙河並非一日可攻破之城。不知夏國打算用幾天的時間來攻？」

趙頊不作聲，臉卻有些紅了，又道：「如果夏國能堅持二十天以上呢？」

「熙河雖然糧草缺乏，但我大軍至少可以支撐半年，毋須憂慮。」王安石心想：這樣重要的軍情，為何不先送達樞密院，卻先傳入皇上的耳中呢？

「呂惠卿從亳州給朕上了一些奏狀，你倒是看看。」
王安石心中一凜，彷彿看見呂惠卿此時便在眼前。
趙頊說道：「去年鄧綰上奏，呂氏兄弟在潤州服喪的時候，指使華亭知縣張若濟替他們購置田產。張若濟爲此向富民朱庠等人借了銀錢四千餘貫，賤價強買民田。呂惠卿在這封奏疏上說，此事先前調查了七個月才告結束，如今朝廷又派蹇周輔推究此事，而蹇周輔是鄧綰的同鄉，所以要求別選官員。」
「那麼陛下有何打算？」
「鄧綰言呂惠卿借錢之事，的確有不實之處。」
「即便鄧綰的上奏有部分與事實不符，但本朝向來允許言事官『風聞言事』，鄧綰也只是做份內之事罷了。」
「呂惠卿還說，看來是宰臣必欲致他於死地。」
「如果他眞的以爲朝廷此舉是因爲臣挾私報怨，那就陛下再多派一人前去。」
「那麼，便再另派一人，隨蹇周輔一同前去查明此案。朕還要下詔，讓呂惠卿改知陳州去。」
王安石正待答話，趙頊笑笑地看著他，說道：「你又給朕寫了辭呈。請先生勉強爲朕留下來。朕會如你所要求的去做，只是現在一時還找不到一所比較像樣的房子而已。」
王安石吃了一驚，問道：「臣無所求，皇上爲何要賞賜宅邸？」

他心中想著，我遞辭呈，最主要的是因爲元澤的病情。還有，這一次入京之後，發現皇上已與熙寧初年那個處處倚賴自己的少年天子大不相同。

趙頊只是微笑，並不答話。

王安石心中的焦慮無以言表，他看似平靜，但是語氣有些急迫，說道：

「請陛下一定得細說分明，不然臣心中不安。」

「鄧綰上了奏章，說應該給先生父子二人加官賜爵，修造宅邸。朕已經答應了他。你還有什麼需要嗎？」

王安石大爲詫異：「鄧綰爲我父子向陛下請求恩澤？眞是離譜！臣父子別無所求，請陛下明察！」

「不僅如此，他還舉薦了你的女婿蔡卞。蔡卞倒是朕向來就看重的，況且他已中了進士，不須鄧綰來舉薦。」

「如此小人！請陛下把他逐出京城。」王安石怒道。

趙頊沉吟半晌，又道：「鄧綰此舉也屬人之常情，先生不必在意。」

王安石滿頭是汗，問道：「敢問陛下鄧綰所奏還有何事？」

「他說呂惠卿一人得道，鷄犬升天，告他利用權勢損公肥私。另外，還參了章惇一本。」

鄧綰奏章惇與李定、徐禧、沈季長結爲朋黨，奏章惇薦舉呂惠卿的妻弟方希覺在辰州虛報軍功，冒名受賞一事。趙頊已下了一道手詔，令御史臺前去調查此事。鄧綰還奏章惇有不孝之惡，說章惇家有年過八十的老父親，卻貪戀官位，不肯歸家奉養。

「鄧綰說，朝廷果斷地罷黜呂惠卿，上自朝廷公卿士大夫，下至閭巷庶民，無不歡欣鼓舞。」趙頊細數鄧綰所奏之事，但王安石卻似乎沒有聽見。他沒有想到，鄧綰會替自己去皇上請求恩賜。

鄧綰現爲職方員外郎，集賢校理，檢正中書孔目房公事。他原名鄧維淸，滁州雙流人，舉進士及第之後任寧州（在今甘肅省）通判。青苗法在寧州頒行的時候，鄧綰上書言道：

「陛下得伊、呂之佐，作青苗、免役錢等法，百姓無不歌聖頌上的恩澤。此誠治世之良法，願陛下堅持下去，不要囿於世俗之議論而有所動搖。」

鄧綰還寫信給王安石，讚揚新法。王安石接信大喜，向皇帝推薦了他。趙頊讓鄧綰等候補闕，又下了幾次詔令，召他入京。鄧綰在日暮時分入城，迎候的使者即刻飛報皇帝。

第二日清早，趙頊召鄧綰入宮奏對。當時慶州（在今甘肅省）一路正好有夏寇進犯，鄧綰也藉機議論邊事，他的看法頗合趙頊之意。

鄧綰告退之後，立即求見王安石。兩人甚爲投合，談話之間，有如故交。

「這一次家屬也和你一起來京都了嗎？」王安石問。

「承皇上急召，但未知要派我擔任什麼職務，所以隻身來京。」鄧綰答道。

王安石拍了拍鄧綰的肩膀，說：

「放心，你這樣的人才，是不會再回原職任官的，會另有安排，讓你好好發揮。」

其後數日，正逢王安石出郊主持齋禮。陳升之與馮京以鄧綰熟悉邊事爲由，稟奏皇帝，讓鄧綰知寧州。

鄧綰聽說此事，忿忿不平，不顧大小官員都在場，公然說道：「急召我來，原來卻是派我回去知寧州判邊！」

有人問他：「那麼你認爲你應當在什麼職位？」

鄧綰得意地說：「以我的能力，應當擔任館職。」

又有人問：「你該不會以爲自己能做一個諫官吧？」

鄧綰得意地笑笑，說：「正合我意。」

第二天，果然詔命下達，任命鄧綰爲諫官。

所有和鄧綰來往的情景，王安石當然記得，對鄧綰來汴京之後的言行也早有耳聞。但是，倒不曾想到，鄧綰會向皇上提出這樣的要求。

現在王安石極力想使自己鎮定下來。他想說些什麼，他有爭辯的理由。但是到了最後，他終於只說了一句：「安石告罪。」

趙頊歎了一口氣，道：「先生功高蓋世，或許你自有考量。」他隨即話鋒一轉，說：「聽說王雱最身體很不好，你可得費心照料好他。朕給你幾天假，好好照看王雱的病。」

王安石叩頭，小聲地說：「謝皇上。」

2

王安石已告病在家多日。公私交往一概謝絕，包括前來探望王雱的人，也全都拒之門外。趙頊不斷地派遣中使到王府問候。曾有一日往返高達十七趟的紀錄，御醫候脈的結果都要馬上派人馳報皇上。

王安石病癒之後，趙頊再給假十多日調養，並命兩府官員赴王安石府第議事。翰林醫官秦迪因爲治王安石之病有功，特賜紫章服。

但是，由於王雱的病情越來越嚴重。趙頊特地再次賜假，讓王安石在家照顧王雱。

魏泰前來探望王雱，怔怔地看了王雱許久。王雱瘦削的臉上，雙目塌陷。魏泰心中不忍，轉過臉時看見正對病榻的屛風上寫著：

「宋故王先生墓誌。先生名雱，字元澤，登第於治平四年，釋褐授星子尉。起身事熙寧天子，才六年。拜天章閣待制，以病廢於家……」

還有一些字，被一件袍子遮住了，魏泰看不見上面寫些什麼。王雱自知難免一死，於是自己擬好墓誌。魏泰心中一酸，不忍再讀。

王安石進來，看著氣若遊絲的王雱，許久無言。他聞著瀰漫在屋中的濃重藥味，頹然坐著，眼光木然地看著大夫們不斷地被僕人迎進門來，又送出門去。

忽然間，王安國臨死之時的面容又在面前閃過，他不由得一顫。

趙頊已經回到寢殿。他吩咐把帷幕放下，宮人全部退出殿外。

這些天來，他有些心力憔悴，於是今日早早散朝。

「朕給卿假期，你好生照顧元澤。有事我會讓兩府去你府裡商議。」

「謝陛下好意。只是，臣今天來，是來向陛下道別的。」

趙頊蹙眉道：「卿不須如此。你要朕驅逐鄧綰，朕已令他擇日出京，以本官知虢州了。」

「小犬病重，臣無心思來輔佑陛下，恐耽誤國事，因此求告陛下，准我父子回歸江寧。」

趙頊頓足說道：「朕完全可以體諒你的難處，你又何必非辭不可？」

在不知不覺之中，一行眼淚在王安石的臉上淌了下來。他用袖子拭了拭，叩首拜道：「陛下待臣如此，臣銘感五內！」他說著，伏在地上久久沒有起身。

趙頊緩緩說道：「卿且留下，目前朝中無人能接替你的職務。加上元澤病得不輕，等元澤病稍好之後，再商討你去留的問題。」

自從熙寧初年入京以來，像今天這樣君臣單獨見面說不清有過多少回了。可是這一次，王安石卻覺得趙頊說話的口氣顯得無比生疏。

趙頊神情黯然。他像是下了某種決心似的，說道：

「相公，你說你凡事從不隱瞞於朕，果真如此？」

王安石的詫異溢於言表：

「皇上何出此言？臣從無隱瞞陛下之舉。」他隱隱約約地感覺到今天的氣氛有些異樣，包括皇帝對他的稱呼都異於平時。

趙頊輕聲歎了一聲，說道：「你看看，這是不是你寫給呂惠卿的信？」

王安石只覺心頭一陣狂跳。他似乎預感到了什麼。

此時，皇帝手中那些已經發黃的信，彷彿剛從自己手中寫就，王安石甚至能感覺到其中還餘留著自己的體溫。

「這可是你寫給呂惠卿的信？呂惠卿從陳州派人專程送進宮來交給朕看的。」趙頊低聲問道。

王安石感覺到自己的手有些發抖。不必細看內容，他知道那字裡行間藏著一把雙刃的利劍，隨時都可能沾上自己的鮮血……

趙頊悶聲說道：

「你說『無使齊年知』，齊年當然是指馮京了，吳充也與你同年，都是辛酉年出生的，屬雞。可是朕知道，你有事不會瞞著吳充的。這『無使上知』，朕就不明白了。卿有何事，不可讓朕知道，須得瞞著朕？」

王安石極力使自己鎮定下來。他的眼前交替閃過呂惠卿和鄧綰的面容和身影。

針對鄧綰彈劾呂惠卿一事，趙頊已經派了范百祿和蹇周輔前去秀州等地調查鄧綰所上奏的內容是否屬實。

現在看來，這回呂惠卿是發狠了，才會將自己翻身的希望孤注一擲在這些信上。

3

「無使上知，無使齊年知。」

王安石記不清是哪一封信上面的話了，也記不清信上說的是哪一件事了，或許自己從來就不曾說過這樣的話，也許說的是青苗之法，也許是關於募役的，也許是關於方田均稅法的。對了，或許是關於青苗錢和市易免行錢攤配之事。因爲這兩樣舉措都難免增加百姓的負擔，因此當時與呂惠卿商定之時，才有可能說出這樣的話。但是，今天看來如此嚴重的話，自己卻一句也記不得了。

王安石的眼前又掠過王雱瘦弱而疲憊的身影。近日，王雱的背疽加劇，日夜喊痛，呻吟不已。想到這裡，王安石心中猛然一緊。

回到家中，王安石徑直來到王雱的房間。

王夫人吳氏和兒媳龐氏疲憊地坐在王雱的臥榻之旁。看樣子，王雱剛剛睡著。

吳夫人看王安石臉色不對，站起身來問道：「相公何事焦急？」

王安石臉色蠟黃，說道：「麻煩，麻煩！唉！」

吳夫人急切地問道：「到底何事？」

王安石忍不住大喊一聲：「呂惠卿，小人翻臉！」

吳夫人臉色鐵青，聽著王安石繼續說下去：

「他把從前我寫給他的私人信件都交給皇上了。看來，他是蓄謀已久，早有準備的。你想，以過去我和他的關係，豈非無話不說？但是，我的確不記得自己居然說過那樣的話。現在好了，皇上全看到了。」

王雱似睡非睡，猶在夢中。連日來，他背疽發作，劇痛難忍。剛才折騰了半日之後，著實累了。他迷迷糊糊地睡了過去。這時恍然之間聽見父親的話，凜然一醒，睡意全無，背上的疽卻如撕裂一般，疼痛難忍。他不禁叫了一聲，忍痛側過身子問道：「父親，何事驚慌？」

王安石喘著氣，扳過王雱的肩膀。看著他蒼白的臉，心中忽爾有些淒涼。

王安石咬牙問道：「我來問你，鄧綰彈劾呂惠卿一事，你可知曉？」

王雱顫聲答道：「是兒與鄧綰、練亨甫商量好之後才出手的。呂嘉問也和我們一起商討此事。」

鄧綰所奏呂惠卿的罪狀，由練亨甫與呂嘉問逐條核對，再加上，王安禮已於熙寧八年十二月出知潤州，那裡恰好是呂惠卿待過的地方，因此，潤州方面也取回了不少呂惠卿兄弟爲非作歹的證據。

王安石兩眼昏黑，他強扶精神，逼住王雱，喝問道：「現在呂惠卿反目，把我當時寫給他的信悉數交給皇上，在皇上面參我一本，你可知道？」

王雱咬牙切齒，半天才吐出一句話：「這條毒蛇！只怪我當初出手不夠乾脆！」

王安石頹然坐下，以手撫頭，道：「大勢已去！快，召鄧綰！」

派去找鄧綰的僕人走後，王安石神色稍定，說：「我進京之前就有人妄圖利用趙世居一案來告發我。這一次，即便皇上不怪罪於我，我也斷無繼續留在京師之理！」

趙世居一案已完全查明。拘捕趙世居及醫官劉育，送入御史臺監獄。御史臺差官會同中使搜查趙、劉之家，找出相關的圖讖、來往書簡等等。趙世居被賜自縊於普安院。李逢、劉育淩遲處死。進士李侗因爲與此二人有涉，被處腰斬。李士寧杖脊，並送往湖南編管。駙馬都尉王詵則因有人看見他與趙世居說過話，現在雖遇大赦天下，但依然被罰銅三十斤。

鄧綰匆匆趕來，看見王雱的痛苦之狀，紅著臉說道：

「相公，公子，我也沒有料到會出這樣的意外。眞對不住啊！」

鄧綰沒有想到，這一段時日以來，似乎與自己有關的事情都發生了意料不到的變化，而且變化得這麼快。

他想起了練亨甫。那天晚上月色昏暗，練亨甫來到鄧綰家中，兩人對酒小酌。推杯換盞之際，鄧綰禁不住長吁短歎，說道：

「我這是什麼運氣啊？靠誰，誰就倒。你是知道的，呂參政一走，不知何時再來。王大人是我的恩人，但是我怕他也不肯久住京城！我便是要替他效力，也無由得報了。亨甫兄，你說這該如何是好啊？」

練亨甫答道：「鄧公何不奏明皇上，請皇上以殊禮待宰相，也許可以留住他的心。」

鄧綰問道：「殊禮？何謂殊禮？」

練亨甫道：「以丞相之子爲樞密使，諸弟皆爲兩制，侄婿之輩都爲館職。然後，在京城裡找個好地方，賜他宅邸田產，這樣一來，殊禮便具備了。」

鄧綰想起當時自己興奮地叫道：

「有理有理！對，我馬上上書給皇上，先爲相公求一座宅邸再說。」

想起當時的情形，鄧綰這時候只覺雙頰發燙，愣愣地站在那裡。

王安石深深地吸了一口氣，竭力使自己平靜下來，可是卻怎麼也無法掩飾自己的嫌惡之情。等到漸漸平靜，這才說道：

「此事並非你的過錯。現在，我們要商量的是接下去該怎麼辦。」

鄧綰很久說不出一句話，忽然咬牙切齒地說道：

「不怕，我手裡還有呂惠卿兄弟爲非作歹的證據！」

王安石搖頭道：「可用，可不用。」心中卻想：這眞是一條毒蛇，臨了還要咬人一口。他也說不清，自己要罵的到底是遠在陳州的呂惠卿，還是眼前這個臉色慘白的鄧綰。

王雱臉色鐵青，怒氣沖沖地說道：

「呂惠卿眞是蛇蠍心腸！當日他不遺餘力地陷害我四叔，害我四叔慘死。今日又這樣發難於我王家，眞、眞是個小人哪！」

他忽然大叫一聲，倒在地上。

4

六月二十九，在一個烈日炎炎的夏日，太子中允、天章閣待制王雱終於撒手而去，得年三十三歲。

趙頊聞訊，立即下了一道手詔，派人來到王安石家中，請王安石進奉王雱生前所撰的《論語》、《孟子》經義，還有《南華眞經新傳》一部，他要逐一刻印並頒行於天下。

趙頊同時傳詔，贈王雱左諫議大夫。令王安石在喪期過了七七四十九日之後供職。又令太子右贊善大夫王安上護送王雱之靈柩，歸葬於江寧。

漆黑的棺槨橫在廳堂的中央。王夫人吳氏悲傷地看著那一個和夜色一樣漆黑的棺木。受命扶王雱靈柩回江寧的內侍官李友詢在旁，百般勸慰。

自王雱逝去至今，已是七七四十九天了，王家還未從悲痛之中走出來。

魏泰這些天寸步不離，守在王安石府中。這時他看王安石的臉色發黑，便溫言勸道：「介甫兄，人死不能復生，你要節哀啊！」

聽到「節哀」二字，王安石再也忍不住了，泣不成聲：

「前一次歸江寧，我痛失平甫。這一回再入京師，我則失去了元澤！」

這些天以來，趙頊的使者不斷地穿梭往返在皇宮與王家之間。今天，內侍又傳來聖上旨意，請相公節哀，並即日赴宮中議事。

王元澤過世後不久，黃河在澶州的曹村決口，黃河河道南徙，向東匯於梁山張澤濼，在此處分為二股：一股合南清河（即泗水），自徐、邳達淮陰而入於淮水；一股合北清河（即濟水），經東阿、歷城等地，至利津入海。

今年的冬天早早地到來了，汴京格外寒冷。清晨時分，霜花掛滿樹梢，久久不能化去。榆樹上僅存的幾片葉子也在這一個寒冷的清晨飄落在地。

王安石問道：「安持，最近你有沒有聽到什麼新的消息？」

吳安持搖頭作答。吳安持是吳充之子，王安石的女婿。

王安石想了想，又道：「那麼你去探一探，汴河今年閉口了嗎？」

吳安持答道：「昨日經過汴河邊，見冰凌已厚。過往船隻全賴搗冰船在前方開路，船夫苦不堪言。不知為什麼，到現在汴河還未關閉。」

王安石點點頭，說道：「我明白了，這是皇上要讓我在今年之內出京。這一次，我走得成了！」

七天之前朝會畢，趙頊將退入寢殿之時，卻忽然回過頭來注視著王安石，說道：「聽說卿想要出京已有多時？」倉皇之中王安石只能這樣答道：「臣欲去職已久。只因陛下堅決挽留，才不敢匆忙便走。」回家之後，王安石才正式上了一份奏摺，請求即日啓程回江寧。「不至於吧？不關汴河，想必是因爲航運所需，不是因爲皇上想讓你出京回江寧。」吳安持猜疑地問道。

王安石沒有回答，卻自言自語道：「今年之內，我是非走不可的了！」

十月二十三日，丙午，詔令正式發布，王安石以同平章事判江寧府。這一年，他五十六歲。

順著汴水、泗水一路往南順風而去，很快就到了楚州地界。從寶應向南，沿著運河南下，很快就到達高郵，不久即到了揚州。過了揚子鎮，瓜洲便隱隱約約出現在眼前。

江面越來越寬。在船上顛簸的日子裡，日日聽著越來越緊的西風。這一天，天高雲淡，看著江面上忽隱忽現的紅色屋頂，他知道，那便是建在江中小島上的鼎鼎大名的金山寺。「萬頃清江浸碧山，乾坤都向此中寬」，當這一個句子脫口而出的時候，王安石想起一個人，一個二三十年來未曾想起的人：王令，王逢原。這便是王令二十六歲時流寓鎮江時遊金山寺寫的句子。

王令是廣陵（揚州）人，家境貧寒，長年寄居陋巷，沒有參加科舉，只是在高郵和江陰一帶課徒爲生。王安石夫婦作主把夫人吳氏的堂妹嫁給了他。「晚歲意不適，新詩老無情。萬古共一歎，百年行半生。」年少而歎老，王令死的時候也不過才二十八歲。這樣蒼涼的心情也隨風而去了，只留下妻子和一個遺腹女，境況淒然。

到了京口，江寧就不遠了。一樣的波濤，一樣的月色。他想起熙寧元年赴京路上的那個暮春的月夜。到如今，屈指算來，九個年頭過去了。

「春風又綠江南岸，明月何時照我還。」王安石輕聲念著，眼眶居然有些濕潤。他提筆漫不經心地寫了兩句：「憶我小詩成悵望，鍾山只隔數重山」，便再也寫不下去了，於是起身踱出艙外。

漸漸地，風又大了。

回到江寧之後，王安石上書，請求辭免一切職位，只留「奉祠」（只領俸祿的閒職）一項，不久後退居鍾山。

5

日子一天天地過去。王安石在江寧閒居，轉眼間已將近三個年頭。

熙寧十年十二月，趙頊下詔，自明年朔旦起，改元元豐。

元豐二年（西元一〇七九年），蘇軾由徐州改知湖州。這年正月，蘇軾在湖州照例向皇帝上謝表。不想，這張謝表卻給他惹出了一場災禍。

權監察御史裡行何正臣奏道：

「皇上，臣閱蘇軾〈湖州上謝表〉，其中有一句話說他自己：『愚不識時，難以追陪新進；老不生事，或能牧養小民』，這分明是不滿皇上推行新法。」

監察御史裡行舒亶也奏道：

「臣也看了，蘇軾的謝表中有譏刺時事之言，致使流言紛紛。」

李定上前奏道：「皇上，臣以爲蘇軾有四項罪名：執迷不悟，此一也；出語狂妄，此二也；言辭虛僞而好辯，行爲固執，此三也。朝中所有新政，一概反對，此四也。」

李定在多年前曾被蘇軾奚落。這些年來，只要聽到蘇軾的名字，他的心裡都會興起難消的恨意。

奏表接二連三地堆在趙頊的面前。現在，他不能無動於衷了，於是下令御史臺，將蘇軾押解到京師，聽候審查。

駙馬都尉王詵在禁中得知此事，火速派人通知王鞏，再由王鞏通知在南京（今商丘）的蘇轍。蘇轍託王適兄弟晝夜兼程，前往湖州接兄長的家屬到南京安置，並上書皇上，請求免去官職，以贖蘇軾之罪。

王詵字晉卿，太原人。自小志趣不凡，能詩善畫。是趙頊胞姊魏國賢惠公主之駙馬。

王珪首先進呈：「蘇軾於陛下有不臣之意。」

趙頊頓時變了臉色，低聲道：「蘇軾即便有罪，但是對朕應不至於此，卿何出此言？」

王珪說道：「蘇軾寫詩，有不臣之心！陛下請看，『凜然相對敢相欺，直干凌空未要奇。根到九泉無曲處，世間唯有蟄龍知。』其不臣如此！」

趙頊看了看，說道：「就如題目所點明的，這是吟詠檜樹之章，何來不臣之心？」

王珪道：「詠物，也是心聲啊！陛下飛龍在天，蘇軾反而求知於地下之蟄龍，豈非不臣？」

趙頊勉強地笑了笑，說：「安可如此論詩？他自吟詠他的檜樹，關朕何事？」

章惇白了王珪一眼，說：「王大人眞會胡說。」他出班奏道：「陛下說的是，所謂龍者，非獨人君，歷來也有稱人臣爲龍的。」

趙頊恍然大悟。說：「是啊，自古稱龍者多矣！如荀氏八龍，孔明臥龍，不都是龍嗎？難道他們都有不臣之心嗎？」

李定見狀，趕快另起爐灶，說：「不止這樣。蘇軾的〈秋日牡丹〉寫道：『化工只欲呈新巧，不放閒花得少休。』這分明是說執政翻花樣出新意，小民不得休息。再有，〈山村〉寫道：『杖藜裹飯去匆匆，過眼青錢轉手空。贏得兒童語音好，一年強半在城中。』毫無疑問乃是譏諷青苗之法的。」

舒亶看了看李定，繼續奏道：「還不止如此。臣已查明，蘇軾作了很多詩，專門譏諷新法。陛下發錢給本業貧民，蘇軾則說：『贏得兒童語音好，一年強半在城中』；陛下用明法來選拔郡吏，蘇軾則說：『讀書萬卷不讀書，致君堯舜知無術』，無一不以譏謗爲主。」

何正臣順著舒亶的話說道：

「蘇軾愚弄朝廷，妄自尊大，一有水旱之災，盜賊之變，蘇軾必定出言不遜，歸咎新法，使得朝廷內外沸沸揚揚。陛下應當嚴加懲治，以示天下。」

趙頊還有些猶豫。蘇軾每一次上書，趙頊常常忍不住在衆臣面前誇讚他的文章寫得好。

退朝之後，章惇快走幾步，趕上王珪，逼問道：「你是不是想使蘇軾家破人亡？」

王珪答道：「這是舒亶對『蟄龍』詩的看法。」

章惇狠狠地丟下一句：「難道舒亶的口水也可以吃得的嗎？」

王珪一臉尷尬，兀自呆立在那裡。

退朝後，吳充、章惇、王安禮要求再面奏皇帝。

吳充問道：「陛下，敢問魏武帝是一個什麼樣的人？」

趙頊笑著答道：「魏武何足道哉！」

吳充道：「是啊，陛下事事以堯舜爲法，鄙薄魏武固然是對的。然而，魏武猜忌如此，猶能容得禰衡，陛下不能容蘇軾，是何緣故？」

趙頊滿臉驚訝，說：「朕並無他意，只欲查清是非而已，很快就會放他出來。」他從御案上找出一卷書劄，道：「吳卿，范鎮、張方平也上書勸朕勿要追究蘇軾之罪。」

章惇一臉正色地說：「仁宗皇帝得蘇軾，以爲一代之寶。如今陛下將他投入大獄，只恐後人要說陛下不愛惜人才，而愛聽阿諛之詞。」

王安禮此時爲同修起居注，在旁說道：「陛下，請恕臣斗膽插話。自古大度之君，從不以語言不當而貶謫人。本朝祖宗更是明言『不以言罪人』。如今這樣的事一旦發生，恐後世之人謂陛下器量狹小、不能納諫。懇請陛下不要讓蘇軾下獄。」

在江寧的王安石此時也已接到王安禮的快信，搖頭歎道：「哪裡有盛世而殺才士的道理？我要立即給皇上寫信！」

王安石連夜修書，派人火速送入京師。

司馬光、張方平、范鎮各自上書，試圖搭救蘇軾。

張方平聽說蘇軾下獄，寫了奏狀，本想寄附在南京馬遞之後，投往京城。但南京府的官員不敢接受，於是派了兒子張恕到聞鼓院投書告狀。張恕素來懦弱，在聞鼓院的院門外徘徊許久，最終不敢擊鼓，狀子自然也沒有遞出。但是，有一封信卻最終到了趙頊的手中。

舒亶、李定的兩份奏劄呈給朝廷之後，趙頊終於下令，押解蘇軾入京受審。蘇軾被押到京師，關在御史臺的監獄，等候受審。

蘇軾被關進一間陰暗潮濕的牢房。牢房朝北有一小窗，從那裡可以望見御史臺的後院，槐樹和榆樹的樹影在風中搖動，窗外竹影婆娑。柏樹上棲息著成群的烏鴉。

自漢代以來，御史臺一直被稱爲「烏臺」。《漢書・朱博傳》記載，當時御史府吏舍百餘區，井水皆竭。又其府中遍種柏樹，常有野烏數千棲息於其上，晨去暮來，號曰「朝夕鳥」。御史臺因而稱爲「烏臺」，沿用至今。

開始，蘇軾不承認自己寫詩意在諷刺。御史臺輪番審訊。最後，蘇軾終於承認，與人有詩賦往還，議論朝政。

他的供狀寫道：「入館多年，未得到進用，兼以朝廷用人多是少年新進，所見與軾不同。因此才撰作詩賦、文字，加以譏諷。意圖衆人傳看，以軾所言爲當。」

至此，蘇軾與朝野之人交往的詩文全被查獲。牽涉的人達三十九人，詩一百多首。每一首都要蘇軾親自解釋。

寫下兩萬多字的供狀之後，蘇軾自己揣測必死無疑，便把日常服用的安眠之藥「青金丹」藏了一些在身邊，準備一旦定了死罪，便全數服下，一死了之。

宮人來報曹太后有請。趙頊當即來到崇慶宮。

此時曹太后已經病得很重了，見趙頊來到，說道：

「官家，你已經有好些天沒來看官家了。你悶悶不樂，卻是爲何？」

趙頊低頭答道：「母后，兒臣還有幾件事未處理好，所以心緒不寧。」

曹太后問：「是不是因爲蘇軾？他已經被關進御史臺的監獄了對不對？」

趙頊有些驚慌，問道：「母后是怎麼知道的？蘇軾寫了許多誹謗朝廷的文字，兒臣正愁不知如何處理。」

曹太后說：「別以爲哀家病中昏瞶，哀家心中明白得很哪！記得仁宗皇帝殿試回來，高興地對哀家說，他爲孫兒輩得了兩個人才。說的就是蘇軾和蘇轍兄弟倆。蘇軾獲罪，這一定是小人無中生有，加害於他。」

趙頊紅了臉，道：「母后，兒臣本來只是想讓蘇軾來京，把事情說清楚就放他走。」他見太后異常憔悴，安慰道：「母后，您千萬保重。兒臣要大赦天下，來爲您祈福。」

曹太后歎道：

「不必了，只要放了蘇軾便可！自太祖之時，就已定下一個規矩，不以言罪人，不殺士大夫，要優待文士。官家千萬不要違背祖宗之訓！」

幾個月之後，蘇軾貶黃州團練副使，被限制居住，不得簽署公文。

駙馬王詵因爲編印蘇軾詩集四卷，加上明知蘇軾有譏諷朝廷之詩而不告，且將禁中之事告知外人，罰銅三十斤。

6

「北山輸綠漲橫陂，直塹回塘灩灩時。
細數落花因坐久，緩尋芳草得歸遲。」

——〈北山〉

江寧的夏天特別炎熱。

這一天，葉濤正在院子裡下棋。不經意間抬起頭，遠遠地看見伯父跨著小驢子，慢悠悠地走來，便放下棋子，急忙迎了出去。

葉濤，是王安國的女婿。他扶著伯父小心地跨過橫在門前那條溝渠上的木板。有一些紅色的鯉魚在清澈的水中遊動著。

王安石蹲在渠邊，探頭看著。鯉魚紅色的鱗片在水中的影子有時很清晰，有時卻又顯得有些模糊。

水渠邊的柳樹已經長得很高了。一時之間，王安石覺得自己彷彿置身在柳絲拂地的汴河堤岸之上。

葉濤看伯父在發呆，說道：「鯉魚又少了很多，一定是昨天半夜裡有人偷撈。」

王安石頭也不抬：「這倒不難。可以在這裡掛個牌子，告知偷兒不要再偷撈。」

葉濤笑著說：「那倒不必，我有個好主意，可以集幾個古人的句子來作個告示。」

他在心裡暗暗笑著。不知從什麼時候開始，伯父開始迷上「集古人之句」以做詩的遊戲。他打定主意要逗伯父樂一樂，便吩咐童子快步跑回屋中，取來筆墨。

「門前秋水碧粼粼，赤鯉躍出如有神。
群欲釣魚須遠去，慎勿近前丞相嗔。」

看到最後一個「嗔」字出現在橋柱上，王安石忍不住哈哈大笑：「『慎勿近前丞相嗔』！這是杜工部的詩句，虧你想的出來！」

他進了門，看著棋盤上的殘局，抬頭乜了葉濤一眼，不說話。

葉濤被他看得有些不好意思，跟上一步，說道：

「伯父，你不是牽驢出門了嗎？怎麼這麼快就又回來了呢？」

葉濤忙著把那些黑色的、白色的棋子掃成一堆，收進草編的棋筒裡。葉濤向來喜好下棋，王安石不知道多少次責備他過於癡迷。

現在他看著葉濤的棋子嘩嘩地響著，說道：

「我出門走了幾步，忽然哪兒都不想去了。致遠，我和你來一盤吧？」

王安石漫不經心，隨手執棋，應聲落子。

忽聽葉濤叫道：「伯父，你輸了！」王安石定睛一看，自己所執的白子死了一大片。他愣住了，看了看棋盤，說道：「那就算了，不下了。」

葉濤贏了棋，有些得意：

「孔子說過，飽食終日，無所用心，難矣哉！不有博弈乎？爲之猶賢乎已！」

抬頭卻看見王安石正盯著他，頓時有些不好意思起來：

「伯父，你輸棋了，不過這是因爲你還是和從前一樣，不假思索就隨手落子，才會敗在侄兒手下。」

王安石也笑了，站起身來，說：

「下棋本來就是爲了怡情養性。費盡心思去求輸贏，多不値得！」

他望了望門外，不遠處，秦淮河之水波光粼粼，明淨的水面有如一條白練，在晴朗的天空下閃動著若有若無的光芒。於是說道：「我想出去走走。」

隨從俞清老很快牽來驢子。王安石接過韁繩，說道：「你今天不用跟著我，自去做你自己的事去吧！」

俞清老仍不動聲色地跟了上來。葉濤看著二人的背影漸漸遠去。

午後的田野在烈日的炙烤之下，顯得有些荒涼。

空氣中連一絲風都沒有。盛夏時節，炎熱難當。農夫揮汗如雨，這時停止了勞作，聚在一棵老樟樹之下乘涼、歇息。

看樣子這是一家人，一個年邁的老婆婆，一個兒媳，一個孩子，和一個壯實的青年漢子。

一頭小驢子慢悠悠地喘著粗氣，蹣跚而來。大家看時，驢背上面坐著一個白衣老者，一手挽著韁繩，一手鬆鬆地握著一卷書。再仔細看時，卻見老者兀自在驢背上睡著了。

大約是因爲太熱的緣故，那驢子來到樟樹涼爽的樹蔭之下便停了下來，甩著尾巴，說什麼也不肯再往前走了。

那孩童只有七八歲光景，他覺得好奇，早就跑上前去，跟在驢子身後走幾步。現在看著牠停在樹下，便大著膽子，上前扯了一下驢子的尾巴。

那驢子受了驚嚇，昂起頭來驚叫一聲，老者頓時醒了過來，睜開眼睛。他的手一鬆，手中的書「啪」的一聲掉落在地上。

孩子連忙把書撿起來，遞還給他。

老者正在道謝，一個穿著僧服的人，氣喘吁吁地趕了上來。他的肩上揹著一袋書，看樣子很有些份量。

來人放下肩上的書袋，叫道：「相公，可趕上你了！」

老者答道：「清老，辛苦你了！」

衆人聽得他喊老人「相公」，有些詫異。青年漢子忍不住問俞清老：「請問，這位先生是何人？」

俞清老剛剛說了一句：「他就是王相公……」王安石便示意他不要再說下去。

那青年漢子低聲對媳婦說：

「我明白了，他就是人稱『拗相公』的王丞相，王安石。聽說他這些年便一直居住在咱金陵，也有人稱他『金陵老先生』。我聽咱鄰居說，曾經好幾次看見他騎著驢子出門。」

媳婦悄聲說道：「可是，你看他這麼和氣，和別人傳說的一點都不像啊！」

王安石從布袋中拿出兩枚燒餅，遞給俞清老一個，自己就吃了起來。他順手探進袋中，摸出一個遞給那孩子。孩子接過，津津有味地吃著。

農婦悄聲對婆婆說：「娘，這個人是從前的宰相，在京城的時候肯定威風凜凜的。可現在看上去很和氣啊。」

老婆婆笑了笑，說：「現在看他雖說溫和，但我還是可以看出他的犟脾氣來。」

農夫見王安石和俞清老只是吃燒餅，說道：「相公，我這裡有一缽小米粥，你吃一點吧？」

王安石吃過燒餅，正覺得有些渴，聽他這麼一說，拱手笑道：

「好，那就多謝大哥了！」

他一面喝粥，一面仔細打量著農夫。農夫雖是田野之人，眉眼之間卻有一股秀氣。王安石笑著問道：「大哥，你讀過書吧？」

農夫登時靦腆起來：「不過粗識幾個字而已。」

王安石來了興致：「那你來看看這幾字，看看這解釋通不通？」

農夫念著：「除：有陰有陽，新故相除者，天也；有因有革，新故相除者，人也。」

俞清老大笑，道：「相公又在想《字說》了！」

《字說》已經於熙寧八年三月正式在官學之中頒行，正式作為太學生的教科書。

青年漢子看上去很直率。他問：「相公，現在早就不放青苗錢了，百姓不也是過得好好的嗎？當年朝廷為什麼一定要賣那青苗錢？」

王安石聽出青年漢子用的是「賣」字，苦笑了一下，沒有說話。

王安石想起了范鎮。那一天，他把修改青苗法部分條例的奏摺揣在袖子裡，臉色鐵青地聽著范鎮激動的責罵，便下定決心不再變更一字。前一天晚上，朋友來拜訪他，談了許多青苗法的不足之處。王安石連夜寫好奏章，準備第二天上朝的時候奏明皇上，打算與同僚討論後，酌情加以修改。不料，范鎮的態度是那樣的強硬，而趙抃、司馬光附和范鎮的那些話，也一樣的令人難受。

他正這樣想著的時候，忽然聽到那孩子叫了一聲「奶奶」，聲音極是驚慌。

也許是因為天氣炎熱的緣故，老婆婆忽然臉色發青，一會兒就嘔吐起來。媳婦慌了手腳，趕緊上前撫著婆婆的背。

王安石看看老婆婆的臉色，說道：「不要著急，老人家中暑了。我這裡正好帶了一些藥，妳就吃點吧！」

老婆婆吃過藥，不多時，臉色便好了許多。她笑著道謝：「多謝相公賜藥！」

青年漢子也連聲道謝。他解下頭上的帽子，說：

「先生，我送你這頂竹冠如何？免得先生像今天這樣遭太陽毒曬。」

王安石接過來，愛不釋手，說道：「眞是精緻之極，老夫不敢領受。」

那竹冠是用竹子編織而成的，淺綠色的竹皮，嫩黃嫩黃的，煞是好看。

老婆婆插話道：「你就收下吧！像你這樣成天在外奔走，一點也不比我們農家清閒。這些竹子是從深山頂上採來的，戴上它，暑氣全消。」她又認眞地摘下袖中的香囊，說道：「我這香囊裡面有麻綿一縷，讓你帶回去送給夫人，圖個吉祥平安吧！」

王安石和俞清老相視而笑。老婆婆的話聽來很是親切。

不知不覺日已過午，農夫問道：「相公要去哪裡？」

俞清老笑著答道：「我也不知道他要去哪裡。相公總是隨興所至。」

小驢子慢慢悠悠地甩開蹄子，繼續朝前走去。

俞清老把書袋子搭在肩上，問：「相公，現在去哪裡？」

王安石拍拍小驢子的腦門，道：「就是你說的了，隨這小東西的性子，牠走到哪兒，我們倆就跟到哪兒。」

王安石手托竹冠，摩挲著，細細看著。他對俞清老歎道：

「多麼精巧的東西！你聽，我已有詩一首相和：『竹根殊勝竹皮冠，欲著先鬚短髮乾。要使山林人共見，不持方帽禦風寒。』」

俞清老道：「相公自從閒居金陵以來，作了很多詩，也自成一格。」

王安石笑道：「閒居之人，所圖還有什麼？自娛而已。」

小驢子慢悠悠地向定林寺的方向走去。

王安石笑道：「這小東西，只認得舊路。」

俞清老這時卻高聲唱了起來，聲調蒼涼，凄婉。他本通音律，又善歌詠。立志不娶，跟隨王安石左右。

前方塵土飛揚。隱隱約約地傳來鳴鑼的聲音，又聽到衙役叫喊開道的聲音。俞清老仔細聽辨了片刻，說道：「這好像是提點江南東路刑獄李茂直大人的車駕。這麼熱的天氣，李大人幹什麼來了？」

一張綠傘低低地遮蓋著轎子的頂蓋。一匹高頭大馬昂首走在前面，裝金飾玉的呢絨大轎緊隨其後。開路牌上寫著幾個漆黑的大字：一邊是「江南東路」，另一邊則是「提點刑獄」。高高飄舉的彩旗上繡著一個大大的「李」字。

這提點江南東路刑獄的治所本來在江西饒州。熙寧十年，王安禮以尚書左丞知江寧府時，王安上權發遣江南東路提點刑獄。趙頊為讓王安石兄弟團聚，便下令把治所改在江寧。

李茂直聽得前方的隊伍慢了下來，掀開轎簾朝外張望。

一個穿著粗布衣服的騎驢老者映入眼中。兩人正好打了一個照面。李茂直連忙高聲吩咐落轎。

他一個箭步上前，躬身揖禮道：「相公，茂直失禮了！」

王安石回禮道：「老夫草野之人，大人不必客氣。」

李茂直接著說：「相公，今天一早我便差人前往相公府上投帖，告知晚輩將往拜見。不想卻在這裡遇見相公，眞是奇遇啊！」

「隨興所之，倒是常常在路上閒走。」王安石道。他看見路旁有一塊大石頭，便順勢在上面坐了下來。

李茂直正自猶豫，左右早已七手八腳地搬來一張胡床。那是一張雕刻精美的棗紅色坐凳，聽說乃是胡地所產。李茂直有些尷尬。王安石指著胡床，笑著說：

「不妨不妨，茂直，你且坐吧。」

俞清老看著王安石和李茂直一個坐在石頭上，一個坐在胡床上聊了起來。這情景使他想起一件事。

陳升之以鎭江節度使判揚州，其父葬在潤州，所以常去祭省。每次祭省，旌旗相望，好不氣派。有一次，朝廷准他所請，讓他去江寧看望王安石。一路上舟楫銜尾，蔽江而下，船上兵丁大喝開道。王安石聽說他要來，駐車相待。陳升之命令移船靠岸，因船太大，迴旋了很久才把船泊好，登岸卻見王安石輕車簡服，立於蘆葦叢中。陳升之登時面有愧色。等他回去的時候，兩岸之人再沒聽到舟中有喝道之聲。

陽光熾熱。不一會兒，兩人都汗流浹背。李茂直吩咐張開錦傘，遮蔽陽光。不知過了多久，日頭慢慢偏西。陽光正好斜斜地落在王安石身上。雖是午後斜陽，但依然還是灼熱難當。李茂直令人移動傘蓋，替王安石遮住日光。

「不必了，如果後世做了牛，還不是免不了要被人牽著，在日頭底下耕田犁地。」王安石說著，站了起來，拱手笑道：「老夫不耐久坐，非臥即行，今日就此別過！」

李茂直躬身相送，定定地目送著王安石和俞清老的背影遠去。

龐大的隊伍中，有一個從人說了一句：

「看他的模樣倒像是個農民，一點不像飽學之士，更不像是一個做過宰相的人。」

李茂直沒有說話，只是呆立在那裡。夕陽裡，不遠處，「半山園」低矮的牆頭上，幾株不知名的枯草在傍晚的風中搖曳著，在落日的餘暉裡泛著幽暗的光澤。

第八章　相見歡

1

薰爐上青煙嫋嫋。火爐上的火苗跳動著藍幽幽的光。小瓦壺滋滋滋地響著，白色的水氣慢慢瀰漫開來。「半山園」便籠罩在江寧暮春午後這氤氳的霧氣之中。

這一年春天將盡的時候，王安石病了一場。這場大病使他昏迷了兩天兩夜。王安上、葉濤和蔡卞守候在床榻旁。見王安石微微睜了睜眼睛，衆人這才鬆了一口氣。

王安石疲憊地笑了。在昏睡時，他總夢見元澤，夢見他形容憔悴，行走不便。夢中還見到王安國與王逢原。

迷迷糊糊之中，似乎還聽見母親在遠遠的地方喚著「獾郎」。

「獾郎」是王安石的小名，據說他出生之日，家人發現一隻獾闖入室內，不多久，王安石便降生於人世，於是父母便給他取了這個小名。

王安石支了支身體，看樣子想坐起來。葉濤連忙上前，扶住他。

葉濤是王安石的侄婿，與王安石的感情非常深厚。這時他輕聲問道：

「伯父，可好些了麼？」

夫人吳氏禁不住拭了拭淚，她輕輕地握住王安石的手，喚了一聲，聲音有些哽咽：「相公，你可醒了。」

王安石喘了一口氣，望著吳夫人憔悴的臉，輕聲歎道：「夫婦之情，只是前世偶然修來的緣分，妳不必太難過。」停了停，又說道：「好好把握住有緣相處的日子就夠了。」

他說得很慢，很輕，像是夢中的囈語。

王安石轉向葉濤。葉濤望著他，一時不知該說些什麼才好。

王安石握住葉濤的手，喘了一口氣，說道：「致遠，你是聰明人，應多讀些佛書，切勿費神去做無用的事，說無用的話。」

說到這裡，他停了下來，神情有些黯然，過了一會兒才又輕聲說道：「可歎我一生，很多精力浪費在鑽研那些沒用的文字上面，眞叫人悔恨。」

葉濤心想，伯父所指的當是《唐百家詩選》和《字說》。

吳夫人勸道：「相公，你現在身體這樣虛弱，千萬要寬心，多多保重才是。」

王安石歎了一口氣，道：「死生無常，我怕到時候不能說話，趁著現在還有點力氣時講出來，時候一到放心便走。」

見蔡卞一直沉默不語。王安石問他：「元度，皇上給了你一個月的假期來看我，現在也快到了吧？」

「父親，還有七日呢。」蔡卞答道。

蔡卞今年二十六歲，是王安石的二女婿，熙寧年間中了進士，頗得皇帝賞識。這次皇帝特地准假，令他攜家小專程來江寧探問岳父，同時帶了御醫前來療治王安石之病。

王安石道：「把兩個孩兒叫來讓我看看。」

王安石的次女領著兩個孩子來到王安石的病榻前。兩個孩子齊聲清脆地叫著「外公」，跪地請安。

王安石忙示意他們起身。他望著孩子清秀稚氣的臉，伸出手，摸了摸孩子柔軟的頭髮。他發現自己的手竟然有些發抖。

不知什麼時候開始，一縷陽光穿過窗子，斜照在王安石的手臂上。

這是暮春午後的陽光。在度過了幾天陰晦潮濕的日子之後，天氣終於放晴了。王安石沉默了好一會兒才說道：

「致遠，元度，扶我去走走。」

王安石慢慢地走到庭院當中，停住了腳步。

在午後陽光的照射下，院子裡那些花耷拉著腦袋，無精打采。王安石在「半山園」裡種了不少花草，卻沒有幾種說得上來那叫什麼名字。有的花苗是在鍾山上挖來的。他笑著說：

「我病了，這些花啊草的也跟著我病啊？」

「不知爲什麼，這山上來的花草移到庭院裡就是開不好。」葉濤答道。

王安石沒有接話。

出門往北不遠處便是「謝公墩」。

一陣風吹過，王安石感到有些愜意。他順勢在「謝公墩」那高高的土堆上蹲了下來，抬頭眯眼觀望周圍的景色。他回頭望了望居住了幾個年頭的「半山園」。那的確是相當簡陋的一所住處。剛剛回到江寧的時候，吳夫人還因爲住處問題而有幾天不開心。

王安石隨手撿了根樹枝，在地上輕輕地劃著。過了一會兒，他說：「我想把這座宅子捐給本地修行的僧人們。雖說這是一間僅能避風遮雨的屋子，我還是想把它捐出去，再請皇上賜個額匾。還有，上元縣境內的那幾畝薄田，也都捐給太平興國寺。」

他沉吟了一會，抬起頭，滿臉歉疚地說道：「只是這樣一來，你們都沒地方住了。」

「我前日進城，見城南那地方，沿著秦淮河一帶有許多老房子出租，要找到一處住的地方不難。」葉濤道。

葉濤看伯父很是虛弱，就與蔡卞二人一起扶著王安石轉回屋去。

坐定之後，王安石忽然問道：「和甫這幾天有沒有信來？」

王安上說：「六哥又有一封信到了。他說不管朝命如何，他不久都要回江寧來看望你。」

王安禮在元豐五年爲尚書右丞，隔年六月又做了尚書左丞，現在已罷去尚書左丞一職，在京待命。

「荒煙涼雨助人悲，
淚染衣巾不自知。
除卻春風沙際綠，

一如看汝過江時。」

王安石想起兩年前那個微雨濛濛的日子，送王安禮入京赴任，一直送到江寧城西二十里的龍安津，心中惻然。

王安石的次女與丈夫蔡卞對望一眼，心想：「姊姊這次也寫了信讓我們帶來。不知父親身體這般虛弱，能寫信回她嗎？」

卻聽得王安石說：「去把妳大姊的信拿來，我再看看。」

長女在信中附上一首詩：

「西風不入小窗紗，
秋氣應憐我憶家。
極目江山千里恨，
依然和淚看黃花。」

王安石的長女乃是吳充之媳，吳安持之妻。自從王安石退居江寧，父女二人已分別七年。王安石寫了一首詩，權且作爲回信。

「青燈一點映窗紗，
好讀楞嚴莫憶家。
能了諸緣如夢幻，
世間應有妙蓮花。」

幾年來，親故凋零。妹妹王文淑故去也已歷四年。自從自己退居鍾山腳下的這些年來，與曾鞏倒是時常互通音問。曾鞏於元豐元年五年入京，做了中書舍人。可是，卻於去年在臨川故去。

王安石叫住女兒：

「我這裡有一封信，妳回京後交給妳大姊，是我新近讀《楞伽經》的一些感想。另外，這是一本《楞嚴經》，妳也轉交給她，讓她好好讀一讀吧。」接著又像是自言自語，道：『我今示汝，無所還地』。她素來有佛性，想必能離佛理更近一些。」

他的心中忽爾有些悽楚。老之至矣，尤其是大病一場之後，世間的一切似乎都能看得更淡，但是爲什麼一想起親人骨肉，卻每每悽愴難禁。

這時，老院子慌慌張張地跑進屋來，嘴裡邊喊著：「來了！來了！」

葉濤起身問道：「誰來了？」

老院子答道：「蘇軾來了！」

王安石霍地站起身：「蘇軾來了？」

其實是蘇軾託人送信來了，說是過些日子當路過金陵，到時要來拜見王安石。

自從烏臺詩案之後，蘇軾在黃州度過了整整五年。最近接到朝廷詔令，將赴汝州作團練副使，很快就要動身從黃州向北而來。

此時，楊德逢也來了。每天傍晚楊德逢總要來「半山園」看看。

王安石問道：「蘇軾？蘇軾最近有什麼文章？」

蘇軾在黃州做團練副使，被限制行動，且不得簽發公文。如此一來心情倒也能漸漸平靜，因此，在黃州的時日，佳作迭出。那些文字也不時傳至江寧，傳到王安石耳中。

蔡卞回答：「烏臺詩案之後，所見略少，他在黃州的時候，有人傳言蘇軾已經死去，連皇上都驚疑不已，派人專門查證。後來，才知道這是一場誤會。」

王安石點頭說道：

「是啊，我聽說此事的時候，心裡很難過。後來才知道是虛驚一場。子瞻是因爲手臂有風濕，右眼視力下降，閉門修身，數月不出，才有此誤會。」

只是，去年子固死於臨川，卻是千眞萬確的。人言蘇東坡與曾鞏同一天登仙而去，又說他們就如李賀一般，因爲文章寫得好而被天帝召回天上的。

「都是因爲那一曲〈臨江仙〉惹出來的風波。」蔡卞說道。

〈臨江仙〉是蘇軾與朋友飲酒醉後寫的：

「夜飲東坡醒復醉，歸來彷彿三更。家童鼻息已雷鳴。敲門都不應，倚杖聽江聲。
長恨此生非我有，何時忘卻營營。夜闌風靜縠紋平。小舟從此逝，江海寄餘生。」

王安石笑著說道：「我聽說了，子瞻喝酒塡曲，黃州郡守徐君猷大驚失色，以爲讓罪人逃跑了，自己罪在不小，連忙乘夜出門去找。不想，到了雪堂，卻看到子瞻正在呼呼大睡，鼾聲如雷。」

「連皇上都聽說這件事了，以爲子瞻掛服江邊，駕舟長嘯而去了！也有人說親眼看見他駕著一葉扁舟，縱情於山水之中。」蔡卞道。

「不知道爲什麼，我沒來由地會想起惠洪禪師的詩句：『十分春瘦緣何事，一掬鄉心未到家』。」王安石道。

王安石的女兒笑著插話：「這樣的和尙，塵緣未斷，眞可以稱得上是一個『浪子和尙』了！」

衆人都笑了。

楊德逢說：「最近有人在傳看東坡先生的〈表忠觀碑〉。我這裡正好也有一份，相公可以看看。」

王安石接了過來，邊看邊說：「你說的這一篇，我早就看了幾遍了。你說說看，自古以來，有像蘇軾這樣寫文章的嗎？」

「古來沒有，那大概要算作是奇作了。」葉濤笑道。

「依我看，那東西簡直就是記錄奏狀而已，算得上什麼奇作。」蔡卞道。

「諸位有所不知，這乃是『司馬遷三王世家體』。」王安石笑著說道。

「相公，難道你也喜歡這樣的東西？」楊德逢問道。

王安石點點頭：「你們仔細體味一下，這樣的文章，非常像西漢之人所作。德逢兄，你說說，西漢誰人可比？」

「西漢？不會吧？難道你要說王褒不成？」楊德逢笑道。

「不要隨便給我一個答案！」王安石笑道。

「難道會是司馬相如、揚雄之流嗎？」楊德逢琢磨著說，衆人都在偷笑，他不在意，自顧自地說：「東坡先生在黃州，宿於臨臯亭，醉夢之中忽然起身，作了〈寶相藏記〉，共一千多字，才改了一兩個字而已。」

「你手頭有嗎？」王安石忙問。

「我帶了一份墨本，但恰好留在船上了，沒帶在身邊。」

「那你快去拿來，我看看。」

楊德逢快步回船，取來了〈寶相藏記〉。此時，夜已漸深。月上林梢，樹影拂地。王安石展讀於風簷，欣喜之情溢於臉上。他一邊讀著，一邊歎道：「子瞻，眞是人中之龍啊！只是，這其中還有一字不妥。」

眾人問是哪一字。王安石含笑不答。大家都在猜測，王安石道：「你們別猜了，等他來了我告訴他。」

看著他談笑風生，大家幾乎忘了王安石是個大病初癒的人。

2

六月，王安石上了一份奏表，把「半山園」捐做寺院。趙頊下旨准許，親筆題寫了「報寧禪寺」四個字，做成金字匾額，令人專程送到江寧。

自從把「半山園」捐作禪寺之後，王安石一家便在城南的秦淮河畔租了一處小小的房子。庭院狹小逼仄，夏季更是酷熱難當，葉濤便用松枝在院子裡搭了個涼棚，用來避暑。

蔡卞一家也回京了。臨行那天，夫婦二人正與父親敘話。兩個孩子在母親的膝前跑來跑去，卻不知道她的心裡此時正蘊含著離愁別緒。

「夢想平生在一丘，
暮年方得此優遊。
江湖相望真魚樂，
怪汝長謠特地愁。」

這是王安石寫給長女的詩句。即便是親人骨肉，相忘江湖同樣是最好的情境。可是，要眞正做到這一點卻很難。

新住所臨近秦淮河，與金陵曲街，不遠處便是有名的南朝九日臺。

正值七月，盛夏時節，蟬聲不斷地傳來。屋內酷熱難當，這涼棚下面還算是一個涼爽的地方。蘇軾早已遣人快行來報，說今日該到江寧。此時，去江邊觀望的人回來報說，蘇軾正在泊船靠岸。

王安石站起身，說道：「院公，備馬，我要去江邊接他。」

「您的病剛好一點，江風很大，不宜親自去接。」衆人都勸道。

王安石已經跨出門檻，笑著說道：「不礙事的。我正好趁機走動走動。」

不多時，老院子牽來一頭驢子，衆人一看之下，都禁不住笑了起來。那驢子很瘦，背上的骨頭幾乎全露在外面了。王安石拍拍驢背，葉濤扶他坐好。不一會兒，一行人來到江邊。

蘇軾的船剛剛靠岸停穩，他在船頭見王安石騎著驢緩步而來，忙上岸相迎。

王安石拱手作揖：「子瞻兄，『人生不相見，動如參與商』，聚散無常啊！你我已是多年不見，幸會、幸會！」

蘇軾連忙回禮，說道：「蘇軾今日以野服來見相公，失禮了。」

「禮豈爲我輩設哉！」王安石笑道。

今天兩人穿的都是便服。這種便服長與膝齊，直領，用兩條帶子結著，鑲著皀色邊緣，一如道服的模樣。王安石白衣黃裳，蘇軾青衣黃裳。

王安石指指自己的衣裳，笑著說道：「今日乃是兩副野服相見！」

蘇軾看到王安石面目清癯，一副大病初癒的模樣。

一行人來到王安石家中，蘇軾見房屋低矮，炎熱難當。庭院之中搭著瓜棚，開著幾朵淡黃色的小花，幾條剛剛長成的絲瓜垂了下來。院子的角落裡還有一個豆架，豌豆的葉子在上面纏繞。這一切無異於一個尋常農家，蘇軾不禁心中感歎。

他望著王安石，一時竟不知如何開口。一直到了涼棚之下坐定，這才道：「蘇軾在獄之日，先生曾上書皇上，極力相救。安上兄也因我所累而降爲樂清縣令。『烏臺』一案以先生一言而決，蘇軾在此謝過先生大德。」

王安石忙拱手道：「把這件事當成是一場夢吧。但願子瞻兄從此忘記，永遠不再想起。」

他吩咐擺上菊花酒。這菊花酒乃是去年菊花開時，以菊花和著米酒釀製而成，聞之香氣清遠。

看到暗黃色的菊花酒，蘇軾忽地臉上一紅。他看著酒上浮動著的幾瓣已經變色的小小的花瓣，說道：「相公當日作〈殘菊〉一篇，蘇軾不識，幾乎釀成笑談。」

還在京師的時候，蘇軾有一次去見王安石，看見他的桌上有一首題爲〈殘菊〉的詩：「昨夜西風過園林，吹落黃花滿地金。」尚未成篇，笑道：「百花落盡，惟菊枝上枯。相公不識。」提筆續了兩句：「秋英不比春花落，爲報詩人仔細看。」不等王安石回來便告辭而去。

蘇軾想到這兒，滿是歉意地說：「在黃州的時候，有一日見秋風掃過，菊花黃色的花瓣落滿地，才想起自己當年妄改相公之詩，眞是慚愧之至。」

「子瞻，你忘了屈子有『夕餐秋菊之落英』之句？」王安石笑著說。

「對對對，一直到親眼所見，而且有人提醒我，才想起古人早有說法！」蘇軾叫道。

蘇軾望著王安石，心中竟有一番說不出的滋味。

回想自己當年出京做杭州通判時，杭州的監獄裡關滿了還不起青苗錢的農民。淮浙大旱之日，杭州街頭觸目可見漆著金箔、雕鏤精美的門窗堆積在街頭，賤價出賣，用作薪柴。杭州人素來講究裝飾，耗金千百用以裝飾居室也在所不惜，至此大旱之時卻再也顧不得許多，只盼著那些東西拿到市上能換來米麵。

小驢子在門外一聲嘶鳴。王安石望著院子外面發白的泥土路，沉默不語。

過了一會兒，他說：「走吧，我們上鍾山走走。」

王安石的小驢子慢悠悠地甩開蹄子，朝鍾山走去。看得出牠是熟門熟路的了。蘇軾止不住心中的好奇，探出車子之外，問道：「先生，你爲什麼不坐車？」

王安石答道：「騎驢好啊，騎驢自在。」過了一會兒，又說：「有時候我也坐車。有一種江州車，就是你現在坐的這一種，後輪的車軸可以隨意調整，上山下山都非常方便。」

「聽你這樣一說，這江州車倒有點像是謝康樂遨遊山水的『謝公屐』了。」

老院子王漢說話了：「坐車的時候，一般是相公坐一邊，客人坐一邊。沒有客人的時候我們也跟著坐。」

回到江寧以後，這驢子便成了王安石的良伴。興之所至，騎上就走。驢子走得慢，在驢背上還可以看書。有時走著走著就睡著了，驢子走到哪裡也不知道。渴了在農家討碗水喝，農民請他吃碗家常便飯，是常有的事。這方圓幾里的人都認得他。不過，多數人也只是知道，他是一個在驢背上看書的怪老頭，別的倒是不曉。倒是俞秀老和俞清老兄弟，常常揹個書袋一路跟隨。

王漢挽了挽韁繩，不時地喊一聲，催驢子快走。這時他插嘴道：

「你不知道，皇上曾經賜了一匹馬給我家相公，那馬賜名叫『碧雲騢』，渾身雪白。但是，因爲牠身上有一簇旋毛，相公不喜歡牠，說牠醜。後來那馬死了，相公就買了這小驢子，專坐驢子出門了。讓他坐轎子，他說轎子是人抬的，不肯坐。」

王安石笑道：「平時你老是丟東落西，說你老糊塗，其實還沒有，今天說起話來，伶牙俐嘴的嘛！」

王漢被王安石揶揄了一番後，話說得更流暢了：「相公說，古之王公，再怎麼不人道，也從未有以人代畜的。你看，我們過去住的屋子就在那兒。」

「半山園」是去鍾山的必經之地，那裡現在一派靜寂肅穆。走了幾步，蘇軾回頭望去，「半山園」孤零零地立在那裡，像是一個少有人停留的驛站。夕陽裡，趙項親筆題寫的匾額上，「報寧禪寺」四個大字在午後的陽光下泛著幽暗的光。

不一會兒功夫，一行人便來到了鍾山之下。衆人緩步沿著山路向上走去，定林院便出現在面前。

定林院的住持禪師正好外出。王安石領著蘇軾四處轉了轉，來到一所房子前面。蘇軾抬頭看去，「昭文齋」三字是那麼的熟悉。

蘇軾有些驚訝，自言自語道：

「這幾個字看起來怎麼這麼熟悉？非常像米元章的字。」

他話音未落，王安石就哈哈笑了起來，說：

「像？何止是像，這本來就是米芾的字啊！」

「米元章來過這裡？」蘇軾驚奇地問道。

「是啊，米芾前不久前來過，這個齋名就是他取的，匾額也是他在這裡當場寫就的。」

米芾出身書畫世家，他的祖父常常出入宮中，深得太后的器重。米芾酷愛書畫。有次向人借了一幅古畫來臨帖，臨完之後把眞品和贗品一併交還給主人，讓主人自己挑選，主人卻眞假莫辨。所以，米芾手上的名字古畫多不勝數。

「巧偷豪奪，是他的慣用伎倆。有人說，老米以前在儀眞的時候，有一天在船上看見一幅王右軍的字帖，喜歡不已，就去央求主人，要以其它的一幅什麼畫來交換。怎奈主人硬是不肯。米芾於是大呼小叫，攀著船舷尋死覓活，要往江裡跳。那帖子的主人大驚失色，急忙勸住。最後無奈，只好忍痛相送。那幅字就這樣進了米顛的家裡。」

衆人哈哈大笑。王安石也笑道：「不過，米元章風度飄逸，眞乃是晉宋間人物。」

「他這個人，爲了得到喜歡的字畫，即便有性命之憂也在所不辭，被人傳爲笑談。所以，我寫〈二王帖跋〉的時候就笑他：『錦囊玉軸來無趾，粲然奪眞疑聖旨』。說的就是他這一件事。」

鍾山離「半山園」的確不遠，以前王安石每天吃過飯之後幾乎都要來這裡走一走，與元禪師聊一聊。平時如果不到別處走動，王安石就住在昭文齋裡。《三經新義》和《字說》的修訂多是在這裡完成的。遇有客人相訪，也常常帶到這裡。

王安石指指昭文齋，對蘇軾說道：「走吧，進去看看。」

蘇軾迎面看見牆壁上懸掛著一幅杜甫的畫像，戴著帽子，結著束帶，神采逼眞。他知道，王安石素來推重杜甫。正待問話，王安石說道：

「看得出來嗎？這乃是你的好友李公麟所畫。」

說話的時候，他的神情專注，仰首看著杜甫的畫像。李公麟此畫畫成之後，王安石感慨良多，寫詩贊道：「所以見公畫，再拜涕泗流！惟公之心古亦少，願起公死從之遊。」

這是當時眞實的感受。現在當他再一次面對畫像的時候，心中的感慨依然如故。

蘇軾拍手直笑：「唉呀，米顛和龍眠山人，當今書畫二傑的佳作相公這裡全都有了！」

李公麟善畫山水與佛像，其畫風山水似李思訓，佛像則接近於吳道子。

兩人在牆角一個矮矮的床榻上盤腿坐下。這矮榻平日裡就是王安石的床。

「去年春天魏泰來這裡小住了一段時間。冬天，魯直（黃庭堅字）路過鍾山，也來此相會。今天子瞻兄又來了，老夫感到欣慰之至。」

蘇軾知道，黃庭堅作吉州太和知縣，從汴京遊歷舒州，過南康回家鄉，去年十二月改鎮德州德平鎮，從江西去德州，這江寧乃是必經之地。

說到黃庭堅，王安石只覺心中忽地一沉。黃庭堅是李常的外甥，與王雱同科登榜。黃庭堅此時遊歷四方，聽說朝廷有意以秘書省校書郎召入館。王雱卻屍骨已寒，長眠在寶公塔下的那塊黃土之下。

王安石有些走神了。王雱的祠堂就在這鍾山上，在寶公塔後院。寶公塔乃是梁武帝為六朝時名僧寶志所築。在王雱的祠堂裡，還有這樣的一首詩，那是王安石在最為痛心的日子裡寫下的：

「斯文實有奇，天豈偶生才。

一日鳳鳥去，千秋梁木摧。

煙留衰草恨，風造暮林哀。
豈謂登臨處，飄然獨往來。」

王雱病重之時，他的兒子也氣息奄奄，後來竟至夭折。王雱尚在之日，兒媳龐氏由王安石作主，改嫁他人。

想到這裡，王安石不禁心中一酸。又想起初回江寧之時，有人來報，說有興化縣尉胡滋，其妻乃是宗室的女兒。胡滋夢見一個穿著紫衣的人來告訴他，王相公之子將要投胎於他家。不幾日他的妻子生下一個兒子，因此特地遣人來告。剛聽說此事的時候，王安石夫婦悲喜交加。那些日子恰逢正準備著要離京回江寧，又聽說這胡滋一家不久將動身來京。在去往江寧的船上，雖是天寒地凍，王安石每日便陪著吳夫人守在船簾之後，一有過往船隻便派人去問是不是胡縣尉的船。後來終於等來他們，極力請到江寧家中住了幾個月，又上書給皇上，請皇上給胡滋加官。吳夫人提出讓這個孩子留下來做他們的兒子，怎奈胡滋的妻子堅決不肯，吳夫人這才作罷。揮淚送胡滋一家人入京而去之時的情景，而今想來，心中猶自惆悵不已。

他想起魏泰當時低低地歎了一聲，道：「可憐天下父母心！」

蘇軾不知道王安石此時正在傷心之處，繼續說道：「我在黃州的時候，黃庭堅、米芾和參寥都曾經專程到『雪堂』來看我。山谷給我看了他的題畫詩《相公騎驢圖》。他告訴我與龍眠先生說，王相公往來於法雲寺、定林院，逍遙於遊亭之上，如此勝事，不可以無傳，因此畫了《荊公騎驢圖》。再由山谷題詩其上，堪稱二絕。」

王安石又想起了在一個寒風料峭的春日，自己與魏泰一起遊覽鍾山。那一天，雪下得很大，兩人在法雲寺僧房小憩，等待雪停之後下山。

魏泰望著僧房外面紛飛的大雪，說道：

「『霜筠雪竹鍾山寺，投老歸歟寄此生。』當年書窗題詩的事，你還記得嗎？」

王安石沉吟片刻，說道：「有這回事嗎？」

魏泰又問：「如果元澤還在世上，你會留在京師嗎？」

王安石微笑著，搖了搖頭，說：「不論元澤身體狀況如何，我是肯定會離開京師的。」

蘇軾見王安石只是微微笑著，眉頭微蹙，卻不言語，忽地感覺到他正沉入某種回憶之中，便收住話頭。

王安石這才定了定神，待明白了蘇軾的話之後，笑著說道：

「老朽無以爲樂，耗用畢生精力於《字說》，僅此而已，如何能上得龍眠先生圖畫？」

蘇軾環顧四周。昭文齋的牆壁有些灰暗，想來必是年深日久所致。王安石抄寫的一幅字就掛在暗淡的牆壁上，那紙張已經泛黃，寫的乃是李商隱的〈安定城樓〉。

蘇軾道：「先生近來作詩嗎？」

「久不作矣！吟詩作賦之類，也可算作是一種業障，是『口業』。只是，近來又忍不住，偶一爲之。」

蘇軾輕輕點了點頭，道：

「我知道，先生現在所作，多是絕句。清麗逶迤。」

「閒居之人，心事簡單。別無所求，自然如此。」

「山谷極爲推重你的〈明妃曲〉二首，說是詞意深盡，略無遺恨矣！」

王安石含笑不答。

几案上有一個碩大無比的硯臺，蘇軾拿在手上，他細細觀賞了片刻，說道：「眞是塊好硯啊！」轉頭對王安石說：「這樣的好硯，王詵駙馬見了，不知道會做什麼打算。我從前有一塊綠硯，晉卿見了以後愛不釋手，想方設法要占爲己有，我一直沒鬆口。」

王安石想了想，說道：「子瞻，這硯臺既是尤物，可否集古詩聯句賦此？」

蘇軾應聲念道：「巧匠斲山骨。」

王安石愣了一下，手中的扇子「啪」的一聲掉落在地上。蘇軾一看之下，上面是王安石手書的俞秀老的句子：「時俗事，不稱意，無限好山都上心。」

蘇軾彎腰拾起，握在手上細細端詳許久。他指著摺扇，笑道：

「有人說，荆公的書法是斜風細雨，果是如此。不過，這紙扇嘛，卻要當心被『雨』淋濕。」

衆人聽得明白，他故意把「雨」字說得很重。

王安石也笑了起來，應道：「子瞻的字，有許多人說是綿裡藏針。這一點倒很像你這個人，不聲不響讓我想破頭皮！」

蘇軾看王安石有些窘迫，就說道：

「相公，我聽說，你說我的〈寶相藏記〉裡面尚有一字未妥，現在可以說了吧？」

王安石愣了一下，道：「你說『日勝日負』，不如說『日勝日貧』。」

蘇軾撫掌大笑，說：「日勝日貧！相公眞是知己之言！」

王安石吩咐取出一方墨，說道：「這是一方李承晏墨，請先生收下。」李承晏是南唐著名墨工李廷珪之子，這李氏所製之墨乃是有宋以來的稀世珍品。

王安石的心思全在這幾個字上面：「巧匠斲山骨。」沉吟許久，一時竟不知如何答對。他一口把杯中的茶喝完，站起身來，說：「子瞻兄，天氣這麼好，趁這等晴和天色，看一看鍾山的絕勝風景。這文字的遊戲，不急不急，等明日再議。」

3

站在鍾山的山頂上，可以望見浩渺無際的長江。江面上，沙鷗在暮色中飛翔，尋找歸巢的方向。江風吹來，蘇軾看著滔滔東去的江水，陷入了沉思。在江水之源，便是他的故鄉，那是十多年以來再也不曾回去過的生長之地。

王安石感到有些疲倦，他望著沙鷗飛翔的身影，深深地吸了一口氣，心中想道：安得病身生雙翼，長隨沙鳥自由飛！

江風吹動著兩人的衣襟。

迎著風，蘇軾說起這幾個月來的踪跡：

「我四月離開黃州，深夜渡江，忽聞黃州城中傳來的鼓角聲，回望東坡，禁不住淒然泣下。五月，抵達廬山。到廬山的時候，子由正好外出。我就四處走走，順便去看了李公擇的白石山房。李公擇向來愛好藏書，他的白石山房藏書之多，之精，乃是當今罕見。」

李常（李公擇）已經於去年再入京城，做了禮部侍郎。王安石忽然想起李常那矮矮的身材，一副壯實的模樣，不禁微微笑了起來；在他耳邊，響著蘇軾親切和悅的話語：

「我在黃州，先暫住定惠院，家人來了以後住在城南長江邊上的臨皋亭，在不遠處的荒坡上開出一塊地種點莊稼，我稱它『東坡』，不久又在此搭了一個簡易的屋子，叫『雪堂』。後來我乾脆給自己取了個號，叫『東坡居士』。」

「你自號『東坡』，一定是因爲白居易之故。白樂天喜歡東坡，你又喜歡白樂天，所以才取名如此。」王安石道。

蘇軾連聲說是：「先生說的是，白樂天在忠州做刺史的時候，曾作〈步東坡〉，詩云：『朝上東坡步，夕上東坡步。東坡何所愛，愛此新成樹。』又有〈東坡種花詩〉二首。因此我才把那塊地取名叫『東坡』。」

王安石目不轉睛地看著蘇軾，道：

「不如子瞻就在這江寧住下，置一份田產，建個宅子，我與你可時常作伴。」

蘇軾點頭，道：「如果能與先生每日相從，眞是件快事！我通判杭州的時候在常州太湖左岸的宜興買了幾畝田地，今後能在金陵買地就更好了，如果不能，從宜興過江來看先生，扁舟往來，亦是不難。」

長江兩岸，景色優美，更有故交，此時佛印在揚州，張方平在南都，路程皆相距不遠。想到佛印，蘇軾說：

「這一次到廬山的時候，我遇見了一件奇怪的事情。」他坐了下來，慢慢地說開了。

蘇轍因烏臺詩案的牽連，被貶謫到高安做筠州酒稅，治所便在廬山腳下，所以他時常在廬山上流連，與雲庵禪師、聰禪師時有往來。在蘇軾抵達廬山的當天稍早之時，蘇轍與二位禪師碰面。雲庵說：

「我昨夜夢見自己將要迎接五祖戒禪師。」

話剛說完，聰禪師驚訝地說道：

「這就奇怪了，我也夢見將迎五祖戒禪師。」

三人正在驚訝世間居然有人夢見同一件事之際，蘇轍的家人派人找到這裡，說蘇軾人已到奉新，不日將到廬山。三人大驚，相攜出城，在城南建山寺等候蘇軾的到來。

坐定之後，說起同夢迎接五祖戒禪師之事。

聽完他們的叙述，蘇軾說：

「我七八歲的時候，常常夢見自己是個和尚，往來於陝右。」

雲庵大師大爲驚訝，說道：「五祖戒禪師乃是陝右人。暮年離開五祖寺，雲遊四方。從那時起開始推算，差不多過了五十年。」

王安石在心裡盤算了一下，蘇軾比他小十六歲，今年四十九了。

蘇軾回憶著說：「我母親懷著我的時候，夢見一個和尚前來投宿。那和尚只有一隻眼睛，很是瘦弱。你說，此後我是不是應該常穿百納衣？」

王安石笑著說：「子瞻有所不知，最近以來，我也常常夢見自己身在佛門。有一天夜裡，夢見高郵土山道人赴鍾山北集雲峰爲長老，不久坐化；又夢見他來到山南的太平興國寺，與我同臥一榻，從懷中取出幾片長約寸許的竹片，上面纏繞一些生絲，囑咐我要好好藏著。」

蘇軾道：「張方平現在是每日佛經在手。他守滁州的時候，有一次遊琅琊山，在寺廟之中優遊自樂。走到藏經院之時，仰視良久，忽然叫人找來梯子，登上佛殿。從佛殿的樑上找到一個木匣，打開來一看，乃是《楞枷經》四卷。他看見經書上的字跡，忽然大汗淋漓，他說，他知道自己的前生是知茂和尚，常寫經，未及寫畢就坐化了。」

想起張方平白髮臨風，王安石心中一動。想來必是奇特的緣分，張方平的女婿王鞏，這些年被派鎮守江寧，與自己倒是成了莫逆之交，過從甚密。

王安石想起趙抃。趙抃從成都改知越州，赴任的時候，只有一琴一鶴相隨，隻身飄然前去，傳爲佳話。

蘇軾繼續說道：「安道（張方平）續書其後，筆跡宛然，無異於前生。於是就把經書交付於我，要我刻寫，頒行四方。我這次北上，打算去金山，到佛印那裡把這卷經書抄寫完畢，以遂安道的心願。」

那一年，張方平聽說蘇軾下獄，寫了份奏狀，本想寄附在南京馬遞之後，投往京城。但南京府官不敢接受，於是派了兒子張恕到聞鼓院投書告狀。張恕素來懦弱，在聞鼓院的院門外徘徊許久，終是不敢擊鼓，狀子自然也沒有遞出。

蘇軾歎道：「張安道平生，從未在人前落淚。我落難烏臺之後，他口占一詩送我：『可憐萍梗飄蓬客，自歎匏瓜老病身。從此空齋掛塵榻，不知重掃待何人？』我看他吟罷隨即淚流滿面，心中著實不忍。」

王安石沉吟片刻，道：「白香山有詩道：『不學空門法，老病何由了。』又道：『不學頭陀法，前心安可忘。』人生如夢，我法兩空。萬法隨緣，萬物各得其所，一切都在生滅流轉。禍福苦樂，相形而現而已。」

蘇軾靜靜地聽著，心中翻湧。

明月在天。今天是七月半。

兩人步出昭文齋，在院子裡坐著。王安石抬頭望望天空，天空澄澈如水。他想起了蘇軾的詩句：「暮雲收盡溢清寒，銀漢無聲轉玉盤。此生此夜不長好，明月明年何處看。」心中有些感動。這是熙寧十年中秋，蘇軾在徐州時所作。

王安石側身問道：「子瞻近來有何佳句？」

蘇軾答道：「在黃州，因為沒有公務，又被限制行動，心中漸漸坦然，所以作詩塡曲，倒是不少。」他抬頭看了看月亮，又說：「在黃州，我塡了一闋〈水調歌頭〉，裡面有一句是：『明月幾時有，把酒問青天，不知天上宮闕，今夕是何年？』正與今日情景相合。」

關於蘇軾的這一個曲子，有人傳說，當趙頊讀到「又恐瓊樓玉宇，高處不勝寒」一句，彷彿看見蘇軾正在把酒歎月，歎道：「蘇軾終是愛君。」用飯未畢而起身三歎，當即下令，酌情把蘇軾移到離京城近一點的地方，所以這才有汝州之命。

在這樣的月色裡，蘇軾看著王安石的身影，心中充溢著無以言表的情意。他不知道這是些什麼，只覺得那是對於眼前這一切，對於生命和活著的一種眷戀，心中便同時想起了那年春天寫下的幾個句子，於是說道：「前年正月二十，我與潘姓、郭姓二位書生去黃州郊外踏春，忽然記起去年此日與這兩人同至女王城。心中有些感慨，依照前韻作了一首詩。你聽聽。」他輕聲詠著：

「東風未肯入東門，走馬還尋去歲村。
人似秋鴻來有信，事如春夢了無痕。
江城白酒三杯釅，野老蒼顏一笑溫。

已約年年為此會，故人不用賦招魂！」

王安石仔細地聽著。他吩咐取來紙筆。蘇軾又輕聲吟唱了一遍。

王安石說：「子瞻，我錄下你這首詩，留作紀念吧。」蘇軾接過墨跡未乾的紙，心中一顫，眼睛有些酸澀。又聽王安石說道：

「我新近有幾個句子，子瞻也聽聽。」

王安石把自己的新作讀完，道：「子瞻，你把它寫下來，寫好讓我留著，時常看看，以慰思念。」

蘇軾聽著，熱淚盈眶，他點點頭，接過王安石遞過來的筆，寫了起來：

「我亦暮年專一壑，每逢車馬便驚猜。」

寫著寫著，蘇軾忽然以袖掩面，再也寫不下去了。他彷彿看見一個孤獨的身影，徜徉在江寧城南與鍾山之間的小路上。

4

從江寧北去，要先沿著長江順流而下，先到儀眞，然後再由瓜洲古渡進入運河北上。這一條路是王安石所熟悉的，也可以說，他走過的行程幾乎全都集中在這個路線上了。

王安石擺酒爲蘇軾餞行。兩人對望良久，心中慨然。

蘇軾拱手說道：

「蘇軾在這裡流連，轉眼已逾一月。今天在我啓程前，有幾句話想對先生說。」

王安石臉色頓時一變。蘇軾說道：「蘇某所言，天下事也。」

王安石神色稍定。天下事，這樣的概念在他的心裡已經漸漸變得遙遠了。他笑道：「你儘管說來。」

蘇軾道：「大兵大獄，乃漢唐滅亡之兆。祖宗以仁孝治天下，正欲革此。今西方用兵，連年不斷；東南又平白無故興了數起大獄；對於國家大事，你難道一點看法也沒有？」

自從元豐四年七月以來，朝廷大舉西征，幾年下來卻連連敗陣。而自烏臺詩案之後至現在，朝中蔡確、章惇等人先後參政，蔡京爲太子中允館閣校勘，在朝中相當活躍。最近東南數起冤案，據說都與他們有關。

「老夫在外，豈敢批評國事？」王安石輕聲說道。

「在朝則言，在外則不言，此乃事君之常禮。但是，皇上對待先生，百般禮遇，先生怎能僅以常禮回報皇上？」

王安石不經意地提高了嗓音：「出在介甫口，入在子瞻耳。並非我不關心國事，而是好發議論，難免招來口舌之禍。」

蘇軾只是點頭。他與蘇轍在筠州一同過了端午節，離開筠州之時，蘇轍送到城外，兄弟二人相對無言，子由只是以手指口，卻不說話。蘇軾知道弟弟的意思，那是告誡自己要愼出言語，以戒口舌之禍。

蘇軾臉色嚴峻，說道：「可是你知道，當今的士人，爲了爭取減去半年的考察期，早半年提升，即便讓他們用殺人越貨的手段來換取，他們也會爭著去做的。」

王安石只是微笑著，並不答話。蘇軾又道：

「先生知道嗎？從前你在京之時，人們都說呂惠卿與你的交情，可謂情同父子，往來密切。可是，一旦反目，情義便立時蕩然無存了。眞是可歎啊！」

王安石還是笑著，表情卻忽而有些僵硬。元豐三年，呂惠卿服母喪期滿以後，曾寫了信來，情辭懇切。王安石回信只是說道：

「與公異意，皆緣國事，豈有他哉。」又過了兩年，呂惠卿再次遭貶。

過了一會兒，王安石才微笑著說道：

「子瞻，你聽說過晏相公與宋子京的故事嗎？」

蘇軾當然知道，晏殊做宰相的時候，宋子京爲翰林學士。晏殊非常看重宋子京的才華。

爲了能夠時常見到他，便在自己的住宅附近租了一座房子，請宋子京住進來。這一日時值中秋，明月在天，晏殊設下宴席，請宋子京帶了歌伎舞女過府飲酒賦詩，夜半衆人盡興而回。不想天明上朝之後，有人彈劾晏殊，皇帝大怒，命當值的宋子京草擬制誥詞。宋子京不遺餘力，大書晏殊的不是，其中有一條罪狀便是「租賃民居，盡歡達旦」。瞬息之間反目如此，時人爲之瞠目。

蘇軾說道：「當宋子京揮毫之際，昨夜的酒意想必還未散去。左右旁觀之人也應當爲此驚駭感歎不已。」

王安石只是微笑著。

蘇軾不時地揉揉太陽穴。王安石問道：「子瞻若是頭痛，我這裡有一個藥方很管用的，你不妨也試試。這個藥方還是皇上所賜。」

說這話的時候，趙頊的模樣在王安石的心中漸漸地清晰起來，但很快地又模糊了。

蘇軾拱手謝道：「先生也要保重。我在黃州之時，有人教我製作『茯苓丸』，你不妨也試一試：以上好的茯苓，去皮去渣滓，用水洗過以後曬乾，再用蜂蜜調勻，裝在瓦罈中，隔水煮三炷香功夫，揑成丸狀就做成了。我相信這個方子對你很有幫助。」

有人來報，船已備好，船夫等候多時。

蘇軾忽然離座，向王安石深深鞠了一躬，道：「先生的風度，將令子瞻感念終生。」

此時，江面上煙靄迷濛，遠處的牛首山峰巒疊障。王安石想起蘇軾遊鍾山時所吟的詩：

「峰多巧障日，江遠欲浮天。」

葉濤手攙扶著王安石，輕聲勸道：「伯父，江上風大，咱們回去吧！」

蘇軾站在船頭的身影越來越小，幾乎看不見了。王安石望著漸漸遠去的帆影，默默站立良久。他轉過身來，對葉濤說道：「子瞻，眞是人中之龍！」

這是元豐七年（西元一〇八四年）的秋天。就在王安石與蘇軾流連於鍾山的日子裡，皇宮裡舉行了一次盛大的宴會。在宴會上，趙頊忽覺渾身不適。他決定來年春天立儲，以司馬光、呂公著爲太子師保，范純仁和李常出任太常少卿。

5

葉濤手裡拿著一封信，推門進屋，見王安石正在看書，正待說話，王安石頭也不抬，說道：「這《三國志》，很久以來我一直有意重修，而今老矣，除非子瞻，其他人都沒有能力！」

葉濤聽他說完，這才開口道：「伯父，蘇軾派人從江北送了信來。」

王安石拆開信封，一張製作精巧的粉白色小箋飄然落下。葉濤撿了起來，說道：「是蘇先生應和你的〈北山〉詩。」王安石接過信箋，讀了起來：

「騎驢渺渺入荒陂，

想見先生未病時。
勸我試求三畝宅，
從公已覺十年遲。」

王安石看著那些熟悉的字跡，心中悵然。蘇軾過江之後，在江北一帶留連。他在泗州上表乞求致仕，要求在常州居住。一家二十餘口一邊等待皇上的批覆，一邊繼續緩慢地朝汝州的方向行進。

王安石輕聲念著：「離別數日，秋氣日佳，不知先生微恙可除？」讀著讀著，不禁微微地笑了起來。蘇軾在信中推薦了秦少游。秦少游是高郵人，家境貧寒，元豐五年參加禮部考試未中。蘇軾船至京口，秦觀從家鄉高郵前來會面。十一月，蘇軾還到高郵秦觀的家中探訪，秦觀則一路送至山陽。

蘇軾在鍾山的那些日子就多次提到秦觀，誇他才華過人，博覽群書，尤其通曉佛經。

王安石打開秦觀的詩集，撲面而來是這樣的句子：

「渺渺孤城白水環，
舳艫人語夕霏間。
林梢一抹青如畫，

應是淮流轉處山。」

這是〈泗州東城晚望〉。他又看下去，這是一首〈金山晚眺〉：

「西津江口月初弦，
水氣昏昏上接天。
清渚白沙茫不辨，
只應燈火是漁船。」

王安石點頭稱讚道：「還有這一首〈春日〉，寫一宵雷雨之後花草的姿態，的確有新意。這是一個不易多得之才，一定要想辦法讓他嶄露頭角。」

元豐八年二月，趙頊病重的消息傳到江寧。王安石心中鬱悶，整日長吁短歎，夜不能寐。去年冬天，趙頊下旨讓皇六子延安郡王趙傭來春出閣。趙頊先後生了十四個皇子。從長子趙佾開始，有八個皇子先後夭亡。第六子趙傭排序為長，便立為王儲。本來，衆臣以為立王儲一事可能會橫生枝節。聖旨一下，章惇在殿門外面遇見岐王趙顥與嘉王趙頵，厲聲說道：「已經得旨，立延安郡王為皇太子了！」岐王跪地說道：「親聆佳音，天下幸甚！天下幸甚！」

第二天，立皇太子的事就這樣定下來了。

現在，冬去春來，趙頊病情加重。御醫們忙作一團，僧道設祈福道場，爲皇帝祛病消災。當二月來臨的時候，趙頊自知不久於人世，便搬到福寧殿東閣的西間下榻。這一日稍覺有點精神，傳詔帶病上朝。

趙頊立下遺詔，喪事要「務從儉約」，沿邊州鎮因有邊防之務，不用舉哀。

趙頊望著眼前齊刷刷跪著的群臣，想起了退居江寧的王安石。如今，王安石離京已近十年了。

趙頊吩咐起草詔書，詔令王安石特進司空，依前觀文殿大學士、集禧觀使，加食邑四百戶、實食封一百戶，餘者如故。

皇子趙傭和皇太后高氏、皇后向氏、皇太子的生母德妃朱氏都在東間簾下。王珪請由高太后權同聽政，等候皇上康復之後還政。衆臣也懇請皇太后且爲國家社稷考慮，事關重大，不宜如此推辭。高太后堅決不肯，含淚推辭，避入內室。

元豐八年（西元一〇八五年）三月五日，神宗皇帝駕崩。年方十歲的皇太子趙傭登位，改名趙煦。這就是大宋第七朝天子，宋哲宗皇帝。高太后垂簾聽政。

皇帝駕崩的消息傳到江寧，王安石強扶病體，上表，進悼詩。

在洛陽的司馬光給高太后寫了一封信，要求進京弔唁皇上。與此同時，高太后也令人快遞給洛陽送來書信，要司馬光進京議事。

此時，司馬光還在提舉西京崇福宮。他獨自坐在「獨樂園」的小石臺上，向著東方的汴京方向久久凝望。司馬光在妻子死後，獨居於此，只有一個老僕人相伴。每天一入夜，便叫老僕去睡，自己則獨坐燈下，每每直至五更。

三月十七日，高太后書信一到，司馬光即刻動身赴京，弔喪完畢之後，返回洛陽。高太后很快派了兵士隨後趕到洛陽，專程護送司馬光入京。五月二十六日，司馬光官拜門下侍郎，在西府居住。蔡確爲尙書左僕射兼門下侍郎，韓縝爲尙書右僕射兼中書侍郎，章惇知樞密院事。

司馬光到達京城的那一天，京中百姓盈道，萬民空巷。剛到西城門，守城的衛士以手加額，道：「此司馬相公也！」百姓們則蹺足翹首，夾道觀看。人群越聚越多，以至於司馬光的車馬幾乎無法行走。在擁擠的汴京街上，「司馬相公，勿去京，活我民！」聲音越來越大，迴響在汴京的上空。

這就是京師的百姓在經歷了新法多年之後的呼聲了，他們的確希望我留在京城。司馬光心想。

就在趙頊駕崩的第二天，在南都張方平家中逗留的蘇軾接到聖旨，皇上允許他居住常州，一家人便於五月二十二日從南都回到宜興。六月，蘇軾在常州奉詔，起知登州。從常州動身赴登州，抵達登州五天後又奉詔赴京，如此輾轉，一家人於十二月到達京師。回京半月後便升爲起居舍人，過了三個月，遷爲中書舍人，再升翰林學士兼侍讀，知制誥。新皇帝詔令黃庭堅入秘書省爲校書郎。十月，奉旨入京準備修《神宗實錄》。

高太后下了一道聖旨，令天下之人出言獻策，共謀治理天下之計。這高太后乃是太宗時候以武力起家的大將高瓊的後代。現在皇上年幼，政事理所當然全由她來操持。

司馬光奏道：「熙寧新法捨是取非，興害除利。名爲愛民，其實病民。名爲益國，其實傷國。」

高太后道：「可是，這是神宗先帝的大業，孔子云：三年無改於父之道，可謂孝矣！現在小皇帝才登基，如何便改？」

司馬光道：「孔子所指，是那些無害於民，無損於國者，不必以一己之意遽然改之。如果確是病民傷國，豈可坐視而不改哉！朝廷當此之際，解兆民倒懸之急，救國家累卵之危，哪能等到三年以後才來改正。」

還是在弔唁入京的時候，高太后與司馬光作了一次長談。司馬光認爲，眼下免去這保甲、免役、將兵法三項乃是當務之急：

「這青苗、助役、保甲、農田諸法，都是曾布與呂惠卿二人所創。現在，曾呂二人已經被證明乃是奸邪之徒，這樣的法令難道還可以執行下去嗎？」

章惇滿臉揶揄，道：

「君實兄從前不是說過，一座房子，如果不是全壞了就應該保留，除非全壞了，否則就不必推倒重建。現在怎麼又要全數否定呢？」

他隱隱約約地感覺到，在司馬光的手裡，所有的這一切都將走向另一個極端。

6

元祐元年三月間，中書舍人、翰林學士蘇軾做了兩件大事：第一，罷黜李定，強迫李定爲亡母補喪三年。雖然在蘇軾從登州赴京途中，李定設宴出迎，極盡恭敬之意，融洽之誼。第二，蘇軾親自草寫制誥詞，驅逐呂惠卿出京。那份誥詞寫得大快人心，在朝中迴響頗大，他本人也頗爲得意。可是這一天下朝回家的時候，卻氣呼呼地喘著粗氣。

蘇軾摘下頭巾往地上一摜，又動手去解腰帶，大聲嚷嚷道：「司馬牛！司馬牛！」侍妾朝雲連忙上前接過衣帶，問道：「怎麼了？」蘇軾氣鼓鼓地說：「這個犟老頭，太不講理了！」

也就是在三月間，司馬光下了一道命令，全數罷去免役法。他已經病了一個多月了，但是，幾乎所有的法度都出自他的手。

蘇軾說：「熙寧新法，王安石是不顧一切反對意見，要把新法全都付諸實施，現在司馬光不論利弊，只是一味地要把熙寧以來的法度全數廢去，這簡直就是另一種不可救藥的執拗！」

蘇轍歎道：「君實爲人，忠信有餘而才智不足。我上書議論此事，可是皇上不聽。」

關於罷去免役法，蘇轍早就看出了問題。章惇與司馬光屢屢因爲意見相左而爭吵。

「太后一切聽由司馬光，還有什麼可說的？」蘇軾道。

早在元豐八年六月，司馬光拜相才一個多月，開封府界三路的保甲法就廢除了。十月下詔罷方田法，十二月市易法、保馬法也下令廢止。

而這些消息早就在江寧傳開了。

王安石的夫人吳氏憂心忡忡：「還是不要讓相公知道這些消息吧，否則，他的身子承受不了這種打擊。」

女婢陶綠也焦慮地說：

「是啊，相公近來常常長吁短歎，有時就繞著桌子走來走去整夜不睡。」

話音剛落，王安石跨進門來，衆人驚愕不已。

「你們不必相瞞，我全知道了。」他神色黯然地說。

「相公身體還未康復，我早吩咐，不叫你知道這些事。」夫人焦急地說。

王安石轉身吩咐跟隨自己多年的老院子王漢：「你去幫我買壺酒來。」然後他轉過身來，說道：「何止這些呢，連免役法也要廢除，說是要變回差役之法了。」

他無力地坐下，失聲叫了起來：

「免役法乃是老夫與先帝商議了兩年才頒行，枝枝節節無不全盤考慮周詳。」

王安石揮了一下手，陶綠連忙上前扶住他。他閉上眼睛，兩行淚慢慢淌下。

免役法這些新政，事關國計民生，都是精密複雜的財政、經濟難題，與全國百姓利害與共，牽一髮而動全局，顧此而失彼，有人支持也有人反對，有人獲利也有人受害，無法討好每一個人。好不容易排除萬難而推動了，也收到相當的成效，如今一瞬間就要將新政予以摧毀，何其愚蠢之極啊！這一刻，王安石突然明白了，司馬光根本不懂這一套，國計民生他哪裡懂得？錯綜複雜千絲萬縷的財政措施是需要攤在陽光下接受萬民指指點點的，司馬光哪裡懂得？他只會滿口仁義道德罷了！喊一喊仁義道德是不用負責任的。這就對了！

這是什麼世道？你不懂的，不論好壞，都全盤抹煞，全盤推翻，這是什麼居心？

陶綠滿心焦慮，聽著王安石似乎在喃喃自語：

「有的人看似沒有毛病，貌似端正爲人稱道，其實骨子裡卻沒有一點感情。司馬光便是一個。現在他執掌中書，國家的事就更難以逆料了。純父來信說，近來朝中有命令，說是下令四方不得看《字說》，他們哪裡知道，我花了多少心血在裡面啊！」

王安石頹然坐著，臉色發青，一句話也說不出來，一會兒便昏昏地躺下，再不作聲。夫人近前，只見他雙唇緊閉，牙關緊咬。

他想起那一日王安禮取了當日的邸報，一邊看一邊走了進來，抬頭悵然說道：「司馬十二作相矣！」

王安石昏昏沉沉地入睡了。

恍惚之間，他來到汴河之旁，隋堤之上。隋堤上柳絲拂地。忽然間，蝗蟲飛來的聲音由遠至近，又倏忽遠去。緊接著，黃河的波浪奔湧而來，決堤了，然後是城中一片混亂的景象。

他斷斷續續地做著夢，夢見自己騎著馬，漫無目的地走著。走過的路都是他所熟悉的，這十年來，大多數的時光便是在這樣的行走中度過的。突然，一個農婦向他走來，手中高高舉著一張訴狀，攔路向他跪下。他接過狀紙放入口袋，繼續走著。到家了，他明明記得口袋裡沉甸甸的，葉濤手裡的那些東西似乎也全都是狀紙，也都一併放進自己的口袋了。那婦人遞來的狀紙分明記得是放進口袋的，可是卻怎麼也找不著。

不知過了多久，他醒來了，發現自己一身冷汗，吩咐葉濤：

「致遠，你去，把書房裡的那些東西拿來，全部燒了。」

葉濤驚呆了，不知如何是好。他知道，那一落厚厚的《字說》、那些詩稿和日記，對於伯父來說，是他的全部寄託和安慰。

葉濤正這樣想著的時候，王安石催促道：

「那些沒用的東西，留之何益？快去拿來燒了啊！」他的聲音有些發抖，手也在發顫。

葉濤點點頭，轉身出了門。陶綠忽然放聲痛哭。

不一會兒，葉濤進來了，手裡捧著一堆紙，說道：

「伯父，就是這些了，難道，真的要把它們全燒了嗎？」

王安石點點頭，閉上眼睛，卻不說話，聽任兩行淚水滴落枕邊。

元祐元年四月，王安石在江寧城南秦淮河邊一座租住的宅院裡故世。宋哲宗聞報，下令輟朝一天，加贈王安石「太傅」稱號。蘇軾受命起草追封詔。

這一日，司馬光也在病中，呂公著從河陽前去探望。呂公著於熙寧十年改知河陽，元豐八年七月依神宗之令爲尙書左丞，太子師保。

司馬光對呂公著說：「王安石節義文章無可厚非，只是這爲政一項，的確有所欠缺。」隨即上書高太后，請求高太后爲王安石加封太傅，以厚禮相待。

自從王安石去世之後，高太后收到不少老臣的奏箚，要求爲王安石加封、厚葬。今天收到司馬光的奏疏不久，又收到一個州學教授的信箚。她讓人把蘇軾找來，問道：

「蘇學士，你說說，州學教授周種上表，要把王安石的靈位安放在皇家祖祠神宗牌位下，分享神宗皇帝的祭祀。你認爲怎麼樣？」

蘇軾當即答道：「這太荒唐！介甫在世，必定不會同意這種越禮踰矩的事。」

高太后點頭稱是。她想起什麼似的，問蘇軾道：

「子瞻，你知道爲什麼這麼快就升你做翰林學士嗎？」

蘇軾頓首答道：「臣感沐太皇太后和皇上的盛典恩顧。」

高太后還是說道：「並非如此。」

蘇軾又道：「難道是哪一位大臣的薦舉？」

高太后還是搖頭。

蘇軾心中想道：難道是太后以為我是走旁門左道以求升遷的？於是俯首說道：「臣不明白，請太后明示。」

高太后斷斷續續地說：「這是神宗先帝的意思啊！」她哽咽著說不下去了。蘇軾一時想起以前的種種，不禁伏地痛哭。

高太后平靜下來之後，說道：「學士只須盡心事奉官家，以報先帝知遇之恩。」

元祐元年九月，司馬光去世。臨終之時，西府裡空蕩蕩的，滿目蕭然。擺設簡單，家具陳舊。那副洗得發白的舊床幕是從京師帶去洛陽，在洛陽用了多年之後又帶回京師，用至如今的。唯有枕間關於役法的那一卷書簡，特別醒目。

元祐四年三月，蘇軾以龍圖閣學士出知杭州。臨行之前，他獨自一人來到位於汴京西隅的西太一宮。

「柳暗鳴蜩綠暗，荷花落日紅酣。
三十六陂春水，白頭想見江南。
三十年前此地，父兄持我東西。

今日重來白首，欲尋陳跡都迷。」

蘇軾曾在西太一宮主持祭祀儀式，見宮壁上這一些陳舊的字跡，仔細辨認，乃是王安石的舊詩句。這是夏日夕陽之下的美景，寫來渾然天成，意蘊深廣。蘇軾當時歎道：「此老，野狐精也！」現在，在離開京城之前，他又一次來到這裡。

蘇軾想起那年從江寧過江以後收到王安石的信：「知尚盤桓江北，俯仰逾月，豈勝感悵。得秦君詩，手不能捨，葉致遠適見，亦以爲清新嫵麗，與鮑謝似之。不知公意以爲如何？」現在秦觀漸露頭角，與王安石寫了不少信極力推薦有關。

在夕陽的餘暉裡當蘇軾走下西太一宮高高的臺階的時候，他想起自己起草的〈王安石贈太傅敕〉：

「名高一時，學貫千載。知足以達其道，辯足以行其言。瑰瑋之文，足以藻飾萬物；卓絕之行，足以風動四方。」

蘇軾喃喃地說道：「介甫眞無愧於此。」

王安石臨終前吩咐燒毀所有的日記、詩文之稿，所幸的是，葉濤不忍，把別的紙張拿去焚燒充數，王安石就此瞑目，而活著的人也因此釋然。

蘇軾經過江寧的時候又一次來到鍾山，他來了定林寺，找到昭文齋。昭文齋很久以來罕有人至。定林寺的僧人打開門戶，蘇軾聳然一驚。在那裡，他看見了李公麟爲王安石所畫的小像。王安石的畫像懸掛在昭文齋更加幽暗的牆壁上，神采栩栩如生。

蘇軾驚愕之餘，深深地揖了一躬。

牆壁上的王安石神采斐然，長長的眼睛微微瞇縫著，嘴唇緊抿，就如眞人一般。

鍾山東面三里之處，王荆公之墓在此。此處離王雱之墓不遠。蘇軾信步走去。背對著江水之處，他意外地看見了一個熟悉的背影。

在王安石墓前，在鍾山鬆軟的泥地上，呂惠卿與一個白衣之人席地而坐。是呂惠卿的聲音在問：「你從前可曾來拜謁過荆公之墓？」

白衣人士搖頭，許久才說道：「相公逝去之日，門前冷落，門生故吏都沒來弔唁。這與朝中局勢也有關係。所謂的熙寧黨人，人人自危，哪有這份心思和勇氣。前不久見張舜民有詩曰：『慟哭一聲唯有弟，人人諱道是門生。』的確如此。」

呂惠卿道：「以往荆公推舉臺諫官，往往以國事爲重。而今日之人薦舉臺諫，皆從私心出發。自從我落職出京以來，一口生水也不敢喝，一句生病的話都不敢說。只因爲我怕給那些小人抓了把柄，說我因爲罷職而心憂，以致於生病。」

白衣人士朗聲說道：「這一切都會過去。不是嗎？」

呂惠卿連連點頭。

蒼翠的松樹被山風吹動著。松樹之下是王安石簡單的墳墓：沒有神道碑，也沒有墓誌銘。只有一塊青色的石頭粗略打磨過，做成一個簡單的墓碑，墓碑上面刻著一行淺淺的字：

宋故相王荊公之墓

蘇軾下了鍾山，過白下門五里，來到「報寧禪寺」。僧人正在做晚課，暮鼓之聲傳來，響在江寧城的上空。這裡就是多年以前的「半山園」，是王安石曾經居住多年的舊宅。屋前的那條溝渠還在，渠水清冽，平緩地向東流去。只是，已看不清那些紅色的鯉魚是否還在。

蘇軾繞到「報寧禪寺」的後院。「謝公墩」依舊是舊時模樣。不遠處，那棵高大的楊樹在晚風中嘩嘩嘩地響著，時緊時慢。

四野之中，鷄犬不聞。

【全書完】

穿越悠遠時空，觀賞歷史奇景

歷・史・導・遊

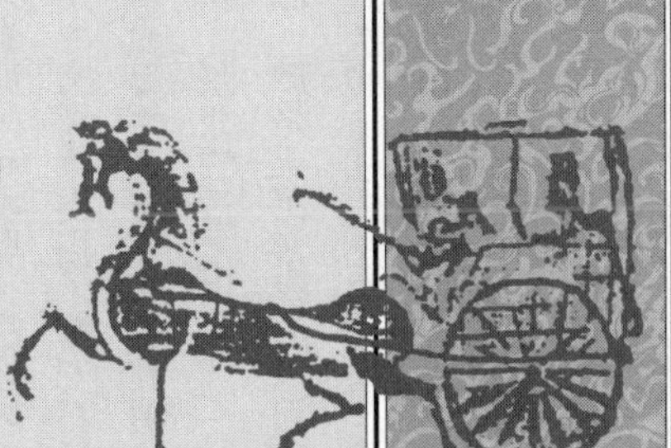

王安石之研究

企劃◎實學社編輯部

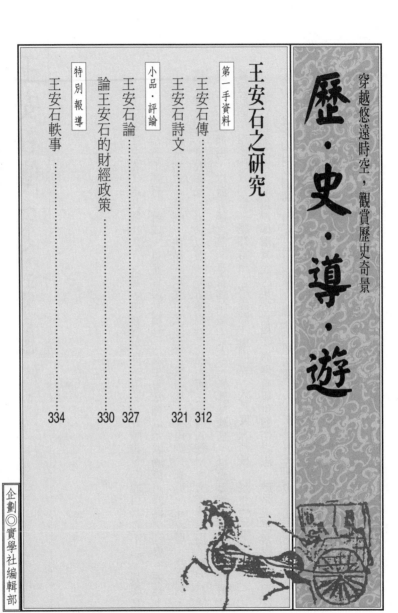

【第一手資料❶】

王安石傳《宋史・王安石傳》

◎脱脱

王安石字介甫，撫州臨川人。父益，都官員外郎。安石少好讀書，一過目終身不忘。其屬文動筆如飛，初若不經意，既成，見者皆服其精妙。友生曾鞏攜以示歐陽修，修爲之延譽。擢進士上第，簽書淮南判官。舊制，秩滿許獻文求試館職，安石獨否。再調知鄞縣，起堤堰，決陂塘，爲水陸之利；貸穀與民，出息以償，俾新陳相易，邑人便之。通判舒州。文彥博爲相，薦安石恬退，乞不次進用，以激奔競之風。尋召試館職，不就。修薦爲諫官，以祖母年高辭。修以其須祿養言於朝，用爲群牧判官，請知常州。移提點江東刑獄，入爲度支判官，時嘉祐三年也。

安石議論高奇，能以辨博濟其說，果於自用，慨然有矯世變俗之志。於是上萬言書，以爲：「今天下之財力日以困窮，風俗日以衰壞，患在不知法度，不法先王之政故也。法先王之政者，法其意而已。法其意，則吾所改易更革，不至乎傾駭天下之耳目，囂天下之口，而固已合先王之政矣。因天下之力以生天下之財，收天下之財以供天下之費，自古治世，未嘗以財不足爲公患也，患在治財無其道爾。在位之人才既不足，而閭巷草野之間亦少可用之才，社稷之託，封疆之守，陛下其能久以天幸爲常，而無一旦之憂乎？願監苟且因循之弊，明詔大臣，爲之以漸，期合於當世之變。臣之所稱，流俗之所不講，而議者以爲迂闊而熟爛者也。」後安石當國，其所注措，大抵皆祖此書。

俄直集賢院。先是，館閣之命屢下，安石屢辭；士大夫謂其無意於世，恨不識其面，朝廷每欲畀以美官，惟患其不就也。明年，同修起居注，辭之累日。閤門吏賫敕就付之，拒不受；吏隨而拜之，則避於廁；吏置敕於案而去，又追還之；上章至八九，乃受。遂知制誥，糾察在京刑獄，自是不復辭官矣。

有少年得鬥鶉，其儕求之不與，恃與之昵輒持去，少年追殺之。開封當此人死，安石駁曰：「按律，公取、竊取皆爲盜。此不與而彼攜以去，是盜也；追而殺之，是捕盜也，雖死當勿論。」遂劾府司失入。府官不伏，事下審刑、大理，皆以府斷爲是。詔放安石罪，當詣閤門謝。安石言：「我無罪。」不肯謝。御史舉奏之，置不問。

時有詔舍人院無得申請除改文字，安石爭之曰：「審如是，則舍人不得復行其職，而一聽大臣所爲，自非大臣欲傾側而爲私，則立法不當如此。今大臣之弱者不敢爲陛下守法；而彊者則挾上旨以造令，諫官、御史無敢逆其意者，臣實懼焉。」語皆侵執政，由是益與之忤。以母憂去，終英宗世，召不起。

安石本楚士，未知名於中朝，以韓、呂二族爲巨室，欲藉以取重。乃深與韓絳、絳弟維及呂公著交，三人更稱揚之，名始盛。神宗在潁邸，維爲記室，每講說見稱，輒曰：「此非維之說，維之友王安石之說也。」及爲太子庶子，又薦自代。帝由是想見其人，甫即位，命知江寧府。數月，召爲翰林學士兼侍講。熙寧元年四月，始造朝。入對，帝問爲治所先，對曰：「擇術爲先。」帝曰：「唐太宗何如？」曰：「陛下當法堯、舜，何以太宗爲哉？堯、舜之道，至簡而不煩，至要而不迂，至易而不難，但末世學者不能通知，以爲高不可及爾。」帝曰：「卿可謂責難於君，朕自視眇躬，恐無以副卿此意。可悉意輔朕，庶同濟此道。」

一日講席，群臣退，帝留安石坐，曰：「有欲與卿從容論議者。」因言：「唐太宗必得魏徵，劉備必得諸葛亮，然後可以有爲，二子誠不世出之人也。」安石曰：「陛下誠能爲堯、舜，則必有皋、夔、稷、离；誠能爲高宗，則必有傅說。彼二子皆有道者所羞，何足道哉？以天下之大，人民之衆，百年承平，學者不爲不多。然常患無人可以助治者，以陛下擇術未明，推誠未至，雖有皋、夔、稷、离、傅說之賢，亦將爲小人所蔽，卷懷而去爾。」帝曰：「何世無小人，雖堯、舜之時，不能無四凶。」安石曰：「惟能辨四凶而誅之，此其所以爲堯、舜也。若使四凶得肆其讒慝，則皋、夔、稷、　亦安肯苟食其祿以終身乎？」

登州婦人惡其夫寢陋，夜以刃斮之，傷而不死。獄上，朝議皆當之死，安石獨援律辨證之，爲合從謀殺傷，減二等論。帝從安石說，且著爲令。

二年二月，拜參知政事。上謂曰：「人皆不能知卿，以爲卿但知經術，不曉世務。」安石對曰：「經術正所以經世務，但後世所謂儒者，大抵皆庸人，故世俗皆以爲經術不可施於世務爾。」上問：「然則卿所施設以何先？」安石曰：「變風俗，立法度，最方今之所急也。」上以爲然。於是設制置三司條例司，命與知樞密院事陳升之同領之。安石令其黨呂惠卿任其事。而農田水利、青苗、均輸、保甲、免役、市易、保馬、方田諸役相繼並興，號爲新法，遣提舉官四十餘輩，頒行天下。

青苗法者，以常平糴本作青苗錢，散與人戶，令出息二分，春散秋斂。均輸法者，以發運之職改爲均輸，假以錢貨，凡上供之物，皆得徙貴就賤，用近易遠，預知在京倉庫所當辦者，得以便宜蓄買。保甲之法，籍鄉村之民，二丁取一，十家爲保，保丁皆授以弓弩，教之戰陣。免役之法，據家貲高下，各令出錢雇人充役，下至單丁、女戶，本來無役者，亦一概輸錢，謂之助役錢。市易之法，聽人賒貸縣官財貨，以田宅或金帛爲抵當，出息十分之二，過期不輸，息外每月更加罰錢百分之二。保馬之法，凡五路義保願養馬者，戶一匹，以監牧見馬給之，或官與其直，使自市，歲一閱其肥瘠，死病者補償。方田之法，以東、西、南、北各千步，當四十一頃六十六畝一百六十步爲一方，歲以九月，令、佐分地計量，驗地土肥瘠，定其色號，分爲五等，以地之等，均定稅數。又有免行錢者，約京師百物諸行利入厚薄，皆令納錢，與免行戶祇應。自是四方爭言農田水利，古陂廢堰，悉務興復。又令民封狀增價以買坊場，又增茶鹽之額，又設措置河北糴便司，廣積鬚穀于臨流州縣，以備饋運。由是賦斂愈重，而天下騷然矣。

御史中丞呂誨論安石過失十事，帝爲出誨，安石薦呂公著代之。韓琦諫疏至，帝感悟，欲從之，安石求去。司馬光答詔，有「士夫沸騰，黎民騷動」之語，安石怒，抗章自辨，帝爲巽辭謝，令呂惠卿諭旨，韓絳又勸帝留之。安石入謝，因爲上言中外大臣、從官、臺諫、朝士朋比之情，且曰：「陛下欲以先王之正道勝天下流俗，故與天下流俗相爲重輕。流俗權重，則天下之人歸流俗；陛下權重，則天下之人歸陛下。權者與物相爲重輕，雖千鈞之物，所加損不過銖兩而移。今姦人欲敗先王之正道，以沮陛下之所爲。於是陛下與流俗之權適爭輕重之時，加銖兩之力，則用力至微，而天下之權，已歸于流俗矣，此所以紛紛也。」上以爲然。安石乃視事，琦說不得行。

安石與光素厚，光援朋友責善之義，三詒書反覆勸之，安石不樂。帝用光副樞密，光辭未拜而安石出，命遂寢。公著雖爲所引，亦以請罷新法出潁州。御史劉述、劉琦、錢顗、孫昌齡、王子韶、程顥、張戩、陳襄、陳薦、謝景溫、楊繪、劉摯，諫官范純仁、李常、孫覺、胡宗愈皆不得其言，相繼去。驟用秀州推官李定爲御史，知制誥宋敏求、李大臨、蘇頌封還詞頭，御史林旦、薛昌朝、范育論定不孝，皆罷逐。翰林學士范鎮三疏言青苗，奪職致仕。惠卿遭喪去，安石未知所託，得曾布，信任之，亞於惠卿。

三年十二月，拜同中書門下平章事。明年春，京東、河北有烈風之異，民大恐。帝批付中書，令省事安靜以應天變，放遣兩路募夫，責監司、郡守不以上聞者。安石執不下。

開封民避保甲，有截指斷腕者，知府韓維言之，帝問安石，安石曰：「此固未可知，就令有之，亦不足怪。今士大夫睹新政，尚或紛然驚異；況於二十萬戶百姓，固有蠢愚爲人所惑動者，豈應爲此遂不敢一有所爲邪？」帝曰：「民言合而聽之則勝，亦不可不畏也。」

東明民或遮宰相馬訴助役錢，安石白帝曰：「知縣賈蕃乃范仲淹之婿，好附流俗，致民如是。」又曰：「治民當知其情僞利病，不可示姑息。若縱之使妄經省臺，鳴鼓邀駕，恃衆僥倖，則非所以爲政。」其彊辯背理率類此。

帝用韓維爲中丞，安石憾曩言，指爲善附流俗以非上所建立，因維辭而止。歐陽修乞致仕，馮京請留之，安石曰：「修附麗韓琦，以琦爲社稷臣。如此人，在一郡則壞一郡，在朝廷則壞朝廷，留之安用？」乃聽之。富弼以格青苗解使相，安石謂不足以阻姦，至比之共、鯀。靈臺郎尤瑛言天久陰，星失度，宜退安石，即黥隸英州。唐坰本以安石引薦爲諫官，因請對極論其罪，謫死。文彥博言市易與下爭利，致華嶽山崩。安石曰：「華山之變，殆天意爲小人發。市易之起，自爲細民久困，以抑兼并爾，於官何利焉。」閼其奏，出彥博守魏。於是呂公著、韓維，安石藉以立聲譽者也；歐陽修、文彥博，薦己者也；富弼、韓琦，用爲侍從者也；司馬光、范鎮，交友之善者也：悉排斥不遺力。

禮官議正太廟太祖東嚮之位，安石獨定議還僖祖於祧廟，議者合爭之，弗得。上元夕，從駕乘馬入宣德門，衛士訶止之，策其馬。安石怒，上章請逮治。御史蔡確言：「宿衛之士，拱扈至尊而已，宰相下馬非其處，所應訶止。」帝卒爲杖衛士，斥內侍，安石猶不平。王韶開熙河奏功，帝以安石主議，解所服玉帶賜之。

七年春，天下久旱，饑民流離，帝憂形於色，對朝嗟嘆，欲盡罷法度之不善者。安石曰：「水旱常數，堯、湯所不免，此不足招聖慮，但當修人事以應之。」帝曰：「此豈細事，朕所以恐懼者，正爲人事之未修爾。今取免行錢太重，人情咨怨，至出不遜語。自近臣以至后族，無不言其害。兩宮泣下，憂京師亂起，以爲天旱更失人心。」安石曰：「近臣不知爲誰，若兩宮有言，乃向經、曹佾所爲爾。」馮京曰：「臣亦聞之。」安石曰：「士大夫不逞者以京爲歸，故京獨聞此言，臣未之聞也。」監安上門鄭俠上疏，繪所見流民扶老攜幼困苦之狀，爲圖以獻，曰：「旱由安石所致。去安石，天必雨。」俠又坐竄嶺南。慈聖、宣仁二太后流涕謂帝曰：「安石亂天下。」帝亦疑之，遂罷爲觀文殿大學士、知江寧府，自禮部侍郎超九轉爲吏部尚書。

呂惠卿服闋，安石朝夕汲引之，至是，白爲參知政事，又乞召韓絳代己。二人守其成模，不少失，時號絳爲「傳法沙門」，惠卿爲「護法善神」。而惠卿實欲自得政，忌安石復來，因鄭俠獄陷其弟安國，又起李士寧獄以傾安石。絳覺其意，密白帝請召之。八年二月，復拜相，安石承命，即倍道來。三經義成，加尙書左僕射兼門下侍郎，以子雱爲龍圖閣直學士。雱辭，惠卿勸帝允其請，由是嫌隙愈著。惠卿爲蔡承禧所擊，居家俟命。雱風御史中丞鄧綰，復彈惠卿與知華亭縣張若濟爲姦利事，置獄鞫之，惠卿出守陳。

十月，彗出東方，詔求直言，及詢政事之未協於民者。安石率同列疏言：「晉武帝五年，彗出軫；十年，又有孛。而其在位二十八年，與乙巳占所期不合。蓋天道遠，先王雖有官占，而所信者人事而已。天文之變無窮，上下傅會，豈無偶合。周公、召公，豈欺成王哉。其言中宗享國日久，則曰『嚴恭寅畏，天命自度，治民不敢荒寧』。其言夏、商多歷年所，亦曰『德』而已。裨灶言火而驗，欲禳之，國僑不聽，則曰『不用吾言，鄭又將火』。僑終不聽，鄭亦不火。有如裨灶，未免妄誕，況今星工哉？所傳占書，又世所禁，謄寫譌誤，尤不可知。陛下盛德至善，非特賢於中宗，周、召所言，則既閱而盡之矣，豈須愚瞽復有所陳。竊聞兩宮以此爲憂，望以臣等所言，力行開慰。」帝曰：「聞民間殊苦新法。」安石曰：「祁寒暑雨，民猶怨咨，此無庸恤。」帝曰：「豈若幷祁寒暑雨之怨亦無邪？」安石不悅，退而屬疾臥，帝慰勉起之。其黨謀曰：「今不取上素所不喜者暴進用之，則權輕，將有窺人間隙者。」安石是其策。帝喜其出，悉從之。時出師安南，諜得其露布，言：「中國作青苗、助役之法，窮困生民。我今出兵，欲相拯濟。」安石怒，自草敕牓詆之。

華亭獄久不成，雱以屬門下客呂嘉問、練亨甫共議，取鄧綰所列惠卿事，雜他書下制獄，安石不知也。省吏告惠卿于陳，惠卿以狀聞，且訟安石曰：「安石盡棄所學，隆尙縱橫之末數，方命矯令，罔上要君。此數惡力行於年歲之間，雖古之失志倒行而逆施者，殆不如此。」又發安石私書曰「無使上知」者。帝以示安石，安石謝無有，歸以問雱，雱言其情，安石咎之。雱憤恚，疽發背死。安石暴綰罪，云「爲臣子弟求官及薦臣壻蔡卞」，遂與亨甫皆得罪。綰始以附安石居言職，及安石與呂惠卿相傾，綰極力助攻惠卿。上頗厭安石所爲，綰懼失勢，屢留之於上，其言無所顧忌；亨甫險薄，諂事雱以進，至是皆斥。

安石之再相也，屢謝病求去，及子雱死，尤悲傷不堪，力請解幾務。上益厭之，罷爲鎭南軍節度使、同平章事、判江寧府。明年，改集禧觀使，封舒國公。屢乞還將相印。元豐二年，復拜左僕射、觀文殿大學士。換特進，改封荊。哲宗立，加司空。

元祐元年，卒，年六十六，贈太傅。紹聖中，謚曰文，配享神宗廟庭。崇寧三年，又配食文宣王廟，列于顏、孟之次，追封舒王。欽宗時，楊時以爲言，詔停之。高宗用趙鼎、呂聰問言，停宗廟配享，削其王封。

初，安石訓釋詩、書、周禮，既成，頒之學官，天下號曰「新義」。晚居金陵，又作字說，多穿鑿傅會。其流入於佛、老。一時學者，無敢不傳習，主司純用以取士，士莫得自名一說，先儒傳註，一切廢不用。黜春秋之書，不使列於學官，至戲目爲「斷爛朝報」。

安石未貴時，名震京師，性不好華腴，自奉至儉，或衣垢不澣，面垢不洗，世多稱其賢。蜀人蘇洵獨曰：「是不近人情者，鮮不爲大姦慝。」作辯姦論以刺之，謂王衍、盧杞合爲一人。

安石性強忮，遇事無可否，自信所見，執意不回。至議變法，而在廷交執不可，安石傅經義，出己意，辯論輒數百言，衆不能詘。甚者謂「天變不足畏，祖宗不足法，人言不足恤」。

論曰：朱熹嘗論安石「以文章節行高一世，而尤以道德經濟爲己任。被遇神宗，致位宰相，世方仰其有爲，庶幾復見二帝三王之盛。而安石乃汲汲以財利兵革爲先務，引用凶邪，排擯忠直，躁迫強戾，使天下之人，囂然喪其樂生之心。卒之群姦肆虐，流毒四海，至於崇寧、宣和之際，而禍亂極矣」。此天下之公言也。昔神宗欲命相，問韓琦曰：「安石何如？」對曰：「安石爲翰林學士則有餘，處輔弼之地則不可。」神宗不聽，遂相安石。嗚呼！此雖宋氏之不幸，亦安石之不幸也。

【第一手資料2】王安石詩文

上歐陽永叔書

今日造門，幸得接餘論，以坐有客，不得畢所欲言。某所以不願試職者，向時則有婚嫁葬送之故，勢不能久處京師，所圖甫畢。而二兄一嫂，相繼喪亡，於今窘迫之勢，比之向時爲甚。若萬一幸被館閣之選，則於法當留一年。藉令朝廷憐閔，不及一年，即與之外任，則人之多言，亦甚可畏。若朝廷必復召試，某亦必以私急固辭，竊度寬政，必蒙矜允。然召旨既下，比及辭而得請，則所求外補，又當遷延矣。親老口衆，寄食於官舟，而不得躬養，於今已數月矣。早得所欲，以紓家之急，此亦仁人宜有以相之也。翰林雖嘗被旨與某試，然某之到京師，非諸公所當知。以今之體，須某自言，或有司以報，乃當施行前命耳。萬一理當施行，遽爲罷之，於公義亦似未有害。某私計爲得，竊計明公當不惜此。區區之意，不可以盡，唯仁明憐察而聽從之。

（嘉祐元年，王安石對於任何職務的安排皆堅持不受，時論安石「沽名以釣高官」，歐陽修遂寫信勸他。本文是王安石的回信。）

答司馬諫議書

某啓：昨日蒙教，竊以爲與君實游處相好之日久，而議事每不合，所操之術多異故也。雖欲強聒，終必不蒙見察，故略上報，不復一一自辯。重念蒙君實視遇厚，於反覆不宜鹵莽，故今具道所以，冀君實或見恕也。

蓋儒者所重，尤在於名實；名實已明，而天下之理得矣。今君實所以見教者，以爲侵官、生事、征利、拒諫，以致天下怨謗也。某則以謂：受命於人主，議法度而修之於朝廷，以授之於有司，不爲侵官；舉先王之政，以興利除弊，不爲生事；爲天下理財，不爲征利；闢邪說，難壬人，不爲拒諫。至於怨誹之多，則固前知其如此也。

人習於苟且非一日，士大夫多以不恤國事、同俗自媚於衆爲善。上乃欲變此，而某不量敵之衆寡，欲出力助上以抗之，則衆何爲而不洶洶然？盤庚之遷，胥怨者民也，非特朝廷士大夫而已。盤庚不爲怨者故改其度，度義而後動，是而不見可悔故也。如君實責我以在位久，未能助上大有爲，以膏澤斯民，則某知罪矣，如曰今日當一切不事事，守前所爲而已，則非某之所敢知。

無由會晤，不任區區向往之至！

（神宗熙寧三年，右諫議大夫司馬光連寫三封信給參知政事王安石，力陳新法不可爲。王安石收到第二封信之後，回覆司馬光的諸多質疑。）

謝手詔慰撫劄子

臣昨日伏奉手詔，所以慰撫備厚。非臣疵賤之所宜蒙，伏讀不任感激屏營之至。今日呂惠卿至臣第具宣聖旨，臣雖糜軀隕首，豈能上酬獎遇。臣自江南召還，獲侍清光。竊觀天賜陛下聰明睿智，誠不難興堯舜之治，故不量才力之分，時事之宜，敢以不肖之身，任天下怨誹，欲以承奉聖志。自與聞政事以來，遂及期年，未能有所施爲，而內外交搆，合爲沮議，專欲誣民，以惑聖聽。流俗波蕩，一至如此，陛下又若不能無惑，恐臣區區終不足以勝。而久妨衆邪之路。則或誣罔出於不意。有甚於今日。以累陛下知人任使之明，故因疢疾，輒求自放。陛下不以臣狂狷，賜之辠戾，而屈至尊之意，反復誨喻。臣豈敢尚有固志，以煩督責。只候開假即入謝。區區所懷，冀得面奏，臣無任感天荷聖激切屏營之至，謹具劄子奏知。

（熙寧四年五月，東明縣民闖入王安石宅邸，質問助役錢一事。王安石因此自求引退。神宗下手詔慰留，王安石感動之餘，答謝神宗的厚愛。）

回蘇子瞻簡

某啓，承誨喻累幅，知尚盤桓江北，俯仰踰月，豈勝感悵。得秦君詩手不能捨，葉致遠適見，亦以爲清新嫵麗，與鮑謝似之。不知公意如何？餘卷正冒眩尚妨細讀。嘗鼎一臠，旨可知也。公奇秦君，數口之不置，吾又獲詩手之不捨。然聞秦君嘗學至言妙道，無乃笑我與公嗜好過乎。未相見，跋涉自愛，書不宣悉。

（熙寧年間，王安石主持變法時，蘇軾反對甚力。元豐二年，蘇軾因「烏臺詩案」被貶黃州，元豐七年改知汝州，八月間途經金陵，拜訪王安石。兩人同遊鍾山，相談甚歡，盡釋前嫌。九月，蘇寫信給王，約定將來可以扁舟往返會晤，並向王安石推薦秦觀的詩。此文是王安石的回信。）

司馬遷

孔鸞負文章，不忍留枳棘。嗟子叨鋸間，悠然止而食。
成書與後世，憤悱聊自釋。領略非一家，高辭殆天得。
雖微樊父明，不失孟子直。彼欺以自私，豈啻相十百。

諸葛武侯

漢日落西南，中原一星黃。群盜伺昏黑，聯翩各飛揚。
武侯當此時，龍臥獨摧藏。掉頭梁甫吟，羞與衆爭光。
邂逅得所從，幅巾起南陽。崎嶇巴漢間，屢以弱攻強。
暉暉若長庚，孤出照一方。勢欲起六龍，東迴出扶桑。
惜哉淪中路，怨者爲悲傷。豎子祖餘策，猶能走強粱。

讀秦漢間事

秦徵天下材，入作阿房宮。宮成非一木，山谷爲窮空。
子羽一炬火，驪山三月紅。能令掃地盡，豈但焚人功。

明妃曲二首

明妃初出漢宮時，淚濕春風鬢腳垂。低佪顧影無顏色，尙得君王不自持。
歸來卻怪丹青手，入眼平生幾曾有。意態由來畫不成，當時枉殺毛延壽。

一去心知更不歸，可憐著盡漢宮衣。寄聲欲問塞南事，只有年年鴻鴈飛。
家人萬里傳消息，好在氈城莫相憶。君不見咫尺長門閉阿嬌，人生失意無南北。

明妃初嫁與胡兒，氈車百兩皆胡姬。含情欲說獨無處，傳與琵琶心自知。
黃金捍撥春風手，彈看飛鴻勸胡酒。漢宮侍女暗垂淚，沙上行人卻回首。
漢恩自淺胡自深，人生樂在相知心。可憐青冢已蕪沒，尚有哀絃留至今。

桃源行

望夷宮中鹿爲馬，秦人半死長城下。避時不獨商山翁，亦有桃源種桃者。
此來種桃經幾春，採花食實枝爲薪。兒孫生長與世隔，雖有父子無君臣。
漁郎漾舟迷遠近，花間相見因相問。世上那知古有秦，山中豈料今爲晉。
聞道長安吹戰塵，春風回首一霑巾。重華一去寧復得，天下紛紛經幾秦。

秦始皇

天方獵中原，狐兔所在憎。傷者六孱王，當此鷙鳥膺。
搏取已掃地，翰飛尚憑凌。遊將跨蓬萊，以海爲丘陵。
勒石頌功德，群臣助驕矜。舉世不讀易，但以刑名稱。

東方朔

蚩蚩彼少子，何用辨堅冰。

平原狂先生，隱翳世上塵。材多不可數，射覆亦絕倫。
談辭最詼恠，發口有如神。以此得親幸，賜子頗不貧。
金玉本光瑩，泥沙豈能堙。時時一悟主，驚動漢庭臣。
不肯下兒童，敢言詆平津。何知夷與惠，空復忤時人。

【評論❶】

王安石論

安石之變法，固不可謂非其時，而其設心，亦未爲失其正也。但以其躁率任意而不能熟講精思，以求百全無弊可久之計，是以天下之民不以爲便。而一時元臣故老、賢士大夫，群起而力爭之者，乃或未能究其利病之實。至其所以爲說，又多出于安石規模之下，由是安石之心愈益自信，以爲天下之人眞莫己。

——朱熹〈讀兩臣諫議遺墨〉

王安石蓋襲商鞅之遺謀，以病宋者也。其文章□義，殆矯飾以自文者耳。是故商鞅之要孝公也，三變其說，安石之把持仁宗也，亦三致其意。商鞅之論囚也，渭水盡赤，貴戚如公子黔輩皆論法毋赦，安石之屢興大獄也，一時仁賢，如韓、富、蘇、歐、程、范前後擯棄竄息，不容一日立於朝。其所變法，如保甲、保馬、青苗、助役，率皆連坐，強公杜私故。智主之以功利之說，劫之以苛刻之刑，輔之以輕進生事之黨，宋事之不去者幾何哉？是故秦自孝公後，不五六傳而隨亡，宋自仁宗後，亦不五六傳而有比轅之阨，又其事之相類者也。安國、安禮少或救正，若雱則助虐者矣。

——王洙《宋史質》

神宗的是聖主，只消移信王安石者信韓、富、司馬諸公，便是堯、舜矣。嘗謂王安石乃神主之褒姒、妲姬也。若非夙具堯、舜之資，何以不至桀、紂耶。可惜王安石，其病痛過失，當時諸君子言之殆盡。況又有同氣之弟爭爲友。倘虛心聽之，何至爲福建子所誤也。

——李贄《史綱評要》

使以蔡京、王黼、童貫、朱勉之所爲，俾安石見之，亦應爲之髮指，而群姦尸祝安石奉爲宗主，彈壓天下者，抑安石之所不願受，然而盈廷皆安石之仇讎，則呼將伯之助於呂惠卿、蔡確、章惇諸姦。以引凶人之旅進，固勢出於弗能自已。而聊以爲緣也。

——王夫之《讀通鑑論．宋論》

帝意在用武開邊，復中國舊地，以成蓋世之功，而環顧朝臣，皆習故守常，莫有能任其事者，安石一出，悉斥爲流俗，別思創建非常，突過前代，帝遂適如所願，不覺如魚得水，如膠投漆，而傾心納之，欲用兵必先聚財。於是青苗免役之法行，欲聚財必先用人，於是呂惠卿、章惇之徒進。雖舉朝爭之，甚至內而慈聖光獻太后，外而韓琦、富弼諸老臣俱以安石爲不可用，而帝持之愈力，護之愈堅。故當時有謂帝與介甫，如出一人者，史臣亦謂神宗以好大喜功之資，王安石出而與之遇，宜其流毒不能止，然則非安石之誤。

——趙翼《二十二史劄記》

我國古代所謂政治，大抵一切以因任自然爲尙，而以興革爲大戒。至如有宋尤號文懦，及仁宗解散而休息之。蘇子瞻亦嘗謂其末年，吏多因循、事不振舉。安石乃一旦起而變之于積玩之餘，使天下之人咸翹然而喜于有爲。則彼以安靜爲道者，其不能不怵然以驚，而駭然以譁也，固其理也。而安石又津津自鳴于衆，理財理財，尤一二儒生所大諱也。夫安石抑豈樂與是草野賤丈夫校其銖錙毫末，而不知爲治之有本哉？彼其意以爲有財而莫理，則閭巷阡陌之人，皆得操其贏奇，以邀利于時。而斯民之窮困，亦將日甚而莫救，故曰政事所以理財，理財乃所謂義也。二三君子顧不達此理，輒以爲不當與民爭利。嗚呼，疏以，俗儒不知變，兼併可無摧。斯義也，固安石所私喻于寸衷，而亦不暇求諒于人人者也。

——熊公哲《王安石攻略》

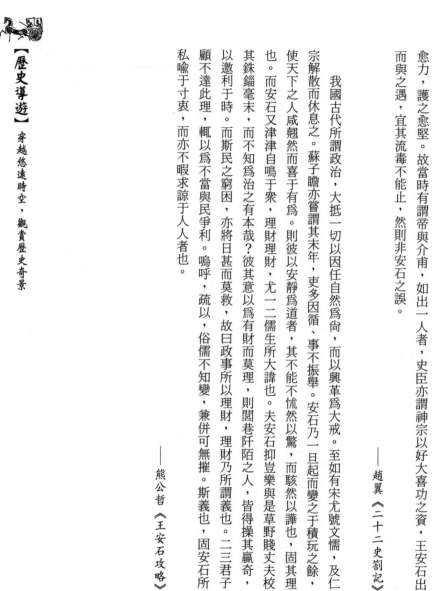

【評論❷】

論王安石的財經政策

節錄

◎梁啓超

俗士之論荊公，大率以之與掊克聚斂之臣同視。此大謬也。公之事業，誠強半在理財，然其理財也，其目的非徒在增國帑之歲入而已。實欲蘇國民之困而增其富，乃就其富取贏焉。以爲國家政費，故發達國民經濟，實其第一目的，而整理財政，乃其第二目的也。

第一、置三司條例司

在制兼併濟貧乏，變通天下之財，以富其民而致天下於治。

荊公之意，以爲國民所以不能各遂其力以從事生產者，由富豪之兼併也。於是殫精竭慮求所以拯救。其道莫急於摧抑兼併，而能摧抑兼併者，誰乎？則國家而已。荊公欲舉財權悉集於國家，然後由國家酌盈劑虛，以均諸全國之民，使各有所藉以從事於生產。

神宗即位，首命翰林學士司馬光等置局看詳裁減國用制度。後數日，光言國用不足，在用度太奢，賞賜不節，宗室繁多，官職冗濫，軍旅不精，必須陛下與兩府大臣及三司官吏深思救敝之術，磨以歲月，庶幾有效，非愚臣一朝一夕所能裁減。及制置條例司既設，乃考三司簿籍，商量經久廢置之宜，凡一歲用度及郊祀大費，皆編著定式，所裁省冗費十之四。

夫財政之敝，既已如彼，即不言興利，而節費亦安得已。溫公亦非不知之矣，而猶顢頇其詞，曰磨以歲月驟不能減，而徒欲諉其難於君上，何其不負責任乃爾耶。且溫公所謂不能者，何荊公驟裁其十之四，而不見其有他變耶。夫以數十年相沿之歲費，而驟減其十之四，此誠天下至難之業。而制置條例司之初設，即奏此膚功，則領此司者，其任事之忠勤，其才識之明敏，其魄力之毅偉，可想見矣。而後之論荊公者，於此等偉績，沒而不道，抑何心也。

第二、青苗法

頗有類於官辦之勸業銀行。

力田之民以青黃不接時食指之所需，不能不稱貸於豪右，或遇偏災而又貸焉，或遇嘉凶諸禮而又貸焉。而豪右乘其急以持其短長，於是一歲所入，見蝕於息者泰半，及夫來年，其不能不舉債如故也。債日以重，息日以加，而終歲之勤動，遂爲豪右作牛馬走已耳。

而青苗之本意，凡以抑豪右之兼併，而廷臣者，又皆豪右，而其力足以行兼併者也。其不利之，亦固其所當時之洶洶爲難者。安保其不挾此心，即二三賢者，未必爾爾，然亦群聾之和而已。況彼之所謂賢者，皆習於苟且愉惰，以生事爲大戒。不問其事之善惡利病，但有所生則駭而譁之。宜乎其與公與神宗，枘鑿而不相入也。而數百年以後之今日，其社會之情狀，乃一如公之時，而公之言乃不啻爲今之而發也，悲夫。

更平心以論之，青苗法者，不過一銀行之業耳。欲恃之以摧抑兼併，其效蓋至爲微末，而銀行之爲業，其性質乃宜於民辦而不宜於官辦，但使國家爲之詳定條例，使貸者與貣者交受其利而莫能以相病。而國家復設一中央銀行，以為各私立銀行之樞紐，而不必直接與人民相貸貣，則其道得之矣。荆公之為此，所謂代大匠斲易傷其手也。雖然，此立夫今日以言之耳。若在當時，人民既無有設立銀行之能力，而舉國中無一金融機關。而百業坐是凋敝。荆公能察受敝之原，而創此法以救治之，非有過人之識力而能若是耶。夫中國人知金融機關為國民經濟之命脈者，自古迄今，荆公一人而已。

第三、均輸法

以通天下之貨，制為輕重斂散之術，使輸者既便，而有無得以懋遷。

均輸之法，始於漢桑宏羊，至唐劉晏而益完密。荆公實師其制，非創作也。古代貨幣之用未周，民以實物為市，其國家之徵租稅，亦以實物，故緣道里之遠近，而輸送之勞役有所不均。緣年歲之豐歉，而供求之相劑有所不調。下既大受其害，而上亦不蒙其利，誠有如條例司原奏所云者。故桑劉行均輸法，不加賦而國用足。史家美之，良非無由。今世交通之利大開，貨幣之用益溥，吾輩讀史，見其不憚煩為此，幾苦索解，而不知當時治事者之苦心孤詣，敻乎其不可及也。觀近世之漕運則可以知均輸之妙用，如能用商運供京師之米而盡折南漕，則國庫與人民交受其利者，歲不可以千萬計乎。均輸之意亦猶是也。夫漕米則亦以實物充租稅，而古代拙制至今，蛻化未盡者也。而當時議者囂然攻之何也，史稱其卒不能成，其所以不成之故未言之。豈以攻者多而中止耶。

第四、市易法

本漢平準，將以制物之低昂而均通之，實一種之專賣法也。

《宋史・食貨志》：「上言，京師百貨無常價，富人大姓，乘民之亟，牟利數倍，財既偏聚，國用亦屈，請假榷貨務錢置常平市易司，擇通財之官任其責。求良賈爲之轉易。使審知市物之價，賤則增價市之，貴則損價鬻之。因收餘息以給公上。於是中書奏在京置市易務官。凡貨之可市及滯於民而不得售者，平其價市之。願以易官物者聽。欲市於官，則度其抵而貸之錢。責期使償，半歲輸息十一，及歲倍之，凡諸司配率，並仰給焉。」

市易法立法之本意如此，荊公之盡心於民事，亦可謂至然矣。然則其法果可行乎？市易務實一商業銀行也，夫以荊公生八百年前，乃能知銀行爲國民經濟最要之機關，其識固卓絕千古，雖然銀行之爲物，其性質宜於民辦而不宜於官辦。今一一由政府躬親之，而董之以官吏，靡論其瑣碎而非治體也。而又斷不足以善其事，此歐洲各國皆嘗試之而不勝其敝者也。市易務則爲一種專賣制度，夫其立法之本意，不過曰貨之不售者，而官乃爲收之耳，而及其末流，則必至籠天下之貨，而悉由官司其買賣，即不然，亦須由官估其價值，蓋非是而其所謂平物價之目的不得達也。

荊公欲以一市易法而兼達前此所舉之兩目的，而不知此兩目的非能以一手段，而並達之也。銀行之性質，最不宜於兼營其他商務，而普通商業，又最忌以抵當而貸出其資本。今市易法乃兼此兩種矛盾之營業。有兩敗俱傷耳。故當時諸法中，惟此最爲厲民，而國庫之食其利也亦甚薄，則荊公之意雖善，而行之未得其道故也。

——本文摘自《王荊公》

【特別報導】王安石軼事

媳婦改嫁

丞相王公之夫人鄭氏，奉佛至謹，臨終囑其夫曰：「即死，願得落髮爲尼。」及死，公奏乞賜法名師號，斂以紫方袍。王荊公之子雱，少得心疾，逐其妻，荊公爲備禮嫁之。好事者戲之曰：「王太祝生前嫁婦，鄭夫人死後出家。」人以爲異。又工部郎中侯叔獻妻悍戾，叔獻既殂，兒女不勝其酷，詔離之，故好事者又曰：「侯工部死後休妻。」（《澠水燕談錄》）

人人諱道是門生

荊國王文公，以多聞博學爲世宗，當世學者得出其門下者，自以爲榮，一被稱與，往往名重天下。公之治經，尤尚解字，末流務多新奇，浸成穿鑿。朝廷患之，詔學者兼用舊傳註，不專治新經，禁援引《字解》。于是學者皆變所學至有著書以詆公之學者，且諱稱公門人。故芸叟爲挽詞云：「今日江湖從學者，人人諱道是門生。」傳士林。及後詔公配享神廟，贈官並謚，俾學者復

治新經，用《字解》。昔從學者，稍稍復稱公門人，有無名子改芸叟詞云：「人人卻道是門生。」（《澠水燕談錄》）

支持與反對

王丞相嘗云：「自議新法，始終言可行者，曾布也；言不可行者，司馬光也；餘皆前叛後附，或出或入。」（《澠水燕談錄》）

戲詩

介甫嘗戲作〈走卒集句〉云：「年去年來來去忙，倚他門戶傍他牆。一封朝奏緣何事，斷盡蘇州刺史腸。」（《泊宅編》）

舊情人入夢

介甫嘗晝寢，謂葉濤曰：「適夢三十年前所喜一婦人，作長短句贈之，但記其後段：『隔岸桃花紅未半，枝頭已有蜂兒亂。惆悵武陵人不管。清夢斷，亭亭佇立春宵短。』」（《泊宅編》）

此詩不是介甫所作

王直方云：王介甫在翰苑，見榴花止開一朵，有「濃綠萬枝紅一點，動人春色不須多」之句。

陳正敏謂此乃唐人詩，介甫嘗題扇上，非其所作。（《泊宅編》）

評價不同

王荊公當國，欲逐張方平，白上曰：「陛下留張方平於朝，是留寒氣於內也。留寒氣於內，至春必發爲大疾癘，恐非藥石所能攻也。」東坡著〈樂全先生集序〉，乃以安道比孔文舉、諸葛孔明。二公議論，不侔如此。（《泊宅編》）

連司馬光都覺得過分

司馬溫公嘗言：「范景仁之勇決，呂獻可之先見，吾弗如也。」或問：「先見何事？」公曰：「頃歲，獻可與吾一日幷轡入朝，問獻可：『今日所論何事乎？』云：『將攻新參。』」新參者，王介甫也。是時，介甫新入政府，其所欲變更之事未甚者，而獻可排之甚力。然其辭不過曰：「外示樸野，中懷險詐，學師孔、孟，術慕管、商」而已，當時雖溫公亦以獻可言之之過也。（《泊宅編》）

安石囚首喪面

溫公在翰苑時，嘗飯客，客去，獨老蘇少留，謂公曰：「適坐有囚首喪面者何人？」公曰：「王介甫也，文行之士。子不聞之乎？」洵曰：「以某觀之，此人異時必亂天下，使其得志立朝，雖聰明之主，亦將爲其誑惑。內翰何爲與之游乎？」洵退，於是作〈辯姦論〉行於世。是時介甫方作館職，而明允猶布衣也。（《泊宅編》）

吃光釣餌

仁宗皇帝朝，王安石爲知制誥。一日，賞花釣魚宴，內侍各以金楪盛釣餌藥置几上，安石食之盡。明日，帝問宰輔曰：「王安石詐人也。使誤食釣餌，一粒則止矣；食之盡，不情也。」帝不樂之。後安石自著《日錄》，厭薄祖宗，於仁宗尤甚，每以漢文帝恭儉爲無足取者，其心薄仁宗也。故一時大臣富弼、韓琦、文彥博而下，皆爲其詆毀云。（《邵氏聞見錄》）

韓琦不懂王安石

韓魏公自樞密副使以資政殿學士知揚州，王荊公初及第爲僉判，每讀書至達旦，略假寐，日已高，急上府，多不及盥漱。魏公見荊公少年，疑夜飲放逸。一日從容謂荊公曰：「君少年，無廢書，不可自棄。」荊公不答，退而言曰：「韓公非知我者。」魏公後知荊公之賢，欲收之門下，荊公終不屈，如召試館職不就之類是也。故荊公《熙寧日錄》中短魏公爲多，每曰：「韓公但形相好爾。」作〈畫虎圖詩〉詆之。至荊公作相，行新法，魏公言其不便。神宗感悟，欲罷其法。荊公怒甚，取魏公章送條例司疏駁，頒天下。又誣呂申公有言藩鎮大臣將興晉陽之師，除君側之惡，自草申公謫詞，昭著其事，因以搖魏公。賴神宗之明，眷禮魏公，終始不替。魏公薨，帝震

悼，親製墓碑，恩意甚厚。荊公有挽詩：「幕府少年今白髮，傷心無路送靈輀。」猶不忘魏公少年之語也。（《邵氏聞見錄》）

心虛而不出仕

熙寧二年，韓魏公自永興君移判北京，過闕上殿。王荊公方用事，神宗問曰：「卿與王安石議論不同，何也？」魏公曰：「仁宗立先帝爲皇嗣時，安石有異議，與臣不同故也。」帝以魏公之語問荊公，公曰：「方仁宗欲立先帝爲皇子時，春秋未高，萬一有子，措先帝於何地？臣之論所以與韓琦異也。」荊公強辯類如此。當魏公請册英宗爲皇嗣時，仁宗曰：「少俟，後宮有就閤者。」公曰：「後宮生子，所立嗣退居舊邸可也。」蓋魏公有所處之矣。然荊公終英宗之世，屢召不至，實自慊也。（《邵氏聞見錄》）

不以人代畜

司馬溫公爲西京留臺，每出，前騶不過三節。後官宮祠，乘馬或不張蓋，自持扇障日。程伊川謂曰：「公出無從騎，市人或不識，有未便者。」公曰：「某惟求人不識爾。」王荊公辭相位，居鍾山，惟乘驢。或勸其令人肩輿，公正色曰：「自古王公雖不道，未嘗敢以人代畜也。」嗚呼！二公之賢多同，至議新法不合絕交，惜哉！（《邵氏聞見錄》）

作風相同

王荊公知制誥，吳夫人爲買一妾，荊公見之，曰：「何物也？」女子曰：「夫人令執事左右。」安石曰：「汝誰氏？」曰：「妾之夫爲軍大將，部米運失舟，家資盡沒猶不足，又賣妾以償。」公愀然曰：「夫人用錢幾何得汝？」曰：「九十萬。」公呼其夫，令爲夫婦如初，盡以錢賜之。司馬溫公從龐穎公辟爲太原府通判，尚未有子。穎公夫人言之，爲買一妾，公殊不顧。夫人疑有所忌也，一日教其妾：「候我出，汝自裝飾至書院中。」冀公一顧也。妾如其言，公訝曰：「夫人出，汝安得至此？」亟遣之。穎公知之，對僚屬咨其賢。荊公、溫公不好聲色，不愛官職，不殖貨利皆同。二公除修注，皆辭至六、七，不獲已方受。溫公除知制誥，以不善作辭令屢辭，免，改待制。荊公官浸顯，俸祿入門，任諸弟取去盡不問。溫公通判太原時，月給酒饋待賓客外，輒不請，晚居洛，買園宅，猶以兄郎中爲戶。故二公平生相善，至議新法不合，始著書絕交矣。（《邵氏聞見錄》）

王安石贊馮道

王荊公非歐陽修貶馮道。按道身事五主，爲宰相，果不加誅，何以爲史？荊公〈明妃曲〉云：「漢恩自淺胡自深，人生樂在相知心。」宜其取馮道也。（《邵氏聞見後錄》）

王安石與蘇軾的高下

歐陽修謂曾子固云：「王介甫之文，更令開廓，勿造語，及模擬前人。」又云：「孟、韓文雖高，不必似之也。」謂梅聖俞云：「讀蘇軾之書，不覺汗出，快哉！老夫當避路，放他出一頭地也。」又曰：「軾所言樂，乃修所得深者爾，不意後生達斯理也。」歐陽公初接二公之意已不同矣。（《邵氏聞見後錄》）

積怨已久

《英宗實錄》：「蘇洵卒，其子軾辭所賜銀絹，求贈者，故贈洵光祿寺丞。」與歐陽公之誌「天子聞而哀之，特贈光祿寺丞」不同。或云《實錄》，王荊公書也。又書洵機論衡策文甚美，然大抵兵謀權利機變之言也。蓋明允時，荊公名已盛，明允獨不取，作〈辯姦〉以刺之，故荊公不樂云。（《邵氏聞見後錄》）

盡量引用古人語

李士寧，蓬州人，有異術，王荊公所謂「李生坦蕩蕩，所見實奇哉」者。熙寧中，宗室世居，獄連士寧，呂惠卿初叛荊公，欲深文之，以侵荊公。神宗覺之，亟復相荊公。荊公平生好辭官，至是不復辭，自金陵連日夜以來，惠卿罷去，士寧止從編置。初，士寧贈荊公詩，多全用古人句，荆公問之，則曰：「意到即可用，不必皆自己出。」又問：「古有此律否？」士寧笑曰：「孝經，孔子作也。每章必引古詩，孔子豈不能自作詩者，亦所謂意到即可用，不必皆自己出也。」荆公大然之。（《邵氏聞見後錄》）

講一套，做一套

王荆公以「力去陳言誇末俗，可憐無補費精神」，薄韓退之矣。然「喜深將策試，驚密仰檐窺」；又「氣嚴當酒暖，灑急聽窗知」：皆退之雪詩也。荆公詠雪則云：「借問火城將策試，何如雲屋聽窗知。」全用退之句也。去古人陳言以爲非，用古人陳言乃爲是邪？（《邵氏聞見後錄》）

上去投，下去腳

王荆公初執政，對客悵然曰：「投老欲依僧耳。」客曰：「急則抱佛腳。」公微笑曰：「投老欲依僧，古人全句。」客曰：「急則抱佛腳，亦全俗語也。然上去投，下去腳，豈不爲的對邪？」公遂大笑。（《邵氏聞見後錄》）

國家圖書館出版品預行編目資料

拗相公王安石／商陸著．--初版．--臺北市：
實學社，2004〔民93〕
面；　公分．--（小說人物：164）（大宰相系列；6）

ISBN 957-2072-72-2（平裝）

857.7　　　　92019783